소나기 30분

채규철

ㅅㄴ

소나기 30분

글 • 채규철 발행인 • 김윤태 발행처 • 도서출판 선 북디자인 • 디자인 트임 등록번호 • 제15-201호 등록일자 • 1995년 3월 27일
초판 2쇄 발행 • 2006년 11월 11일 주소 • 서울시 종로구 돈의동 114-1 초동교회 206호 전화 • 02-762-3335 전송 • 02-762-3371
값 10,000원 ISBN 89-86509-79-2 03810

소낙기 30분

채규철의 멋,
아름다운 얼굴
그리고
삶 이야기

산

인생의 소나기 먹구름 뒤에는
언제나 변함없는 태양이 기다리고 있습니다.
우리는 항상 그런 믿음으로 살아야 합니다.

-- 차례 -------

1 먼곳을 바라보는 눈은 왜 슬픈가

2 3일 동안만 볼 수 있다면

3 그 사람을 가졌는가

먹구름 뒤에는 태양이 기다리고 있습니다

나도 이제 70고개에 접어들었습니다. 넷이나 되는 손자들의 할아버지가 되었습니다. 그런데도 철부지처럼 잊지 못하는 기억들이 많습니다.

1968년 10월 마지막 날 뜻밖의 고통사고로 복음병원 응급실에 불에 타서 숯검정으로 변한 아들의 처참한 모습을 내려다보면서 소나기같이 쏟아지는 눈물을 주체 못하고 나의 이름을 부르시던 아버지의 사랑, 따뜻한 정을 잊을 수 없습니다.

60여 년 동안 비가 오나 눈이 오나 아랑곳없이 매일 새벽에 차디찬 교회의 한 모퉁이에 쪼그리고 앉아 "나의 아들 철이를 한국의 모세가 되게 해 달라"고 기도하던 지난해(2005) 돌아가신 어머니의 기도를 잊을 수 없습니다.

1970년 5월 24일 부산에 있는 아들 진석이의 생일 선물을 사러 백화점에 갔다가 지병이었던 결핵으로 몇 번의 각혈을 하다 매정하게 떠난 아내 성례의 핸드백 속에 간직되었던 한 장의 유서 "나는 죽어도 채규철은 살아야 한다"고 한 그녀의 마지막 유언도 잊을 수 없습니다.

큰놈 진석이와 생맥주 집에서 술을 마실 때 "아빠가 나를 친구같이 대해 주니까 나는 참 행복한 아이"라고 하던 따뜻한 부자지간의 정을 잊지 못합니다.

핏덩이를 받아 키워 준 지금의 아내 유정희와 결혼한 후 신촌 봉원동 퀘이커 모임집에서 "너의 엄마는 계모야"하고 놀리는 아이들에게 "아니야! 우리 엄마는 새엄마"라고 우겨대던 둘째 광석이의 이야기도 잊을 수 없습니다.

난장판이던 세상에서 "생각하는 백성이라야 산다"고 울부짖던 나의 믿음의 선생님 함석헌 할아버지를 잊을 수 없습니다.

이렇게 과거의 추억에 매달리는 것을 보니 나도 이제는 늙었나 봅니다. 사람이 사는 세상은 그렇게 순탄하지만은 않은 모양입니다. 아지랑이 피어오르는 따뜻한 봄날 같은 때도 있나 하면 폭풍우치는 거친 때도 있고 성공했다고 우쭐대고 싶을 때도 있는 것 같습니다. 성공하여 자랑스러운 때 다음에는 실패하여 절망할 때도 있는 법입니다. 그때에 우리에게는 지혜가 필요하고 용기가 필요하고 정신이 필요하고 신앙이 필요하고 용서가 필요하고 이해가 필요합니다.

사람은 책을 만들지만, 책은 사람을 만든다고 합니다. 이런 때 우리에게는 좋은 친구, 좋은 스승, 좋은 글, 책이 필요합니다. 좋은 친구, 스승, 책이 없는 세상은 곧 인생의 사막이요. 지옥이 아닐까요? 별 볼 일 없는 부끄러운 글이지만 나같이 뜻밖의 사고나 질병에 의해서 장애를 입은 400만의 장애우들과 그의 가족들 그리고 마음의 상처를 입고 눈물짓는 형제 자매들, 학교라는 제도가 맞지 않아 자살하고픈 청소년들에게 작은 위로나 희망이 되었으면 하는 간절한 마음으로 이 책을 바칩니다.

　인생은 우리가 생각하는 것처럼 그렇게 허망한 꿈만은 아니겠지요. 생명 하나가 태어나기까지 약 40억 년이 걸렸다고 합니다. 이 생명 하나가 온 우주보다도 귀하다고 예수님은 말씀하셨습니다. '소나기 30분' 이라는 속담이 있습니다. 인생의 소나기 먹구름 뒤에는 언제나 변함없는 태양이 기다리고 있습니다. 우리는 항상 그런 믿음으로 살아야 합니다. 나는 이 머리말을 놀만 빈센트 필 박사의 글로 끝맺을까 합니다.
　"사람은 뭣을 생각하느냐?는 것이 바로 그 사람이다"라고 했습니다. 사람은 생각

하는 혼입니다. 덴마크 코펜하겐에 가면 H. C. 안데르센의 무덤이 있습니다. 그의
무덤 비문에 적힌 글입니다.

  영혼은 영원한 씨알이다
  육체는 죽어도
  영혼은 영원히 죽지 않는다

이 책을 아내 유정희, 두아들 진석, 광석, 그리고 딸 송화에게 바칩니다.

2006년 8월 15일 새벽에

채규철

멋, 보람, 아름다운 삶의 이야기

이 글을 쓰신 채규철 님은 저를 비롯한 신앙 동지들의 성경연구 모임인 '부산 모임'의 한 분이었습니다. 이 모임에서 채규철 님은 자신이 덴마크에 유학을 가서 신병으로 치료를 받게 되었을 때 사회보장제도에 의한 무료치료의 혜택을 입은 경험을 우리에게 들려주면서 우리도 의료협동조합을 만들어 불쌍한 이웃을 돕자고 제창한 바 있었습니다.

저는 님과 뜻을 같이하여 다른 신앙 동지들과도 힘을 모아 1968년 5월에 〈부산 청십자의료협동조합〉을 창설하게 되었습니다. 그후 님은 서울에도 〈한국 청십자의료협동조합〉을 만들어 전무로 일하기도 하는 등 사회복지사업에 남다른 열정을 보이면서 활발하게 활동하셨습니다.

그러나 뜻밖에도 님은 1968년 10월 자동차 사고로 전신에 45퍼센트 이상의 화상을 입고 형용하기 어려운 지경에 이르게 되었습니다. 목숨을 잃을 위기도 여러 차례 당하였지만 끈질긴 힘으로 이 모든 고난을 잘 이기고 하나님의 보호에 힘입어

재생하게 되었습니다. 그 뒤에도 여러 차례에 걸친 성형수술에도 잘 견디었으며 좋은 경험과 수양을 쌓게 되었습니다. 님은 피난생활의 어려운 형편에 굴하지 아니하고 대학을 졸업하고 유학도 다녀왔으며 서울대 보건대학원 석사과정까지 마치는 등 삶에의 끈질긴 투쟁을 계속해 왔습니다.

　사고를 당해 엄청난 시련을 감내해야 했을 때 님은 부인의 지극한 사랑에 힘입어 투지로 일어설 수 있었습니다. 부인은 님의 반신半身이 되어 화상으로 눈과 손발이 부자유스럽게 되자 책을 읽어드렸고, 부르는 말을 기록하고, 음식을 먹여드리는 일을 해주었습니다. 그야말로 님의 가정은 '부부의 사랑은 두 몸이 한 몸을 이루는 실체'라는 것의 표본이었습니다. 그런데 이 부인마저 님에 앞서 '저 높은 곳을 향하여' 가버리셨습니다. 그래서 님은 '저 높은 곳을 향하여' 살게 되었고, 이를 글로 쓴 수기집을 발행한 바도 있었습니다.

　님은 하나님께로부터 너무도 좋은 은혜를 받으셨습니다. 명석한 머리, 지혜의 눈, 정의감에 불타는 심장, 용감하게 실천하는 의사意思, 어학의 재능 등 사람으로서 교만해질 수 있는 요소들을 풍성하게 지니고 있습니다. 사고를 당하지 않았더라면 세상에서 어떻게 쓰임 받을 지 불문가지라 하겠습니다.

하지만 님은 사고를 당했습니다. 이는 아마도 교만해질 수 있는 지모를 꺾으시고 겸손히 주님의 뜻을 전하라는 명령을 받으신 줄 믿습니다. 님은 지금도 님을 지켜보는 많은 사람들의 생각이 무색할 만큼 전국 방방곡곡을 누비며 강연을 하며 활발한 저술 활동을 하고 있습니다.

하나님은 다시 적합하게 돕는 사람을 부인으로 삼아 주셨고, 자녀들도 훌륭하게 성장하고 있어서 주님의 사랑과 평강을 실현하면서 사회의 일원으로 책임을 완수하라는 축복을 받으신 줄 압니다.

님의 글이 「청십자소식」에 연재되는 동안 독자들로부터 '살아가는 참모습을 발견했다' '삶에 대한 애착심을 발견했다'는 등 감동적인 소감들이 쇄도했고, 어느 교회에서는 이를 복사하여 성도들에게 나누어 읽도록 하였습니다.

이 글에서 님은 "절망할 수밖에 없는 어려운 역경 속에서 자기가 가지고 있는 신념, 아니면 자기의 신앙을 가지고 나는 이러한 역경과 고난을 이렇게 이기고 내 인생을 멋지고 보람있고 아름답게 살았다"는 삶의 이야기를 남기는 것이 '위대한 유산'임을 강조하고 있습니다. 읽는 모든 분들이 공감하고 감동할 수 있으리라 생각합니다.

전 청십자의료협동조합 대표이사, 의학박사
장기려

정신의 승리

여기에 슬프고도 용감한 이야기가 있습니다. 이 책의 저자 채규철 선생의 고난과 시련의 이야기입니다.

그는 냉혹한 운명에 의해서 하루아침에 폐인이 되었습니다. 자동차 사고로, 전신이 불길에 휩쓸려 귀를 잃고 한 눈은 멀고 손은 갈고리처럼 되고 얼굴은 도깨비 같은 추물로 변했습니다. 게다가 사랑하는 아내마저 폐병으로 세상을 떠났습니다. 어린애들은 그를 보면 귀신같다고 했고 아가씨들은 무서워서 도망을 쳤습니다. 목사의 아들로 태어나 대학을 마치고 덴마크와 인도에 가서 해외유학을 하고 돌아온 그의 앞길에는 창창한 희망과 성공의 태양이 떠오르고 있었습니다. 그러나 청천벽력처럼 불의의 비운이 그를 습격해 왔습니다. 그는 자살을 하려고 했습니다. 그러나 그의 굳은 의지력은 용감하게 죽음과 절망에 도전했습니다.

마침내 그는 암흑에서 광명을 찾았습니다. 절망을 희망으로 바꾸었습니다. 패배를 승리로 이끌었습니다. 최악의 운명을 최대의 영광으로 만들었습니다. 그는 사선을 넘어 생명의 소생과 기쁨을 찾았습니다. 그것은 하나의 놀라운 기적이었습니다.

그것은 정신력의 위대한 승리입니다.

나는 30여 년 전 우연한 기회에 그를 알게 되었습니다. 우리의 우정은 날이 갈수록 두터워졌습니다. 같이 맥주도 마시고 여행도 하고 강연도 같이 갑니다. 그는 일에 대한 정열이 강합니다. 그는 놀라운 향상심의 소유자입니다. 그의 신념은 철석과 같습니다. 청십자운동을 벌이고, 어린이 도서관을 만들고, 1년에도 수백 번의 강연을 다니고, 기회 있는 대로 글을 쓰고, 많은 친구를 사귀고, 가난한 사람을 돕고, 부지런히 공부를 합니다. 또 노인복지운동을 위해서 남은 생애를 바치겠다고 합니다.

만일 그가 운명의 치명타를 당하지 않았더라면, 더 많은 사업을 하고 더 많은 영향력을 끼쳤을 것입니다. 그는 간디를 존경하고 마틴 루터 킹을 앙모하고 키에르케고르를 좋아하고 그룬트비에 심취하고 안데르센을 사랑하고 그리스도를 믿습니다.

그에게는 꿈이 있고 사명감이 있습니다.

그 불편한 몸과 시력을 가지고 그는 전국을 누비면서 강연을 다닙니다. 그의 강연을 듣는 이의 가슴에 깊은 감동을 줍니다. 그가 불의의 화상을 입고 사선을 헤매면서 살려고 몸부림치던 그 처절한 이야기는 그만이 할 수 있는 놀라운 감격의 메시지요, 신념의 말씀입니다. 그는 우리 사회에서 귀한 존재요, 드문 인물입니다.

우리는 그에게서 용기의 본보기를 보고 신념의 위대성을 발견합니다. 보통 사람 같았으면 필시 자살을 했거나 폐인이 되었을 것입니다. 기독교의 신앙이 그를 인생의 승리자로 만들었습니다. 몇 년 전 그는 「저 높은 곳을 향하여」라는 역저를 써서 독자에게 깊은 감동을 주었습니다. 그것은 그의 비극적 사건과 그것을 이겨낸 눈물겨운 악전고투의 생생한 기록입니다.

그는 최근 여러 해 동안에 쓴 글들을 모아 새 책을 엮었습니다. 나는 그의 원고를 전부 읽고 많은 감명을 받았습니다. 특히 많은 젊은이들이 이 책을 읽고 희망과 신념과 용기를 얻기를 바랍니다. "도전이야말로 인간의 본질이다"라고 에베레스트를 정복한 히라리 경은 갈파했습니다.

우리는 이 책에서 이상을 향한 용감한 도전적 정신을 발견합니다. 그 정신으로 쉬지 않고 전진하기를 바랍니다.

숭실대 명예교수, 철학박사

안병욱

1

먼곳을 바라보는 눈은
왜 슬픈가

최대의 유산

나 채규철은 상당히 유명한 사람이다. 농담 같지만, 대한민국에서 나를 모르면 간첩(?)으로 오해받을 지도 모른다. 학자로 이름이 나서 유명한 것도 아니고 돈을 엄청 벌어서 유명한 것도 아니다. 그럼 어떻게 유명한가? 나는 좀 별나게 유명하다. 우선 내가 '10원짜리 인생'이기 때문이다. 최근에는 화폐 가치가 절하되어 '100원 짜리 인생'이라고 해야 할 것 같다. 어쨌든 이유인즉, 이렇다.

내가 다방이나 음식점을 문을 열고 들어가면 그 즉시 마담이나 종업원들이 다가와 숨돌릴 틈도 없이 잽싸게 100원 짜리 동전 한 닢을 주고는 제발 나가달라며 내 몸을 마구 밀어낸다. 이유는 내 모습이 다른 손님들에게 혐오감과 불안감을 준다는 것이다. 다른 이유로는 나를 손님이 아니라 구걸하러 온 거지로 착각하기 때문이다. 그들이 주는 100원짜리를 마다 않고 받아 호주머니에 넣고는 기어이 안으로 들어가 손님 행세를 다한다. 그들이 준 100원짜리를 의외의 부수입으로 챙겨 넣으면서.

그래서 나는 어떤 의미에서 특권층이랄 수 있다. 커피를 마시고 나올 때 남들은 1000원을 내지만, 나는 이미 100원을 받았으니까 실은 900원만 내는 특혜를 누리는 셈이다. 어떤 경우에는 커피 값 1000원을 하나도 받지 않는 곳도 있다. 물론 다음에 다시는 오지 말라 달라고 조건을 붙이지만.

내 사무실은 충무로 1가에 있다. 그래서 나는 충무로와 명동 주변을 자주 오간다. 내가 거리에 나서면 지나가던 아가씨들은 나를 쳐다보고 기겁을 하여 두 손으로 얼굴을 가린 채 "아이, 징그러워" 하면서 쏜살같이 도망을 친다. 가끔 어떤 아가씨들은 "재수 없어"하고는 얼굴을 찌푸리기도 한다.

언젠가는 이런 일도 있었다. 농촌문화연구회가 주관한 강의를 하러 대천에 갈 일이 생겨 서부역에 가서 대천행 기차표를 끊었다. 마침 시간 여유가 있길래 화장실에 갔는데, 당시 공중 화장실은 사용료 50원을 받았다. 용무를 마치고 화장실을 나서면서 돈을 받는 아주머니에게 100원을 냈더니 이 뚱보 아주머니는 나를 아래위로 훑어보면서 동정어린눈으로 "아저씨, 먹고살기도 어려운 주제에 무슨 돈을 내시오?" 하며 돈을 되돌려주는 것이다. 이 아주머니 역시 나를 거지 정도로 생각했던 모양이다. 비록 얼굴은 험상궂게 생겼어도 한 달 강의료 만도 대학 교수 수입을 능가하는 나의 재력(?)을 그녀가 알 턱이 없다. 어쨌든 이날도 50원의 부수입을 올렸다. 나는 이런 오해와 천대를 하루에도 수없이 받으며 살고 있다.

하지만 엄밀히 따져보면 나는 '100원짜리'는 아니다. 왜냐하면 내 몰골은 비록 흉측하지만 엄청난 밑천이 들어간 얼굴이기 때문이다. 이런 몰골로 삶을 엮어가게 된 결정적인 운명의 시간은 38년 전에 일어났다. 1968년 10월, 불의의 자동차 사고로 인해 전신 50퍼센트 3도 화상을 입었다. 그때 들어간 치료비와 숱한 사람의 정성어린 헌신과 노력의 대가를 돈으로 따진다면 정말 엄청난 금액이다.

그 은혜의 결정체가 오늘의 내 모습이다. 남보다 훨씬 많은 밑천을 들였으니 더 귀한 대접을 받아 마땅하건만, 오히려 아픈 천대와 수모를 감수해야 하는 '10원 짜리 인생' 이라니 참으로 아이러니컬하다.

몇 년 전 꼬마들이 즐겨보던 TV 프로그램 중에 '600만 불의 사나이' 가 있었다.

전 우주 비행사 스티브 오스턴, 그는 양쪽 다리와 한쪽 팔을 기계로 대신하고, 실명한 한쪽 눈에는 줌 렌즈를 달고 시속 60마일로 달린다. 그가 그렇게 재탄생하는 데 들어간 비용이 모두 600만 달러였나 보다. 내 치료비는 비록 600만 달러는 아니지만, 그래도 최소한 6000만 원은 들어갔다. 그렇다면 600만 불의 사나이는 못 되어도 6000만 원짜리 사나이는 되는 셈 아닌가. 그러나 아무리 내가 6000만 원짜리라고 큰소리를 쳐도 날 그렇게 봐주는 사람은 별로 없다. 그것이 오늘 우리의 현실이다.

한 사람이 사회를 위해서 얼마나 보람 있는 일을 하느냐, 인격이 얼마나 높으냐, 학문을 얼마나 연마했느냐 하는 것은 따지지 않고, 단지 얼굴이 어떻게 생겼느냐, 권력이 얼마나 있느냐, 자가용은 몇 기통을 타고 다니느냐 하는 것으로 한 인간의 가치를 속단하는 것이 오늘 우리의 사회. 그런 사회에서 살다 보니 별도리 없이 6000만 원짜리 인생이 도매금으로 넘어가 10원짜리밖에는 안 되었다.

그렇지만 나는 진짜 10원짜리는 아니다. 과거에도 남부럽지 않았고, 현재도 잘살고 있고, 또 잘 모르긴 해도 미래도 밝을 것이다.

내 고향은 냉면으로 유명한 함흥이다. 1·4 후퇴 때 월남하여 옛 포로수용소로 유명했던 거제도의 지세포에서 중학교를 졸업하고, 장승포에 있는 거제고등학교를

고등학교 졸업식장에서 어머니(왼쪽 3번째)와 함께

1년 다니다가 서울로 유학하여 대광고등학교를 졸업했다. 그리고 농촌운동에 뜻을 두고 시립 서울농업대학에 진학하였다.

농대를 졸업하자마자 충남 홍성군 홍동면 팔괘리에 위치하고 있는 자그마한 학교인 풀무학원에서 가난한 농사꾼들의 자녀들을 위해 온 정열을 바쳐 교육에 힘썼다. 약 5년간 그곳에서 농촌 운동을 하다가, 덴마크 외무부 산하의 개발도상국가와의 기술협력처 초청을 받아 국비 장학생으로 1년 동안 덴마크에 가서 공부하게 되었다.

주로 덴마크의 오늘이 있기까지 근본 바탕이 된 국민고등학교운동과 협동조합운동에 관해서 공부하였다.

덴마크를 건설한 두 개의 큰 수레바퀴가 있었다면, 그것은 그룬트비가 시작한 성인교육기관인 국민고등학교운동과 크리스텐 소너 목사가 시작한 협동조합운동이었다.

이들 운동의 모토는 영국, 독일, 프러시아와의 전쟁에서 패한 모든 상흔을 어떻게 단시일 내에 복구하느냐 하는 것이었다. 그룬트비가 제창한 구호는 "밖에서 잃은 것, 안에서 얻자"였다. "나라를 사랑하고, 흙을 사랑하고, 하나님을 사랑하자"라는 '삼애三愛정신' 과 "부자는 적게, 가난한 자는 더 적게"라는 복지사회 건설의 이념도 이때 생겨났다.

그룬트비는 암기교육을 폐지하고 산 교육을 행해야 한다고 주창했다. "모든 암기교육은 죽은 교육이다. 교육은 스승과 제자와의 사이에서 '산 말씀' 으로 이루어져

인도 미트란니켓탄 공동체 제자들

야 한다." 그런 이유로 지금도 덴마크 국민고등학교에서는 입학시험, 졸업시험 같은 시험이 없다. 그리고 졸업장도 없다. 왜냐하면 교육이란, 밭에 살아 있는 씨앗을 심는 농사와 같은 것이기 때문이다. 살아 있는 씨앗은 봄이 되면 자연히 싹이 트기 때문에 표시를 할 필요가 없다. 이 같은 교육의 결과로 덴마크 국민들은 혼자 있을 때는 독서를 하고, 두 사람이 모이면 토론을 하고, 세 사람이 모이면 노래를 부르는 아름다운 사회가 되었다.

덴마크에서 만 1년을 공부하고 돌아올 때쯤, 스위스에 들러 페스탈로치의 교육은 어떠했는지를 돌아보고, 예루살렘 성지순례를 한 후 인도로 갔다.

인도에서는 주로 간디의 제자들이 벌이고 있는 부단 그람단 운동(땅을 바치는 운동)을 살펴보았고, 당시의 지도자 비노바 바베, 제이프리카시 나라이언, 카이탄 박사 등을 만났다. 그리고 캘커타에서 타고르가 시작한 산티니케탄 대학을 견학하고, 일본을 거쳐서 1967년 가을에 귀국했다. 그때 나는 31살이었다. 젊었고, 여러 가지 꿈도 있었다.

한국에 돌아와서 농촌운동을 시작하려던 즈음이었다. 평소 나를 아껴 주시던 세기건설의 오형범 사장님이 우리나라에서 가장 큰 양계장을 김해군 대저면에 건축하였다. 계사 하나에 닭 약 20만 수 정도가 들어가는 큰 양계장이었다. 그때 부산 동래에서 양계장을 하던 P씨가 그 양계장을 견학시켜 줄 수 없겠느냐고 연락을 해와서 내가 말씀드리자, 오 사장님이 쾌히 승낙을 했다. 그래서 몇몇 사람들과 함께 그들이 타고 온 자가용으로 김해 대저농장으로 향했다.

67년 비하르주에서 만난
비나바 바베(부단 그람단 운동의 창시자) 옹

1968년 10월 30일, 내 운명이 바뀐 무서운 날, 그날은 맑게 갠 가을 하늘 아래 미풍이 하늘거리고 있었다. 누구라도 기분이 좋아지는 아주 좋은 날씨였다. 우리 일행은 멋진 드라이브를 했다. 먼지로 우중충한 부산 시내를 빠져나와 구포다리를 건너자 넓은 김해평야의 황금물결이 펼쳐졌다.

예정대로 양계장을 견학하고 다시 부산시내로 들어오는 길이었다. 우리는 시내 토성동에 위치한 기독교사회관에서 열리는 회의에 참석하기 위해 지름길로 갔는데, 엄궁으로 해서 하단을 돌아 괴정으로 빠지는 험한 길을 택하게 되었다.

당시만 해도 그 길은 부산에서도 소문이 날 정도로 험해서 차가 별로 다니지 않는 길이었다. 다니는 차라고는 시멘트 공장에서 모래를 나르는 트럭이나 몇 시간에 한 번씩 들어오는 시내버스 정도가 있을 뿐, 정말 한산한 길이었다.

엄궁에서 하단으로 돌아오는 산비탈, 갑자기 우리 일행이 탄 봉고형의 독일제 폭스바겐이 앞머리부터 기울기 시작하더니 약 10여 미터 언덕 아래로 구르기 시작했다.

옆에 탔던 친구가 "큐 브레이크!"하고 소리를 질렀다. 그런데 큐 브레이크를 잡자마자 차는 더 굴렀다. 우리가 탄 차는 부산 모 고아원 차였는데, 운전하던 친구는 그 고아원 교사였고 운전이 그다지 익숙하지 않았다.

공교롭게도 그 차 안에 영아원의 방바닥을 칠하기 위해 실어 놓은 인화물질 시너가 큰 통으로 두 통이나 있었다. 차가 전복되면서 차 속에 있던 시너 두 통이 전부 터져 버렸다. 우리는 머리끝부터 발끝까지 온통 시너를 뒤집어썼다. 이 시너는 차 속에서 가스가 되어 엔진에 닿자마자 "펑"하고 폭발했다. 우리의 몸은 불길에 휩싸이기 시작했다. 옆에서 핸들을 잡고 있던 임 선생은 재빨리 문을 열고 비행사가 비상탈출을 시도하듯 뛰쳐나갔다. 앞좌석에 탄 나는 뒤따라 나오려고 했지만 문이 잘 열리지 않았다.

그 순간 내 머릿속에서 몇 가지 생각들이 영화 필름처럼 스쳐 지나갔다. 이 불속을 뚫고 나가서 살 것이냐, 아니면 그냥 타죽을 것이냐? 두 가지 중 하나를 선택하지 않으면 안 되었다. 그때 제일 먼저 '내가 만일 죽는다면 아내는 어떻게 될까' 하는 생각이 들었다. 내가 효자가 아니어 선지 몰라도 부모님 생각은 나지 않고 아내 생각만 났다. 그 다음에 든 생각이 '과연 천당이라는 게 있을까' 하는 것이었다. 그 순간 살아야겠다는 강한 충동이 솟아났다. 나는 창문을 힘껏 발로 걷어차고 밖으로 뛰쳐나왔다.

뒷좌석에 앉았던 두 선생은 아직도 문을 찾지 못하고 차 속에서 살려 달라며 아우성을 치고 있었다. 그 비명을 들으며 그냥 있을 수가 없었다. 다시 차 속으로 들어가서 한 사람을 끄집어냈다. 그러나 더 이상은 들어갈 수 없었다. 내 몸에 불이 붙었던 것이다. 머리에서 발끝까지 불이 붙기 시작하는데, 시너를 뒤집어쓴 내 몸은 아무리 털어도 불이 꺼지지 않았다.

"사람 살려 주세요!" 나는 소리를 질렀다.

마침 아래쪽 논에서 일하던 농부들이 뛰어왔다. 한 농부가 어디서 구했는지 헌 가마니 하나를 갖고 와서는 거기에 나를 눕히고 자기들이 입었던 옷을 벗어서 내 몸을 감싸 불을 꺼주었다. 그때만 해도 의식은 말짱했다. 나는 가마니 위에 누워서 가만히 생각했다. 앞으로 두어 시간 동안은 살 수 있을 것 같았다. 그 두어 시간 동안 무엇을 할 것인가. 집에 가도 소용없을 것 같고, 병원에 가도 소용없을 것 같았다.

역시 사람은 일을 하면서 사는 동물인가 보다. 그 와중에 든 생각도 내가 하던 일이었다.

덴마크에서 돌아와 부산에서 시작한 몇 가지 일들이 있었다. 그중 하나가 청십자 靑十字운동이다. 청십자의료보험조합, 또는 청십자의료협동조합이라고도 했다. 이것이 우리나라 의료보험운동의 시발점이 되었다. 청십자라는 이름도 내가 지었다.

이 일들은 당시 부산 송도의 복음병원 원장으로 계시던 장기려 박사님과 함께 시작한 것이다. 또한 장 박사님과 같이 시작한 「부산모임」이라는 잡지도 있었다. 나는 장 박사님께 유언이라도 하고 죽어야겠다고 생각했다.

지나가는 택시를 향해 손을 흔들었다. 그러나 세워주는 택시가 없었다. 기사들은 나를 보면 도망가느라고 정신이 없었다. "사람이 죽어 가는데 도망가느라고 정신이 없다니 …… 덴마크에서는 이러지 않아!" 아무리 고함을 쳐도 나를 태우려고 서는 차는 없었다. 트럭도 자가용도 모두 그냥 지나갔다. 그 사이 30분 정도가 흘렀다.

이상하게 오른쪽 눈앞이 숯불처럼 빨갛게 되더니 사르르 꺼져버렸다. 아마 자동차 앞 유리창이 깨지면서 그 파편이 오른쪽 눈동자를 뚫고 들어갔던 모양이다. 그때 오른쪽 눈을 실명하여 그 후 의안을 했다.

잠깐 의안에 얽힌 얘기를 하나 하고 지나가자. 의안을 했더니 매우 복잡하다. 매일 아침저녁으로 의안을 뽑아서 식염수에 소독한 후 다시 넣어야 한다. 우리 집 꼬마 송화가 이것을 보았다. 아빠가 매일같이 눈알을 빼내 씻어서 다시 넣는 것이 이상했던지, 하루는 엄마에게 이렇게 말하는 것이었다. "나도 눈알을 빼내 씻어서 다시 넣어주면 안 돼?"

몇 년 전이다. 동아일보 문화부 P기자가 원고 청탁을 해왔다. '생활 속에서' 라는 수필란이 있는데, 거기에 글을 좀 써달라고 했다. 그러면서 요즈음은 계엄이 하도 살벌해서 정치, 사회 문제에 관한 글은 신문에 실을 수 없으니까 그저 생활 주변에서 있었던 재미있는 글이면 좋겠다고 하였다. 그때 내가 쓴 글이 '유머가 있는 사회를 만들자' 였는데, 의안에 대한 내용이었다.

6.25 전쟁 때 한 친구가 군대에 갔다가 폭탄 파편에 나처럼 한쪽 눈을 잃었다. 이친구도 눈알을 빼고 의안을 한 모양이다. 그런데 의안을 하면 눈곱이 자주 끼어서 매우 거북하다. 이 친구는 습관적으로 밤에 잠잘 때 이 의안을 빼서 물 컵에 담가놓았다가 아침에 닦아서 다시 끼곤 했다.

어느 날, 옆 친구가 면회 온 시골 친구들과 함께 소주를 잔뜩 마시고 들어왔다. 밤에 자다가 목이 타서 깬 친구는 잠결에 물을 마신다는 것이 그 속에 들어 있는 눈알까지 삼켜버렸다. 그 눈알은 그의 몸속을 무사히 통과하는데 항문에 가서 그만 걸려버렸다. 얼마나 통증이 심했는지 군의관을 찾아갔다. 군의관이 어디가 아파서 왔느냐고 묻자 "똥구멍이 아파서 왔습니다" 하고 대답했다.

군의관은 그를 눕혀놓고 검진을 했다. 항문을 연 순간 군의관은 기절해 버렸다.

비명을 듣고 달려온 다른 군의관이 "똥구멍이 째려보는 게 어디 있노?" 하면서 다시 검진을 했다. 보니까 진짜 뭔가가 째려보고 있길래 얼른 수술을 해서 의안을 뺐다는 이야기다.

요즈음은 사람들이 이상해져서 권력을 잡았다 하면 아무거나 다 삼켜버리는데, 언젠가는 그들도 마지막엔 걸리게 돼 있다. 이○○, 김○○, 차○○ 등 이분들의 재산을 환수를 했는데, 자그마치 853억 원이라 한다. 그러니 그들이 얼마나 많은 돈을 부정 축재했겠느냐.

또한 당시 젊은이들의 유행어 중에 '영자의 전성시대' 라는 말이 있는데, 그 시대가 지날 만하니까 이번엔 '철호의 전성시대' 가 오고 있으니 참 이상한 사회다. 치마 두른 여자들이 한번 해 잡수셨다 하면 몇 천 억대를 넘어가니 세상은 과연 요지경 속이다. 냉수를 마셔도 조심해서 마셔야 한다. 남의 등을 치거나 밀수를 하거나 탈세를 해서 버는 돈은 언젠가 마지막에 한 번은 걸리게 되어 있다.

사실 우리가 살면 얼마나 오래 산다고, 그렇게 많은 돈이 필요한가. 그렇게 번 돈은 문제가 많다. 그런 돈으로 당장은 호화롭게 살 수 있을지 몰라도 그 돈 때문에 자식들은 십중팔구 잘못된다고 한다. 왜냐하면 그런 집 자식들은 돈을 벌기 위해 얼마나 많은 땀을 흘려야 하는지 모르기 때문이다. 자식이 한번 잘못되면 그 후유증이 최소한 3대는 간다고 한다.

사람이 양심을 지키느냐, 버리느냐 하는 것이 중요한 것이다. 대한민국 역사 교

등대지기를 편곡한
유경손(작곡가 나운영 선생의 부인) 여사와 무량사에서

과서에서 이완용이 매국노였다는 내용이 없어지지 않는 한, 그의 후손들은 자기 선조가 누구였다는 얘기를 떳떳하게 하지 못할 것이다. 그깟 돈 몇 십억, 몇 백 억 있으면 뭘 하나? 자식들이 잘못되면 그것이 무슨 소용이란 말인가? 돈이란 땀 흘려 정정당당하게 벌어야 가치가 있는 것이다.

헌 가마니에 싸여 아무리 구조 요청을 해도 모든 차들은 그냥 쌩쌩 내달리기만 했다. 약 30분쯤 지나자 동네 파출소에서 순경이 뛰어왔다. 순경은 강제로 지나가던 택시 하나를 세워 안에 탄 손님들을 내리게 하고 나를 가마니 위에 눕힌 채 태워서 보냈다. 그때까지도 의식이 있었다. 나는 운전기사에게 부산 송도의 복음병원으로 가자고 했다. 장 박사님을 만나야겠다는 생각이었다.

감천발전소를 지나 고개를 넘어갈 때쯤이었는데, 마음 속에서 어떤 소리가 들려왔다. 일종의 계시 같은 것이었다. "사람은 그의 사명을 다하기까지는 죽지 않는다." 고등학교 때 읽었던 리빙스턴전에 나온 내용이었다. 그 책을 읽으면서 새긴 구절이었는데, 그때 내 마음 속에 다시 뚜렷하게 들려왔다. 그때부터 이상하게도 죽음에 대한 불안이나 공포가 다 사라졌다. 마음이 안정되면서 어떤 자신감이 솟아올랐다. '아직 내가 이 세상에서 할 일이 있는 한 나는 죽지 않을 거야!' 반면에 '내가 해야 할 일들을 다 했다면 죽은 들 무엇이 억울하냐' 하는 생각이 들었다.

운전하던 기사 아저씨가 좀 이상했던 모양이다. 불에 타서 새카맣게 숯이 된 사람이 정신은 멀쩡해 가지고 길도 제대로 안내하고 이야기도 제대로 하니까 백미러로 나를 쳐다보면서 "당신은 죽지 않겠소"라고 했다. 나는 고맙다고 인사하고 "고개나 빨리 넘어 갑시다" 했다. 어느 새 감천 고개를 넘었다. 넘자마자 복음병원이 나타났다. 기사 아저씨는 나를 병원 응급실 문 앞에 내려놓고는 급히 사라져버렸다.

고맙다고 인사할 틈도 없었다.

병원에 왔지만 모두들 나를 치료해 줄 생각을 하지 않았다. 그도 그럴 수밖에 없는 것이 불에 새까맣게 타버려서 내가 누군지 알아보는 사람도 없었고, 병원 입원 보증금도, 보호자도 없었으니까 말이다. 당시에 나는 복음병원에 속해 있는 간호대학에서 강의를 했는데, 옆으로 지나가는 제자들도 나를 알아보지 못하고 그냥 지나쳐 갔다. 마침 아는 얼굴이 지나가기에 불렀다.

"너 ○○가 아니냐?"

"누구세요?"

"나다. 채 선생."

그제야 그 친구는 깜짝 놀라서 "아이고마 선생님, 어찌 된 겁니까? 하면서 울며 뛰어 들어가 채 선생님이 사고가 나서 오셨다고 소리를 질렀다. 곧 들 것을 가지고 나와서 나를 응급처치실로 데리고 갔다.

나는 응급처치실에서 다른 생각은 할 수가 없었다. 빨리 장기려 박사님을 만나서 그 동안 벌여놓은 의료협동조합운동과 잡지를 내는 일 등 몇 가지 일을 부탁한다는 유언을 해야 한다는 생각뿐이었다. 장 박사님은 회의 때문에 시내에 나가고 병원에 계시지 않았다. 나는 수술대에 누운 채 가능한 빨리 장 박사님을 불러달라고 했다.

간호사들과 의사들에게 총 비상이 걸렸다. 그때 나를 응급 처치해 주던 간호사들은 나와 함께 간호대학에서 강의를 하던 선생님들이었다. 나중에 들은 이야기지만 나와 각별히 친하게 지냈던 그들은 눈물이 앞을 가려서 나를 처치해 주기는커녕 의사들이 핀셋, 실, 약 등을 가져오라고 하는데도 그것들을 제대로 가져올 수도 없을 정도로 혼란했다고 한다. 얼마나 지났을까, 장 박사님이 뛰어오셨다.

"채 선생, 어떻게 된 거요?"

"대저에 갔다 오다가 엄궁에서 사고가 났어요. 앞으로 제가 몇 시간을 더 살지 모릅니다. 박사님과 함께 시작한 가난한 사람들을 위한 청십자운동이랑 잡지 내는 몇 가지 일만은 끝까지 맡아서 성공해 주세요."

유언처럼 말을 마치고 그대로 수술대 위에 누웠다. 장 박사님은 우선 화상 입은 자리를 소독하고 이곳저곳을 살폈다. 일단 다친 한쪽 눈을 수술해야만 했다.

불행하게도 당시 복음병원에는 안과가 없었다. 할 수 없이 부산대학병원 안과 박 박사님께 급히 연락을 했다.

그때 사고 소식을 듣고 부모님이 오셨다. 아내에게는 충격을 받을까봐 거짓말을 하고 오셨단다. 어머니는 응급실 문을 열자마자 내 모습을 보고는 그 자리에서 기절하시고, 아버지는 애써 담담하게 옆에 오셔서 내 이름을 부르시며 눈물을 흘리셨다. 내 평생 아버지의 눈물을 본 적이 없었는데, 희미한 한쪽 눈으로 처음 본 아버지의 눈물, 지금도 잊혀지지 않는다. 아마도 내게 걸었던 모든 기대가 무너지는 것 같은 슬픔 때문이었을 것이다. 이북에서 피난 내려와 온갖 고생 다하면서 17세 어린 나이에 고학으로 대학을 졸업하고, 외국 유학도 다녀오고, 이젠 뭔가 사회를 위해서 일을 시작하는 줄 알았는데, 불에 타 다 죽게 되었으니 억울하기도 하고 기가 막히기도 했을 것이다. 또 남아 있는 아내와 4살짜리 큰놈, 금방 출산한 둘째놈, 저것들을 어떻게 할까 싶어 한탄과 시름, 걱정, 온갖 좌절이 뒤섞인 눈물이었을 것이다.

아버지의 울음 섞인 목소리를 듣는 순간, 나 자신이 얼마나 비참한 지, 아버지의 눈물은 자식들에게는 함부로 보여서는 안 되는 무엇인 것 같다.

무려 6시간에 걸쳐 응급처치를 한 후 나는 병실로 옮겨졌다. 내가 차에서 꺼내준 친구는 내 뒤를 이어 곧바로 병원에 실려와 응급처치를 받았지만 겨우 하룻밤을 지내고 세상을 떠나고 말았다. 그는 밤새도록 통증을 못 참고 앓으며 운전했던 임 선생을 원망하고 저주하다가 세상과 영영 이별했다. 다른 한 친구는 현장에서 구출되지 못하고 그 자리에서 타죽었다.

화상을 입으면 세균 감염, 탈수 현상, 환자의 의지, 이 세 가지가 가장 중요하다. 첫째, 화상 환자들은 무균처치를 해주어야 하는데, 그때만 해도 부산 복음병원은 무균처치를 할 시설이나 약품이 거의 없는 작은 병원이었다. 의료용 소독비누도 없을 정도였다. 그 다음, 몇 퍼센트의 화상을 입었느냐에 따라 탈수의 정도가 달라지는데, 나는 3도 화상을 입어 전신의 약 50퍼센트가 불에 탔다. 3도 50퍼센트라고 하면 마치 양동이에 구멍이 뚫려 물이 줄줄 새는 것처럼 체액과 수분이 전부 체외로 배출되는 정도이다. 그래서 혈관마다 포도당 주사를 놓아 탈수 현상을 막아야 했다. 그러나 탈수 현상은 계속되었고, 전신이 정상 상태의 배 이상으로 부어서 혈관을 찾을 수조차 없게 되었다. 병원의 모든 의사, 간호사들은 내게 포도당 주사를 제대로 놓지 못해 난리였다. 그중 유일하게 구 간호사만은 정확하게 혈관을 찾았다.

주사 놓을 때면 으레 구 간호사를 불러야 하는 소동까지 벌어졌다.

체내의 수분만 빠지는 것이 아니라 영양분도 함께 배출되었는데, 그 중에서도 가장 중요한 단백질의 유출은 치명적이었다. 혈액과 영양분을 보충하기 위해서는 고가의 알부민 주사를 맞아야 했는데, 이 약품은 당시 우리나라에서는 생산되지 않았다.

유일하게 구할 수 있는 곳이 국제시장 약품도매상이었다. 미군 부대에서 흘러나오는 것을 암거래하는 곳인데, 그곳을 며칠씩 헤매 다녀야 했다.

그 외에도 수혈을 하기 위해 우리 가족은 물론 나를 아껴주는 많은 친구들이 동원되었다. 서울에서, 진해에서, 부산에서, 또 일본, 미국 등지에서까지 필요한 약품을 구하여 비행기로 공수해 주었다. 그들의 정성과 기민함이 없었다면 나는 이미 지구상에 존재하지 않았을 것이다.

마지막으로 중요한 것이 환자 자신의 문제이다. 환자 스스로 살겠다는 의지가 있느냐 없느냐에 따라서 살 수도 죽을 수도 있다.

병원에서 일 주일을 보냈다. 의사들은 내가 살아날 가망이 없다고 생각하고 있었다.

그러나 나는 사는 데까지는 살아봐야겠다. 아직도 할 일이 많은데, 한 줌 재만 남겨놓고 갈 수는 없다고 생각했다. 우선 입에 스트로를 물고 계속 열심히 뭔가를 마셔댔다. 물을 주면 물을, 주스를 주면 주스를, 우유를 주면 우유를 마셨다. 그야말로 혼신의 힘을 다하여 마셨다. 장 박사님은 매일 내가 마시는 수분의 양과 소변으로 배설되는 양을 체크했다. 그 밸런스가 깨지면 죽는 것이었다.

생사의 분기점에서 나는 생각했다. '눈에 보이지도 않을 만큼 미세한 세균들한테 질 수는 없다. 그래도 만물의 영장인데 ……. 수분이 모자라면 죽는다는데 마시는 것쯤 못할 것이 있겠는가' 그래서 열심히 마셨다.

가장 견디기 힘들었던 것은 극심한 통증이었다. 화상을 입어보지 못한 사람은 도저히 상상도 할 수 없는 고통이다. 화상을 이겨내려면 그 통증을 참고 견뎌내야만 했다. 통증이 적을 때는 아픔뿐이지만, 극대화하면 아픔을 넘어서 환상이 되었다.

미라처럼 충충히 감긴 붕대 속의 얼굴, 손, 팔다리에 누군가 와서 바늘을 뿌리는 것 같았다. 나는 수도 없이 붕대를 풀어서 그 바늘을 빼달라고 했다. 그 바람에 나를 간호하던 어머니, 아내 그리고 간호사들이 많은 곤욕을 치렀다.

어머니가 말했다. "바늘을 뿌리기는 누가 바늘을 뿌려! 우리가 전부 여기 있었는데……." 그러면 나는 소리를 질러댔다. "어떤 사람이 금방 뿌리고 갔단 말이에요."

모두들 나를 타이르고 위로하다가 마지막에는 애원까지 했다. 그러다 정 할 수 없으면 당직 간호사를 불러 아침에 정성껏 한 드레싱을 풀어내고 전혀 바늘이 없다는 것을 확인시킨 후에 다시 원상태로 드레싱을 했다. 이런 통증은 아마 지옥에서나 경험할 수 있는 것이라 해도 과장은 아닐 것이다.

그 통증의 시간들을 내 옆에서 묵묵히 참아내며 돌봐준 간호사들이 없었다면, 나는 아마 좌절의 늪에서 헤어 나오지 못했을 지도 모른다. 한 사람의 생명을 소생시키는 작업이 이렇게 고된 줄 누가 알았으랴. 그리스도를 닮은 사랑과 인내와 정성이 그들에게 없었다면 나는 다시 살 수 없었을 것이다. 우리가 별 문제 없이 인생을 살 때는 이렇게 큰 사랑은 없어도 된다. 그러나 생과 사의 갈림길에 서 있을 때에는 그런 깊고 성숙된 사랑이 필요하다.

이때가 내게는 생사의 갈림길이었다. 화상 환자들의 투병 중에서 가장 중요한 고비였다. 내가 하루에도 몇 번씩 죽었다 깨었다 하니까 장 박사님도 영 자신이 없었던 모양이다. 장 박사님이 자신 없다고 포기하면 그것으로 끝나는 것이었다.

그는 우리나라에서 최고로 수술을 잘하는 외과 의사 중의 한 사람으로, 김일성 부인의 주치의를 지냈고 또 이광수 소설 「사랑」의 주인공 '안빈' 의 실제 모델이었다는 설說로 유명하였다. 이광수가 결핵에 걸려서 서울대학병원에 입원했을 때 장 박사님이 그의 주치의였는데, 그때 이광수가 "당신은 바보 아니면 천재야!"라고 했다고 한다. 장 박사님은 그야말로 천재적인 바보였다. 나와 함께 청십자운동을 시작하게 된 동기도 그의 그런 면모 때문이다.

나는 덴마크에서 돌아오자마자 부산에 있는 몇몇 대학에 강의를 나가면서 장 박사님의 성서연구 모임인 '부산모임' 에 참여하였다. 당시 장 박사님의 병원은 매우 힘든 처지에 있었다. 돈 없는 가난한 환자들이 오면 무료로 치료를 해주었기 때문이다. 병원 운영에 치명타가 될 지경에 이르자 병원 스태프들이 회의를 열었다. 아

성산 장기려 박사

무리 원장이라고 해도 부장단 회의를 거쳐서 무료 진료를 하자고 결정했다. 장 박사님의 재량권이 박탈당했다. 그 다음부터 장 박사님은 치료비를 내지 못하는 환자가 생기면 밤중에 몰래 병원을 빠져나가게 했다. 그러나 장 박사님 혼자 빈민 환자들을 다 치료할 수도 없는 이상 근본문제는 해결되지 않았다.

1968년 봄, 어느 날 장 박사님의 성서모임 시간에 참석했을 때 이런 제의를 했다. "덴마크의 의료협동조합운동이나, 미국의 청십자, 청방패 운동은 가난한 사람들의 치료비 문제 해결에 많은 기여를 했다. 우리나라에도 이러한 근본적인 해결책이 있어야 된다." 그 말을 듣고 장 박사님이 고개를 끄덕이며 "피난 나오기 전에 그런 것을 경험했다"고 하였다. 그래서 시작한 것이 바로 청십자운동이다. "건강할 때 병자를 돕고, 병들었을 때 도움 받자"는 모토의 이 운동이 바로 우리나라 의료보험의 시초가 되었다.

가난한 사람이라고 차별하지 않고 정성을 다해 치료를 하시는 분이 나를 살릴 자신은 없었는지, 어느 날 부산에서 제일 큰 침례병원의 의사를 불렀다. 그 병원의 외과 과장으로 있던 테보라는 미국인 의사가 왔다. 장 박사님이 나를 보여주며 그에게 말했다.

"우리 병원에는 화상 치료약도 없고, 전문 의사도 없고, 시설도 부족합니다. 시설이 좋은 당신 병원에 입원시키면 살릴 수 있지 않겠습니까?"

테보 박사가 내 상처를 살펴보더니 첫 마디가 "가망 없다hopeless"였다.

"우리 병원에 가도 도저히 살릴 수가 없습니다. 이 병원에서 그냥 치료하는 수밖

한국의료협동조합 창립 3주년 기념

에 없겠습니다."

"혹시 목숨만이라도 살릴 수 없을까요?"

"목숨만이라도 살리려면 꼭 한 가지 방법밖에는 없습니다."

"그게 뭔데요?"

"팔, 다리를 모두 절단하면 목숨만은 살릴 수 있을지 모르겠습니다. 그래도 우리 병원에 모시고 가기에는 시간이 너무 늦은 것 같군요."

나는 그들이 영어로 이야기하는 것을 침대에 누워 다 들었다. 오히려 영어를 몰랐더라면 마음이나마 편했을 텐데, 팔과 다리를 몽땅 절단하자는 데는 미칠 지경이었다. 차라리 죽는·것이 더 나을 것 같았다. 내게는 운명을 결정짓는 굉장히 중요한 순간이었다. 사지를 절단하는 방법밖에는 별 다른 수가 없다는 이야기를 들은 장 박사님의 대답은 한마디로 "안 됩니다."였다.

장 박사님은 내게 이렇게 말씀하셨다.

"사람의 목숨은 하나님 손에 달려 있는 거야! 우리는 그저 할 수 있는 데까지 최선을 다하면 돼. 우리 그렇게 해보자."

한국인 의사와 미국인 의사의 정신 자세의 차이가 느껴졌다. 역시 장 박사님은 독실한 크리스천이셨다. 나는 지금도 그 순간을 생각하면 온몸에 전율을 느낀다. '의사 한 사람의 결단에 따라 한 사람의 운명이 이렇게 달라질 수도 있구나' 하는 생각이 든다. 의사의 생각이 긍정적이냐 부정적이냐에 따라서 환자의 운명이 극과 극으로 달라 질 수 있는 것이다. 마치 백두산 천지에 떨어진 한 방울의 물이 압록강

복음병원 식구들과 함께한 장기려 박사

으로 갈 수도 있고 두만강으로 갈 수도 있는 운명의 섭리와도 같은 우주의 깊은 원리를 체득할 수 있었다.

장 박사님은 의사와 간호사들에게 매일 아침 병원에서 예배를 볼 때마다 나를 위해서 기도해 달라고 부탁하였다. 수술과 병원 업무로 바쁜데도 불구하고 매일 두세 시간씩 내 드레싱도 정성껏 맡아 주었다. 내가 가르쳤던 간호대학 제자들도 자기들끼리 팀을 짜서 24시간 동안 돌아가며 쉬지 않고 간호해 주었고, 나를 아는 많은 교인들도 매일 철야기도를 해주었다. 이런 사랑의 힘으로 나는 기적처럼 한 달을 버틸 수 있었다.

어느 날, 장 박사님이 수술을 할 수 있겠다고 하였다. 피부이식 수술을 하자는 것이었다. 성한 피부들을 떼어다가 상처 부위에 이식하는 것이다. 주로 가슴, 배, 엉덩이의 피부를 떼어서 손, 팔, 다리, 얼굴에 붙였다.

복음병원에는 피부를 떼는 기계조차 없었다. 성한 피부에 대고 슬쩍 긁으면 간단히 피부가 떼어져 편한데 그 기계가 없었다. 할 수 없이 장 박사님과 김생수 박사님이 직접 소독한 면도날로 피부를 떼어냈다. 통증보다 써걱써걱 떼어내는 소리가 더 신경을 거슬리게 했다. 그 소리가 들릴 때마다 등골에서 식은 땀이 흘러내렸다. 복음병원에서 3개월에 걸친 수술을 하고, 부산 서면에 있는 '하야리아' 라는 미군 부대 제11후송병원에 입원하게 됐다.

부산에서 함께 지역사회운동을 하던 미국 친구가 그 부대에서 근무를 했는데, 사고 소식을 듣고 어떻게든 나를 살리기 위해 자기 부대 병원에 입원을 시켰다. 미군

부산신학교에서 통역하는 필자

병원은 약도 풍부했고 시설도 좋았다. 오웬스라는 외과 군의관이 나를 담당했다. 이 친구 또한 웃기는 친구였다. 나를 진찰하더니 첫마디가 "You are remarkable man(당신은 참 놀라운 사람이오)"이었다. 의사 생활 하는 중에 이 정도로 심한 화상 환자는 처음 보았다면서 기적이라고 했다.

그 후 오웬스 대위가 피부이식 수술을 맡았다. 피부이식 수술은 까다로운 수술이라고 한다. 피부를 떼어다 붙이면 최소한 보름 이상은 움직이지 말아야 한다. 그 부위에 균이 들어가면 이식한 피부들이 다 떨어져서 다시 해야 하기 때문이다. 그래서 피부이식 수술은 80퍼센트 정도 성공하면 대성공이라고 했다. 그런데 이상하게도 내 경우는 아무 데나 붙여도 90 내지는 95퍼센트는 성공이었다. 미군 군의관은 신이 나서 시간만 나면 피부를 떼어 열심히 이식수술을 했다. 나는 만 3개월 만에 미군 병원에서 퇴원할 수 있게 되었다.

외상은 거의 다 나았지만, 얼굴이고 손이고 발이고 모두 엉망이 되었다. 눈과 눈썹도 다 타서 없어지고, 손은 손대로 오리발처럼 엉겨 붙어 쓸 수가 없었다. 발도 마찬가지였다. 어린아이들은 나를 보고 'ET 아저씨 왔다'고 무서워하였다.

이제는 성형수술, 곧 예뻐지는 수술을 하기 시작했다. 예뻐지면 얼마나 예뻐지겠다고!

성형수술은 강원도 원주의 기독병원에서 했다. 당시 기독병원에는 성형외과 전문의인 미국인 로스 박사가 있었는데, 수술을 잘한다고 소문이 나 있었다. 나는 부산에서 원주까지 가서 입원을 했다.

로스 박사가 나를 불러 말했다.

"이제는 당신 얼굴 수술을 할 텐데, 옛날 다치기 전에 찍은 얼굴 사진 중에서 제일 잘된 사진 한 장만 주시오."

"수술하는데 무슨 사진이 필요합니까?"

"어쨌든 필요합니다. 예쁘게 해줄 테니 꼭 가져오시오."

아내에게 옛날에 찍은 사진 중에서 제일 잘 나온 걸로 한 장 가져오라고 하여 로스 박사에게 주었다. 로스 박사는 내 사진을 크게 확대해서 수술을 할 때마다 옆에 놓고 그것을 들여다보았다. 그가 내 옛날 얼굴과 비슷하게 만든다고 한 얼굴이 지금의 이 모습이다. 지금 이 정도만 해도 얼마나 다행인지 모른다. 전혀 형체가 없던 얼굴을 새로 만들어놓은 것이나 다름없으니 말이다.

성형외과 의사들은 기술자이자 예술가이다. 예술가 중에서도 살아 있는 작품을 만드는 위대한 예술가다. 언젠가 MBC 라디오에서 인터뷰를 한 적이 있는데, 아나운서가 "방송 소감이 어떠냐, 요즈음 어떻게 사느냐"고 물었다. 나는 이렇게 대답했다.

"밖에 나가면 많은 사람들이 10원짜리 인생, 문둥이로 나를 대합니다. 그러나 나는 이래봬도 하나의 작품입니다. 작품 중에서도 걸어 다니는 걸작품입니다."

그가 날 보고 웃기는 사람이라고 했다. 내가 웃기기는 뭘 웃겼다고……

나만큼 화상을 입고도 나만큼 멋있게 생긴 사람이 나 하나밖에 없다면 내가 세상에서 가장 위대한 걸작품 아닌가. 그러나 사람들 눈은 그렇지가 않은가 보다.

제각기 자기만의 색안경을 끼고 나를 본다.

몇 년 전 국립소록도병원 원장으로 계시는 신 박사님과 서울에 있는 한 호텔의 커피숍에서 만나기로 약속을 했다. 커피숍 중앙에 있는 테이블에 먼저 가서 앉아 있었다. 신 박사님 눈에 빨리 띄려고 그랬는데, 얼마쯤 있으니 빨간 상의를 입은 웨이터가 다가와 직설적으로 말했다. "저쪽 구석에 가서 앉아주시면 좋겠습니다." 그 말을 들으니 그럴 듯하여 자리를 구석진 곳으로 옮겼다. 그랬더니 들어오는 손님들이 잘 보이지 않았다. 나는 다시 중앙에 있는 테이블로 옮겨 앉았다. 그러자 웨이터가 다시 다가와서는 신경질적인 어조로 말했다.

"구석에 가서 앉으라니까 왜 자꾸 가운데에 나와 앉아 있소?"

나도 한마디 쏘아붙였다.

"나는 여기에 앉을 자격이 없나?"

"당신은 얼굴 경치가 나쁘잖아요!"

"얘, 네 얼굴은 얼마나 경치가 좋다고 그리 함부로 말하느냐? 너, 웨이터 교육 어디서 받았니? 관광연수원에서 받았니? 내가 그곳에서 너희 같은 애들 교육시키는 강사다. 그런 선생님을 보고 얼굴 경치가 나쁘다고 함부로 대하면 되겠어? 앞으로 조심해!"

따끔하게 충고를 했더니, 웨이터는 아무 말도 못하고 그냥 갔다. 얼마 후 신 박사님이 보무도 당당하게 한 손에 지팡이를 짚고 나타났다. 신 박사님은 어릴 때 골수염을 앓아 한쪽 다리를 약간 절단했다. 그래서 다리 한쪽이 7센티미터 정도 길었다.

고등학교 시절

그는 짧다고 하면 화를 내서 모두들 길다고 그런다. 어쨌든 신 박사님은 3기통이고 걸음도 3박자로 걷는다. 신 박사님은 나를 보자마자 반가워하며 악수를 청했다.

"야, 채 박사. 오랜만이여!"

"신 박사님, 오랜만입니다."

우리가 이렇게 인사를 주고받자, 웨이터들이 서로 얼굴을 쳐다보면서 야릇한 미소를 지었다. 병신들끼리 무슨 박사냐는 듯이. 조금 있다가 인기 여류 소설가 정 모 씨, 소록도에서 간호사를 하는 아리따운 아가씨들이 들어왔다. 그들이 "박사님, 오랜만에 만나네요. 반갑습니다" 하면서 목에 매달리고 하니까, 웨이터들의 표정이 조금은 달라졌다. 병신들이지만 진짜 박사인가 보다 하는 얼굴이었다. 나중에 다른 친구들한테서 이야기를 들었는 지 내게 무례를 범했던 그 웨이터가 다가와 사과를 했다.

"선생님, 아까는 제가 몰라 뵙고 실례를 했습니다. 대단히 죄송합니다" 하고.

소록도 이야기가 나왔으니까 한마디 더 해야겠다. 나는 지난 20여 년 동안 매년 8월이 되면 서울과 대구에 있는 자원봉사자들 100여 명과 함께 봉사활동을 하러 소록도에 간다. 소록도에는 2,000여 명의 식구들이 살고 있는데, 놀라운 것은 그들 중 약 600여 명이 손가락과 발가락이 없는 분들이다. 이들은 제대로 목욕도 못한다. 물론 빨래도 잘 못해서 몇 년씩 빨지 않은 담요를 그대로 사용하고 있다.

이들을 목욕시켜 주고, 빨래도 해주고, 말동무도 되어 주려고 봉사대원들이 간다. 그곳에는 유덕용이라는 내 친구가 하나 있다. 그는 현재 목사인데, 18살 때 나병에 감염되어 소록도에 들어가 18년 동안 살았다. D.D.S.(나병 치료를 위한 약)을 먹고 음성환자가 된 다음에 신학 공부를 해서 목사가 되었는데, 서울에 오면 항상 나에게 들렀다.

어느 날, 그가 내 사무실에 들렀다. 그때 이미 목사가 되어 있었지만 나는 그 사실을 모르고 있었다. 그의 얼굴을 보자 반가워 "유 전도사님, 오랜만이요!" 하고 인사를 했더니, 정색을 하면서 "나 목사 되었소" 하는 것이다. 나는 농담으로 "소록도 문둥이도 목사가 될 수 있소?" 하면서 즉시 「한국일보」에 있는 친구 정달영 부장에게 전화를 걸었다. 당시 정달영은 사회부 부장이었다. 내가 소록도 60년사에 처음으로 목사가 된 문둥이가 여기에 와 있다고 했더니, "그거 기사 감이네" 하면서 당장 기자들을 보낼 테니 잠깐만 기다리라고 했다.

얼마 후, 취재기자와 사진기자가 찾아왔다. 취재기자가 사진기자한테 어떤 사무실에 가면 문둥이가 한 사람 있는데, 그 사람만 찍으라고 한 모양이었다. 취재 기자와 인사를 나누는데, 사진기자가 나를 향해서 열심히 플래시를 터뜨리기 시작했다.

내가 주인공인 줄 알았던 것이다. "카메라 맨, 바로 이분이 문둥이요!" 했더니, "아, 그렇습니까? 죄송합니다" 하면서 그제야 유 목사를 찍기 시작했다.

기자들이 돌아간 후, 유 목사와 나는 점심을 먹기 위해 명동으로 나왔다. 지나는 행인들이 나를 보고 저만치 피해 갔다. 그것을 보며 유 목사가 하는 농담이 걸작이었다. "문둥이는 난데, 저 사람들은 왜 채 선생을 보고 도망가지?"

이런 일도 있었다. 아모레화장품 미용사원들을 위한 강의를 부탁 받고 갔다. 강의 장소는 용산에 있는 태평양화학 본사 10층 강당. 나는 열심히 갔다. 엘리베이터를 기다리는데, 건너편에서 경비원이 뛰어와 대뜸 어디 가느냐고 물었다. 나는 공손하게 "10층에 갑니다" 했더니, 이번엔 또 무엇 하러 가느냐고 물었다. 강의하러 간다고 했더니 그가 로켓처럼 쏘아붙였다. "여보시오! 당신 같은 사람이 무슨 강의를 한다고 그러시오? 나가요, 나가." 그러면서 나를 건물 밖으로 밀어냈다. 교육 담당자에게 연락을 취하고 나서야 겨우 통과할 수 있었다.

또 어느 날 점심 무렵 사무실에 혼자 있었는데, 웬 젊은 신사가 문을 열고 들어왔다. 나는 직원들이 점심을 먹으러 나간 터라 한가롭게 신문을 보고 있었다. 그가 사무실에 들어와서도 아무 말이 없기에 나도 별로 신경을 쓰지 않았다. 한 시간쯤 지나 하나 둘 직원들이 식사를 마치고 들어왔다. 그제야 젊은 신사는 경리 담당 미스 김에게 물어보는 것이었다. "전무님은 언제쯤 들어오세요?" 하고. 미스 김이 놀란 얼굴로 "전무님이요? 옆에 계시잖아요" 하니까 그제야 그는 나를 보고 미안하다며 겸연쩍어했다.

이렇게 사람들에게 철저히 무시당한 일을 말하자면 끝이 없다. 그러나 ET(나는 ET를 이미 타버린 사람의 약칭이라고 말한다)가 되니, 나름대로 편리한 점도 많다.

나는 매일 자가용만 타고 다니는 사람 중의 하나이다. 기업체나 연수원 등에서 강의를 부탁하면 우리 집에서 강의 장소까지 자가용을 보내줘야 간다. 그들이 보내주는 게딱지같은 작은 자가용은 거절하고, 나는 주로 큰 자가용만 상대한다.

잠실에서 살 때 였다. 충무로에 있는 사무실까지 한동안 버스 출퇴근을 했다. 버

숙녀학교 입학식에서

스를 타고 가다가 내릴 때가 되면 안내양에게 버스비를 준다.

그러면 대개의 안내양들은 갈고리 같은 내 손을 보고 놀라 뒤로 물러서며 "필요 없으니까 그냥 내려요"라고 한다. 그래서 나는 거의 공짜로 버스를 타고 다녔다. 이러니 내게 자가용이 따로 필요할 이유가 없다.

편리한 것은 그뿐만이 아니었다. 여행을 다닐 때도 무척 편했다. 왜냐하면 3등 좌석권을 가지고 기차를 타도 항상 1등 손님 대접을 받기 때문이다. 오래 전 부산에 있는 극동철강에 교육을 하러 가게 되었다. 그때 역시 3등 좌석권을 가지고 통일호를 탔다. 자리에 앉아 있는데 한 신사가 내 옆에서 두리번거렸다. 좌석이 바로 내 옆 좌석이었던 것이다. 가방과 코트를 선반 위에 올려놓고 그는 내 옆에 점잖게 앉았다. 앉은 다음 내 모습을 얼굴에서 발끝까지 훑어보더니 영 불편한 얼굴로 변해 갔다. 담배를 입에 물고 심사숙고하는 모습이 역력했다. '부산까지 6시간 걸리는 데 이 문둥이 옆에 앉아서 계속 갈 것이냐? 아니면 차라리 서서 갈 것이냐?' 둘 중 하나를 선택하기 위해서였을 것이다. 아무리 생각해도 도저히 부산까지 함께 갈 자신이 없었던 모양이다. 가방과 코트를 슬며시 갖고 사라지더니 그야말로 '돌아오지 않는 강' 이었다. 나는 두 사람 좌석에 혼자 앉아서 편하게 부산까지 갔다. 대개 남자들은 심사숙고하느라고 동작이 좀 느린데, 여자들은 심사숙고고 뭐고 없다. 내 얼굴만 쳐다보았다 하면 얼른 일어나서 쏜살같이 도망간다. 지금도 사정은 마찬가지 지만....

또 편리했던 것 중의 하나는 통금이 있던 시절에도 나만은 유일하게 통행금지의 예외자였다. 실제로 그간 한번도 통행금지에 걸려본 적이 없다. 서부이촌동에 살 때였다. 저녁에 친구들을 만나서 술을 한 잔 한다는 것이 3차까지 어울리게 되었다.

시간은 벌써 밤 11시 30분이 넘었다. 집에 가려고 퇴계로에 나왔더니 빈 택시는 많은데 서부이촌동 가자고 하면 무조건 못 간다고 했다. 생각해 보니까 물어보고 타서는 안 될 것 같아 빈 택시가 오면 무조건 탄 후에 행선지를 말하자고 마음을 먹었다. 마침 빈 택시가 오기에 무조건 탔다. 어디까지 갈 수 있느냐고 내가 먼저 물었다. "원효로 1가까지밖에는 못 갑니다." "좋아요, 갑시다" 하니까 쏜살같이 달렸다. 원효로 입구에 오자 더 이상 못 가겠다고 섰다. 서부이촌동까지 갔다가는 다시 돌아올 시간이 없다고 했다. 할 수 없이 요금을 계산하고 내렸는데, 모든 차들이 끊긴 상태였다. 별 도리가 없었다. 걸어가는 수밖에……. 한참동안 걸어 원효로2가쯤 갔을 때였다. "누구야! 거기 서" 하는 소리가 크게 들리면서 골목에서 방범대원들이 튀어나왔다. 나는 순간적으로 생각했다. '멍청하게 가만히 있다가는 파출소에 가서 하룻밤을 자게 생겼네.' 머릿속으로 착착 계산을 하고는 늘 쓰고 다니는 검은 안경을 벗어 허리 뒤에 감추고 있다가 방범대원들이 플래시를 비추는 순간에 얼굴에 인상을 쓰면서 "뭐야?" 하고 응수를 했더니, 예상대로 "이크!" 하면서 꼬리가 빠지게 도망가 버렸다. 그 다음부터는 자신이 생겨서 "오늘도 걷는다마는" 같은 유행가까지 흥얼거리면서 유유하게 집으로 돌아오곤 했다.

언젠가 충남 홍성에 있는 제자들이 강연을 해달라고 했다. 그날은 3·1절이 끼인 연휴 중 하루였다. 덕분에 아내와 아들놈까지 셋이 동행하게 되었다. 모든 행사를 무사히 마치고 서울로 올라오는 길이었는데, 연휴 마지막 날이라서 그런지 버스에는 좌석이 없었다. 수원까지 서서 시달리며 오다가 도저히 안 될 것 같아서 수원에 내려 전철을 타고 가자고 합의를 보았다. 전철역에 와보니 역시 그것도 만원이었다.

내 옆에는 어떤 중년 부인이 가방을 들고 앉아 있었다. 이 아주머니는 나를 보자마자 잽싸게 핸드백을 들고 일어나더니 다른 칸으로 사라져버렸다. 나는 빈 옆자리에 아들놈을 앉히고는 한마디 농담을 던졌다. "너 이게 모두 아비 잘 만난 덕인 줄 알아라!" 했더니, 아내랑 둘이서 얼마를 웃는지 정신이 없었다.

이런 저런 이야기들을 친구들과 대포나 한 잔 하면서 이야기하면 처음에는 모두들 앙천대소를 한다. 그러나 술이 얼큰하게 취하면 슬그머니 충고를 하는 친구도 있다. "그런 일 가지고 비관해서는 안 된다"는 것이다. 또 어떤 친구는 "너는 참 불평이 많겠다. 가는 곳마다 하찮은 사람들한테 그렇게 멸시받고, 소외당하고, 천대받으니 얼마나 불평이 많겠냐?"면서 동정한다. 그러면 나는 짐짓 친구를 혼내는 척 이렇게 말한다. "그래, 내가 지금까지 살면서 불편한 것이 정말 많았지. 그래도 난 불평해 본 일은 없다. 나야말로 다행스러운 것이 참으로 많은 사람이야. 참으로 감사를 드릴 조건이 많은 사람이야"라고. 그러면 친구는 뭐가 그렇게도 감사를 드릴 게 많으냐고 반문한다. 나는 이렇게 이유를 설명해 준다.

"내가 가장 좋아하는 성경 구절이 하나 있는데, 데살로니가전서 5장 16~18절에 '항상 기뻐하라 쉬지 말고 기도하라 범사에 감사하라'는 말씀이지. 이 중에서 범사에 감사하라는 말씀이 항시 내 마음을 이끌어. 그런데 이 말씀이 요즘 새로 나온 영어 성경에는 '우리가 처해 있는 모든 환경에서 감사를 드려라' 는 명령문으로 되어 있지. 여기에서 우리가 처해 있는 모든 환경이라는 것이 중요해. 기독교인들은 1년에 두 번 감사 주일을 지키는데, 6월 맥추감사절과 11월 추수감사절이야. 감사하는 마음과 함께 물질도 바치고 여러 가지 행사도 갖는데, 나는 매년 이때가 되면 반성을 하지. 지난 1년 동안 나는 도대체 어떤 감사를 드렸는가? 하고. 어떤 사람은 큰 병 없이 건강하고 지낸 것을 감사하고, 또 어떤 사람은 자녀들이 좋은 학교에 입학하게 된 것, 또는 사업이 잘 되어 경제적으로 윤택하게 된 것을 감사하지. 그래서 자기들이 출석하는 교회에 감사헌금을 내는 사람도 많아. 살면서 감사를 드릴 만한 조건이 되었는데도 감사를 모르는 삶은 좀 문제가 있는 사람이 아닐까? 어딘가 모자라든지, 아니면 정신이 건전하지 못하든지 뭔가 문제가 있는 사람들이야. 그런데 이 성경 말씀이 우리에게 주는 교훈은 그런 것이 아니야. 감사를 드릴 조건이 되었을 때 감사하는 것은 물론이고, 전혀 감사를 드릴 조건이 안 되는 속에서도 감사를 드려야 한다는 그런 의미지. 살다보면 예기치 않은 불행이 오기 마련이야. 역경도 오지. 사업을 하다가 실패를 한다거나 나처럼 뜻밖의 사고를 당하는 것이 그 예라고 할 수 있어. 바로 이런 때 감사를 드리라는 하나의 엄숙한 명령이 이 성경 구절이라는 말일세. 요즘 말로 하자면, '적극적인 정신 자세 또는 긍정적인 정신 자세' 라고 할 수 있지. 어떤 정신 자세를 갖느냐, 긍정적이냐 부정적이냐에 따라서 그 사람의 운명이 바뀌거든."

몇 년 전, 대구에 있는 금호호텔에서 큰불이 났었다. 그 불을 낸 박장수라는 사람에게 왜 불을 냈느냐고 했더니 화가 나서 그랬다는 것이다. 자세히 그를 조사한 결과 박장수는 인천에 있는 모 공장에서 근무를 했는데, 그 공장에서 불이나 나처럼 화상을 입었다. 다른 데 화상을 입으면 그래도 괜찮은데 얼굴에 화상 입은 사람들은 좀 문제가 있다. 왜냐하면 가는 곳마다 문둥이로 오해받아 다방이나 식당에 들어가면 10원짜리 하나 던져주면서 나가라고 밀어내기 일쑤이기 때문이다. 그럴 때마다 실은 마음에 상처를 많이 받는다. 아마 박장수도 그랬을 것이다. 그래도 그가 긍정적인 정신 자세를 가졌더라면 방화를 저지르는 죄를 짓지는 않았을 것이다. 어떤 정신 자세를 갖느냐에 따라서 엄청나게 다른 삶을 살게 되는 것이다.

내가 나 자신에 대하여 감사를 드릴 조건은 여러 가지로 있다. 가끔 사람들은 내 머리카락 때문에 자기들끼리 시비가 붙는다. 어느 날 점심을 먹기 위해 평소 잘 드나들던 음식점에 갔다. 설렁탕 한 그릇을 시켰는데, 저쪽 한구석에서 아가씨들이 음식 나르는 일을 잊은 채, "기다", "아니다" 하면서 언성을 높이고 있었다.

내 머리카락이 가발이냐, 진짜냐를 두고 시비가 붙은 것이다. 내 머리카락은 진짜다. 이것 역시 기적 같은 일이다. 처음에는 머리카락도 모두 타서 없어지고, 몇 달간 두피에서 고름이 나왔다. 그런데 점점 아물더니 머리가 새로 나오기 시작했다. 머리카락이란 것이 이상한 기능을 하는 모양이다. 불에 타게 되니까 살짝 꼬부라지면서 머리 피부에 딱 달라붙어 모근을 보호한 모양이다. 머리가 다시 난 것이 얼마나 다행한 일인지. 만약 다시 머리카락이 나오지 않아 대머리가 되었다면 이

몰골에 어찌 얼굴을 들고 다닐 수 있을까?

때로는 웃기는 아가씨들도 있다. 나를 보고 멋있다고 한다. 농담이 아니라 진짜로.

아마도 사람의 멋이란 얼굴이 알랑들롱처럼 핸섬하게 생겼느냐, 옷을 얼마나 멋있게 잘 차려 입었느냐에서 나오는 것이 아니라, 멋있는 철학을 가진 사람에게서 나오는 것이다. 그런 사람이 멋쟁이다.

나는 머리를 기르고 다닌다. 이것 때문에 가끔 문제가 생기기도 한다. 장발족 단속 때였다. 한번은 명동파출소 앞을 지나가는데 뒤에서 순경 아저씨가 나를 불렀다.

잠깐 파출소로 들어오라고 했다. 신사 체면에 도망갈 수도 없고 해서 안으로 들어갔더니 다짜고짜 가위를 들고 내 머리를 자르려고 했다.

"조금만 기다리시오! 내 머리를 자르기 전에 나하고 내기를 합시다."

"내기는 무슨 내기를 하자고 그래요?"

"만약 내 머리를 들춰봐서 나한테 귀가 있으면 머리를 자르고, 귀가 없으면 머리를 못 자르는 내기요. 어때요?"

"뭐요! 귀가 없어요?"

나는 머리카락을 들어 보였다. 그 순경은 멋쩍은 듯이 미안하다며 돌려보내 주었다.

나는 양쪽 귀가 다 타서 흔적도 남아 있지 않다. 그래도 머리카락이 다시 나와서 귀 부분을 가려 주니 얼마나 다행인가. 감사할 따름이다.

귀가 다 타서 없어질 정도로 화상을 입었는데도 귓속은 하나도 고장이 나지 않았다. 말소리 듣는 데는 아무런 지장이 없다. 그 또한 얼마나 다행인가? 귀가 없으니 아무리 추운 겨울에도 귀가 시리지 않다. 정말 얼마나 감사한지…….

내가 귀가 없다는 것을 안 사람들이 자주 질문하는 게 하나 있다. "귀가 없는데 어떻게 안경을 써요?" 안경 쓰는 것도 아무 문제가 없다. 약 25~26년 동안 안경을 썼더니 안경다리가 들어가는 자리가 생겨서 보통 때는 떨어지지 않는다.

그만하면 됐지 않은가? 귀가 꼭 안경 쓰라고 있는 것은 아니니까.

사람은 이렇게 다 살게 되어 있다. 있으면 있는 대로 편리한 것이 있고, 또 없으면 없는 대로 편리한 것이 있는 법이다. 있다고 너무 잴 것도 없고, 없다고 너무 비관할 필요도 없다. 어떤 상황이 되어도 인간은 감사할 조건이 있기 마련이다.

어느 날, 딸아이의 친구들이 집에 놀러 왔다가 나를 보고는 기겁을 하여 꽁무니를 뺀 적이 있다. 아마도 꼬마들의 눈에는 내가 호랑이같이 무섭게 보였을 것이다. 이 정도까지 만드는 데 성형수술을 거의 30번이나 했다. 지금은 눈썹도 있고 코도 있고 입도 있지만 전부 다 인공으로 만든 작품이다. 눈썹은 뒷 머리카락을 떼어서 이식해서 만들었는데, 눈썹이 머리카락이기 때문에 매일 머리가 자라듯이 자란다. 그래서 2~3주에 한번씩은 눈썹 이발을 해주어야 한다. 한번은 아내가 눈썹 이발을 해주다가 "어, 눈썹에도 새치가 나오네" 하였다. 나이가 드니까 흰 머리가 생기는 모양이다. 눈꺼풀도 마찬가지다. 눈 주위의 피부가 다 타서 없어지고 눈동자만 덩그러니 남아 있었다. 눈을 수술하기 전에는 항상 식염수(셀라인) 가제를 눈에 덮어놓고 있어야만 했다. 눈동자가 건조해지면 실명하게 되니까 그것을 막기 위해서다.

함석헌 선생님의 퀘이커 모임집에서
딸 채송화와 아내 유정희

누가 면회를 오면 그 가제를 제쳐놓고 누구인지 확인하고는 다시 덮어놓았다.

눈꺼풀과 가장 비슷한 부위가 눈에서 가장 가까운 어깨 부분의 피부라고 한다. 나는 어깨 뒷부분의 피부를 떼어서 눈꺼풀을 만들었다. 거기까지는 잘 되었는데, 속눈썹을 만드는 것은 정말 어려웠다. 속눈썹은 겨드랑이에 있는 털을 가늘게 떼어서 붙이는 것이었는데, 몇 차례 시도했으나 번번이 실패했다. 끈질기게 서너 차례 시도한 끝에 눈썹을 붙이는 데는 성공했으나, 눈썹이 자라는 방향이 잘못되어 눈썹이 눈 안쪽으로 자라 들어가 재수술을 해야만 했다.

속눈썹을 만드는 데 성공한 의사는 눈에 염증이 생겨서 실명할까 봐 무척 걱정을 했으나, 다행히도 실명하는 불행한 일은 없었다. 대신 1미터 앞도 잘 보지 못할 정도로 눈이 나빠졌다.

퇴원하면서 가장 고민되었던 것이 한쪽밖에 남지 않은 눈이 많이 나빠진 것이다. 이런 눈으로 어떻게 살 것인가? 무슨 일을 할 수 있을 것인가? 정말 암담했다. 마침 그때 미국에서 작은 책이 하나 왔다. 노만 필 목사가 운영하는 '기독교 생활재단'에서 보내준 것으로, 제목은 '3일 동안만 볼 수 있다면'이다. 귀머거리, 장님에, 벙어리인 헬렌 켈러가 쓴 글로, 문장 자체도 명문이지만 그렇게 감동적일 수가 없었다. 어떤 의미에서 보면 이 글이 내 인생을 돌이키는 하나의 전환점이 된 셈이다. 나는 이 글을 읽은 다음부터 눈이 둘이냐 하나냐, 또 시력이 얼마나 좋으냐 나쁘냐 하는 것을 별 문제 삼지 않는다. 시력이 좋지 않은 한쪽 눈이지만, 그래도 길을 걸을 수도 있고 아름다운 자연을 볼 수도 있으니, 그렇게 감사할 수가 없었다. 사람들은 눈을 뜨고 볼 수 있다는 것이 얼마나 행복한 지 잘 모른다.

원주 기독교병원에 있을 때, 옆 침대에 청주에서 온 이씨가 있었다. 그는 하루아침에 양쪽 눈과 오른손을 잃었다. 그는 아침에 잠만 깨면 눈이 안 보인다면서 우느라고 정신이 없었다. 앞으로 몇 달만 지나면 집 앞으로 고속도로가 생긴다는데 그것도 못 보고 장님이 되었다고 늘 한탄했다. 어쩌다가 다쳤느냐고 물었더니, 청주에 있는 미호천에 고기를 잡으러 갔다가 미련하게도 폭약 심지에 불을 붙여 고기떼를 쫓다가 들고 있던 폭약이 손에서 터져 그렇게 되었다고 한다. 더 한심한 것은 그가 아침에 울면서 노래같이 하는 이야기가 '왜 그놈의 고기들이 도망을 가서 나를 이렇게 만들었느냐' 는 것이다. 그는 화장실에 갈 때마다 아내를 찾느라고 야단이었다.

밥을 먹을 때도 죄 없는 아내한테 신경질을 냈다.

그를 볼 때마다 나는 그래도 화장실은 혼자 갈 수 있으니 얼마나 행복한가 생각했다. 인간의 행복이란 이렇게 상대적인 것이다. 자기보다 못한 사람을 만나면 행복하게 보이고, 자기보다 좀 나은 사람을 보면 불행하게 보이는 것이 어쩔 수 없는 인간이다. 한쪽 눈이나마 볼 수 있다는 것이 얼마나 감사한 지.

입도 마찬가지다. 티스푼이 들어가지 않을 정도로 쪼그라붙은 피부를 다시 째서는 가슴에 있는 피부를 떼어다 붙여서 아래, 위의 입술을 만들었다. 마릴린 먼로의 입술처럼 예쁘지는 않아도 못하는 것이 거의 없다. 먹을 것이 없어서 못 먹지, 먹을 거라고 생긴 것은 다 먹을 수 있다. 매달 수십 회씩 강연을 다녀도 내 발음이 이상해서 알아듣지 못하는 사람은 없다. 영어도 외국 친구들이 거의 다 알아들으니 얼마나 다행인가.

영등포에 있는 어떤 교회에서 강의를 했더니 그 교회 목사님이 내 손을 꼭 잡으면서 "채 선생님은 감사드릴 게 하나 더 있습니다" 하였다. 내가 고개를 갸웃거리자 "만일 입까지 잘못되어 말씀을 잘 못하게 되었다면 아무리 많은 것을 알고 있다한들 무슨 소용이 있겠습니까? 참 감사한 일입니다"라고 한 말이 생각난다.

그 다음에는 손을 쓸 수 있다는 것이다. 손가락도 다 오그라붙어서 갈고리같이 되었고, 양쪽 새끼손가락은 잘라 없애버렸지만, 그래도 이 손으로 글도 쓸 수 있고, 마음대로 음식도 먹을 수 있다. 침례병원 테보 박사의 말만 듣고 양쪽 팔, 다리를 모두 절단해 버렸다면 어떻게 되었을까. 생각만 해도 소름이 끼친다. 손을 쓸 수 있다는 것이 얼마나 좋은가 하는 것도 경험이 없으면 잘 모른다.

한국 병원에 있을 때는 잘 몰랐는데, 미군 병원에 있을 때 아주 괴로웠던 일이 바로 손 때문이었다. 미군 병원은 면회시간 외에는 일체 사람들의 병원 출입을 통제하였다. 한국 병원에서는 보호자만은 면회시간에 구애받지 않고 출입할 수 있어서 환자를 간병할 수 있었는데, 미군 병원에서는 그것도 금지되어 있었다. 모든 것은 담당 간호사들이 해주었다.

손을 쓰지 못해서 불편한 것 두 가지가 있었는데, 하나는 화장실에서 용무를 본 다음의 뒷처리이고 다른 하나는 음식을 먹을 때다. 용무 뒷처리는 정말 곤혹스러웠다. 아무리 나이팅게일 선서를 한 간호사라 하지만, 아기도 아닌 어른의 별로 보기

좋지 않은 궁둥이를 닦아주어야 하니 기분이 좋을 리 있겠는가. 그러나 나는 하루에 한 번, 아침만 되면 간호사들의 신세를 안 질 수가 없었다. 아침에 일어나자마자 우선 간호사들에게 가서 절을 하면서 "잠깐 화장실에 다녀오겠습니다"라고 말을 한다. 그들이 "또 가세요?" 하면, 나는 "사람은 하루에 한 번 씩은 화장실에 다녀와야지 건강하다"고 응수하곤 했다.

용무를 마치면 옆에 달린 벨을 누른다. 그러면 간호사가 들어와서 뒤를 닦아주는데, 두루마리 화장지를 3분의 2 정도 되게 감아쥐고는 먼 산을 보면서 적당히 닦아주고 만다. 기왕 닦아줄 거 제대로 닦아주어야 기분이 좋을 텐데 말이다. 하루 종일 개운하지 않고 꺼림칙하지만 참을 수밖에 달리 방도가 없었다. 지금은 그 모든 것을 나 혼자 다 해결할 수 있으니까 그렇게 편할 수가 없다.

두 번째로 불편한 것은 밥을 먹을 때였다. 간호사들이 밥을 먹여주는데, 그것 또한 고역이었다. 밥상에는 대개 반찬이 5~6가지 정도 있는데, 먹고 싶은 반찬도 있지만 먹고 싶지 않은 반찬도 있다. 그런데 간호사들은 대개 자기 입에 맛있는 것을 먹여주고 그렇지 않은 것은 안 먹여주었다. 결국 나는 간호사와 실랑이를 벌이게 되었다. "당신 입에 맛있다고 해서 내 입에도 맛있는 줄 아느냐"고 핀잔을 주면 그제야 눈치를 채고는 "이것 드릴까요? 저것 드릴까요" 하고 물어본다. 지금은 포크만 있으면 언제든지 먹고 싶은 것을 마음대로 먹을 수 있으니 식사하는 일도 즐겁다.

다음에는 걸어 다니는 일이다. 의사들은 내가 걷지 못할 거라고 생각했다. 처음에 걸으려고 했을 땐 매우 당기고 아팠다. 또 피도 터졌다. 피가 터지면 붕대를 감고서라도 아픈 것을 무릅쓰고 자꾸 돌아다녔더니 이만큼이라도 걸어 다닐 수 있게 되었다.

지금은 혼자 3~4킬로미터 정도는 걸어갈 수 있다. 걸어 다닌다는 것이 얼마나 좋은 것인지 그것도 겪어보지 않으면 잘 모른다.

기독병원 101호실은 척추마비 환자를 비롯해 하체 절단 환자들이 입원해 있는 병실이었다. 거기에 약 10명의 환자가 있었는데, 그래도 걸어 다닐 수 있으니까 매일 그 병실에 가서 놀기도 하고 이야기도 하곤 했다. 하루는 젊은 척추마비 환자가 내게 이런 말을 했다. "채 선생님, 저는 선생님 정도라면 절대로 비관하지 않을 겁니다. 선생님은 걸어 다닐 수 있지 않습니까? 나는 걸어 다닐 수만 있다면 절대로 비관하지 않을 겁니다." 얼마 후 그 친구는 약을 먹고 자살하고 말았다.

척추마비 환자들은 정말 여러 가지 면에서 비참하다. 우선 하체에 신경이 없으니까 소변을 보지 못한다. 소변을 보기 위해서 성기에 가는 고무호스를 꽂아 방광까지 넣어두는데, 그래야만 소변이 호스를 통해 소변주머니로 흘러나왔다.

모두 다 그런 것은 아니지만 이들이 대충 치료를 끝내고 퇴원할 때쯤 산재보험에서 나온 보상금을 부인들이 도박 등으로 다 날려버리는 일이 심심찮게 있다. 보상금을 다 날리면 불쌍한 남편을 버리고 어디론가 자취를 감춰버리고 만다. 떠날 때 하는 변명은 "남편이 남편 구실을 못한다"는 것이다. 거기에 비하면 나는 얼마나 다행스러운 지 모른다. 앞에 이야기한 딸 송화는 내가 사고 난 후에 만든 내 작품이니까!

예전에 충무로 2가에 10년 넘게 단골로 가던 삼수갑산이라는 맥주 집이 하나 있었다. 하루는 친구들을 데리고 맥주를 마시러 갔다. 맥주 몇 병을 마시다가, 소변이 마려워 화장실에 갔는데, 마침 내 옆에 웨이터가 와서 함께 소변을 보았다. 술도 얼큰히 취한 김에 그 친구에게 농담을 걸었다. "이 친구야, 봐라! 이래봬도 중앙청은 건재하다." 웨이터는 말을 잘못 알아들었는지, 소변 보다 말고 '차려' 자세를 취하면서 "선생님! 그렇게 높은 데서 오셨습니까?" 하였다. 그게 재미있어서 나는 또 농담을 했다. "이래봬도 중앙청은 갖고 다니는 사람이야!" 웨이터는 점잖게 절을 하면서 "앞으로 특별히 잘 모시겠습니다" 하였다. 나는 그가 나가자 "앞으로 특별히 잘 모신다구?" 하고는 앙천대소했다. 다른 곳은 다 탔는데 가슴, 배, 그리고 중앙청만큼은 멀쩡하다. 정말 놀랍고도 신기하다.

나는 덴마크에서 돌아오자마자 몇 개 대학에 강의를 나갔다. 동서실업전문대학(현 동서대학교), 부산복음간호대학, 부산신학교 등이었다. 사고가 났던 날에도 부산신학교에서 영어 성경 강의가 있었다. 그래서 저녁에 강의할 자료들을 가방에 챙겨서 들고 나왔다. 그 가방은 인도에서 올 때 가져온 것으로, 수직으로 만들어진 것이었다. 가방 속에는 영어 성경책도 들어 있었다. 불이 나면서 가방 속에 들어 있던 참고자료들은 다 타서 없어졌는데, 영어 성경책은 워낙 부피가 커서인지 반쯤밖에 타지 않았다. 불이 났을 때 나는 그 가방을 가슴에 안고 있었다. 정말 다행스럽게도 가방이 불길을 막아서 가슴과 배와 그 바로 밑에 있던 중앙청이 타지 않고 남을 수 있었던 것이다.

지금까지 많은 말들을 했지만, 요는 내가 만약 부정적인 정신 자세로 살았다면 지금 이렇게 잘 살고 있지 못했을 거라는 것이다. 집에 들어가서 아내에게 신경질이나 내고, 친구들을 만날 때 열등감이나 갖고, 매사에 비관만 하고, 절망하고 우울증에 빠져 있었다면, 절대로 이만큼 살지 못했을 것이다. 지금도 나는 긍정적인 정신 자세와 적극적인 의지를 갖고 살고 있다.

산다는 것은 별 것 아니다. 운명이라는 것도 별 것 아니다. 모든 것은 정신 자세에 달려 있기 때문이다. 정신 자세가 얼마나 중요한가를 실례로 한 가지만 이야기하고 싶다. 서울 원효로에 정근자라는 여자 전도사가 있다. 원래 그녀는 한 개인병원의 간호사였다. 그 병원에 근무하고 있던 어느 해 여름, 무척 큰 장마가 졌다. 병원 옥상의 하수구가 막혀서 물이 찼다. 병원 원장님은 철봉을 가지고 올라가 하수구 구멍을 뚫으려고 했지만 잘 되지 않았다. 정 간호사도 옥상에 올라가 일을 돕고 있었는데, 그 철봉 끝이 병원 옥상 위로 지나가던 고압선에 감전이 되었다. 순간적으로 그녀는 고압선 전류에 감전되어 화상을 입었다. 그 후 오랜 투병생활 끝에 목숨은 건졌지만, 양쪽 팔과 한쪽 다리를 완전히 절단했다. 그런데도 이분은 정말 놀라운 분이다. 한쪽 다리로만 서서 강의를 두세 시간씩 한다. 더욱 놀라운 것은 입에다 볼펜을 물고 직접 수기까지 썼다. 글씨 또한 명필이다. 그런데 어느 날, 이 팔다리가 없는 여자를 사랑하는 사나이가 생겼다. 둘은 결혼해서 4년 전에 아들을 낳았고, 작년에는 딸을 낳았다.

그들 부부와 우리 부부가 함께 저녁 식사를 한 적이 있었는데, 그 남편 역시 걸작이다. 식사를 할 때면 바로 옆에 앉아서 아내의 온갖 시중을 다 들어준다. 땀을 흘리면 손수건으로 땀을 닦아주고, 밥도 자기가 한 숟가락 먼저 떠먹고는 아내에게 먹였다. 계속 리드미컬하게 한 박자도 틀리지 않게 척척 먹여주는데, 완전히 숙달된 조교였다. 남편이 하는 말이 정말 멋있다. "채 선생님, 우리는 정상적인 부부들보다 두 배, 세 배의 정이 들어 있습니다." 이유인즉, 매일 먹여주고, 입혀주고, 또 화장실에 다녀오면 뒤를 닦아주고 하다 보니까 서로 깊은 정이 든다는 것이다. 혼자 집에 두고 다녀도 바람날 염려가 없으니까 대단히 미안한 얘기지만 관리하기도 쉽다고 했다.

요즘 이분들은 자가용을 샀다. 남편이 운전을 하는 차를 타고 전국 방방곡곡 강의하러 다니느라고 바쁘다. 지난번에 만났더니 딸을 낳은 지 3일 만에 강의하러 나갔다고 했다. 이 정도면 인간의 정신이라는 것이 얼마나 중요한가 충분히 설명되고도 남을 것이다.

얼굴이 얼마나 잘생겼느냐, 옷을 얼마나 왕비처럼 멋지게 입었느냐 하는 것은 결코 중요하지 않다. 머릿속에 얼마만큼 멋과 아름다움과 깨끗한 정신이 들어 있는가가 중요하다. 눈이 있고 없고, 팔다리가 있고 없고는 하나도 문제가 되지 않는다.

문제는 살아 있는 창조적인 정신이 있느냐 없느냐이다.

나도 마찬가지다. 사고 덕분으로 오히려 유명해졌다면 지나친 표현일까. 지금도 나는 가끔 생각해 본다. '자동차 사고가 나지 않았더라면 지금쯤 어떻게 살고 있을까.' 처음에 뿌리를 내리기 시작한 부산의 한 대학교나 사회운동단체에서 샐러리

맨으로 일하고 있을 것이 분명하다. 그러나 지금 나는 소위 자유로운 프리랜서로 샐러리맨보다 훨씬 더 많은 몇 배의 수입을 올리고 있다. 또한 이름 날리는 유명한 인기강사가 되었다.

미군 병원에 입원해 있을 때의 일이다. 수술실에서 피부이식 수술을 마치고 병실로 들어오는데, 손자를 면회 왔던 한 시골 할머니가 나를 보며 "쟈는 신세 다 망쳤구먼"하고 퉁명스럽게 한마디 했다. 아마 내가 미국인인 줄 알았던 모양이다. 옆에 있던 며느리가 미국 사람이 아니고 한국 사람이라고 귀띔하는 것을 들었다. 이 할머니는 나중에 미안하다고 사과를 했다. 잘 모르고 그랬으니 이해하라는 것이다. "괜찮아요, 할머니. 그런 얘기 가끔 들으니까요!" 내가 오히려 안심시켜 드렸다.

15년 전 크리스마스이브 때였다. 부산에서 이상한 편지가 왔다. 편지를 보낸 사람의 이름을 보아도 잘 기억이 나지 않는 생소한 이름이었다. 봉투 안에는 정성을 들여서 쓴 석 장의 편지와 함께 7만 원짜리 수표 한 장이 들어 있었다. 뜻밖의 일이라 한편으로는 놀라면서 또 한편으로는 의아스러웠다. 편지를 보낸 장본인은 38년 전에 사고 차를 운전한 임 선생이었다. 그때의 사고로 불구가 된 나 때문에 그는 오랜 동안 밤잠을 못 이루며 살았던 것이다. 편지에는 이렇게 쓰여 있었다.

"저는 선생님이 쓴 글을 신문이나 잡지에서 접하고 또 방송 같은 데서 하시는 말씀을 접할 때마다 저의 죄를 뉘우치곤 합니다. 그러나 아무리 뉘우쳐도 용서받을 길 없는 큰 죄가 되어 이렇게나마 저의 정성을 드립니다. 선생님 하시는 일에 조금이나마 보탬이 되었으면 하면서 ……."

간디의 제자 카이탄 박사 내한시 통역하는 필자(1971년)

편지를 다 읽자마자 부산에 있는 그에게 장거리 전화를 했다.

"임 선생! 나는 비록 불구가 되었지만, 오히려 더 유명해졌소. 앞으로 그런 생각 일랑 다시는 하지 말고 당신 옆에 있는 불쌍한 고아들을 잘 돌보아주시오."

뜻밖의 전화를 받고 그는 눈물을 흘리면서 나에게 용서를 빌었다. 1년 후 어느 날, 우리는 부산에서 만났다. 그가 안내하는 유명한 불갈비집에 가서 저녁 식사를 맛있게 했다. 임 선생은 계속 나에게 고기를 집어주었다. 그리고 여전히 눈물을 삼키면서 갈고리 같은 내 손을 꼭 잡고 말했다.

"채 선생님, 나를 용서해 주시오. 그리고 앞으로 시력이 더 나빠지거나 피부나, 신장이 필요하다면 언제라도 내 것을 기꺼이 드리겠습니다."

나는 오히려 그를 달랬다.

"임 선생! 우리는 살면서 두 개의 F를 잘 지켜야 합니다. 첫째 F는 Forget, 잊어버리기를 잘해야 하고, 두 번째는 F는 Forgive, 용서를 잘할 줄 알아야 됩니다. 나는 지금까지 한 번도 임 선생 때문에 이렇게 되었다고 생각해 본 적이 없소. 하나님의 뜻이 있어서 이렇게 된 것이니 절대로 죄책감 갖지 말고 살아요."

그 후 우리는 아무런 거리낌 없이 오랜 친구로 종종 만났다.

나는 요즘 이 얼굴 때문에 유명해졌을 뿐 아니라, 이 얼굴 때문에 돈벌이도 한다. 믿거나 말거나 이래봬도 나는 대한민국에서 최고로 비싼 강사 중의 한 사람이다.

큰 기업체에 가서 두 시간 강의를 하면 평균 20만원은 받는다. 그런데 다방이나 식당에 들어가면 10원짜리 던져주며 나가라고 밀어대니……. 아무튼 여러 모로 그런 부수입도 챙기는 사람이다.

친구들이 '국제 미남'이라는 별명을 붙여주었다. 하긴 국제 미남 될 자격도 있다. 오래 전에 미국 친구들이 왔다. 그들을 공항에서 만나 택시를 타고 종로 YMCA 호텔로 들어오는 길이었다. 택시 안에서 미국 친구하고 영어를 하며 옆에 있는 한국 친구에게 통역을 해주었다. 문득 기사 아저씨가 내게 하는 말이 "거, 선생님은 어떻게 그렇게 한국말을 유창하게 하십니까?" 했다. 나는 한참을 웃다가 대답했다. "아저씨! 웃기지 마시오. 내가 이래봬도 순 국산품이오." 그랬더니 그는 "한국 사람이요?" 하고는 뒤를 돌아다보았다. 이 정도라면 국제 미남이 되고도 남지 않을까?

내 얼굴은 사실 컬러 모자이크 타일을 박아놓은 듯한 추상파 얼굴이지만, 수많은 사람들의 공이 들어간 얼굴이다. 앞에서 말한 성형외과 의사들의 공은 물론이고, 아내의 공은 30여 년 동안 계속되었다. 지금까지 하루도 빼지 않고 매일 아침저녁 물수건으로 얼굴을 닦아주고, 콜드크림으로 마사지 해주고, 스킨과 로션을 발라주고, 또 일하러 나갈 때에는 스틱 파운데이션을 발라준다. 하루 이틀도 아니고 30여 년 동안 정성껏 그렇게 해왔다. 그래서인지 피부 색깔이 이만큼이라도 돌아왔다.

전에는 이렇지 않았다. 피부가 아니라 아주 시뻘건 살덩어리 그 자체였다. 사람의 정성이라는 것이 이토록 놀라운 것인 줄 미처 몰랐다. 내 얼굴은 아내의 정성으로 만들어진 작품이라 해도 과언이 아니다.

아내란 참으로 놀라운 존재이다. 따지고 보면 남과 남이 아닌가. 핏줄도 다르고 성격도 다르고 자라온 환경도 다르다. 그런 남녀가 사랑이라는 끈으로 이어져 자식을 낳고 가정을 이루고 산다. 그러면서 어려운 일이 생기면 놀라운 힘을 발휘한다. 아내의 사랑의 힘이 그렇게 강할 줄은 정말 몰랐다.

미군 병원에 있던 어느 날 아내가 면회를 왔다. 그날따라 드레싱 하는 도중에 통증이 너무 심했다. 잠깐 실신도 했었다. 그래선지 몰라도 무척 멜랑콜리 했던 모양이다. 살고 싶은 의욕마저 잃을 정도로. 아내가 더운물을 떠다가 내 발을 정성껏 씻어주었다. 그런 아내가 매우 측은해 보였다. 나는 아내를 격려해 주고 싶었다.

"내가 세상을 떠나면 당신은 젊으니까 할머니, 할아버지한테 애들 맡기고 좋은 사람 만나서 잘 살아. 나하고 살 때보다 행복하게 살라구, 알았지?"

그랬더니 아내의 눈에 금세 눈물이 차오르더니 폭포수같이 마구 흘러내렸다.

옆에 있는 환자들에게 민망할 정도로 소리까지 내면서 흐느꼈다.

"여보, 왜 이래? 내가 뭐 잘못했나?"

내가 그렇게 물으며 달래도 막무가내였다. 눈물이 그칠 줄 몰랐다. 시간이 지나 어느 정도 진정이 되니까 그녀는 말했다.

"석이아빠, 나는 지금까지 석이아빠 이외의 다른 생각은 생각해 본 일이 없어요. 나는 지금도 석이아빠 얼굴은 하나도 보이지 않아요. 옛날 다치기 전 얼굴 말고는요."

사랑이란 이런 것인가, 나는 속절없이 내뱉었던 말을 후회했다.

또 한번은 미군 병원에서 퇴원하고 집에서 치료를 받을 때였다. 아버님이 단기 선교사로 일본에 3개월간 다녀오면서 남편을 위해 헌신하는 며느리가 가엾게 보였던지 코트 감으로 빌로드 한 감을 선물로 사주었다. 그때만 해도 성형수술을 하기 전이어서 불편한 것이 한두 가지가 아니었다. 그야말로 아내가 내 손발이 되지 않으면 한 발짝도 움직일 수 없었다. 오후에 잠깐 시내에 볼일 보러 나갔다 오겠다는 아내가 저녁이 되어도 돌아오지 않았다. 물도 마시고 싶고 화장실도 가고 싶고, 친구들에게 전화도 걸어야 하는데, 아무 것도 할 수 없으니 화가 머리끝까지 치밀어 올랐다.

아내는 땅거미가 진 다음에야 집에 들어왔다. 아내를 보자마자 무조건 소리부터 질러댔다. "당장 나가!" 아내는 태연하게 왜 갑자기 소리를 지르냐고 했다. 그 소리를 들으니까 더 화가 났다.

"나야 이제 병신이니까 아무 데나 버려두고 다녀도 상관없다는 거지! 나가고 싶으면 나가고 말겠으면 말고, 마음대로 해! 그래, 어디 갔다 왔어?"

아내는 코트를 맞추려고 양장점에 다녀왔다고 했다. 그 이야기를 듣는 순간, 아내에 대한 분노와 좌절감과 모멸감 때문에 나 자신을 어떻게 가눌 수가 없었다. 손에 닿는 모든 것들을 잡히는 대로 집어던졌다. 아내는 방구석에 처박혀서 움직이지도 못하고, "왜 그래요?"만 연발했다. 시간이 지나 어느 정도 진정이 되자, 아내는 차분하게 설명했다.

"석이아빠, 생각해 봐요. 이제부터 내가 석이아빠를 모시고 어디든 다녀야 되는데, 내가 만약 구질구질하게 입고 다니면 사람들이 석이아빠를 천대할 게 아니에요? 하지만 내가 멋쟁이처럼 차려입고 석이아빠의 팔장을 꼭 끼고 다니면 나를 보고라도 사람들이 석이아빠를 무시못 할 거예요."

이야기를 다 듣고는 섣불리 화부터 냈던 나 자신이 부끄럽기만 했다.

원주에서 수술을 끝내고 서울로 와서 1970년부터 청십자운동을 다시 시작했다. 당시만 해도 의료보험이란 것이 무엇인지도 모르는 때였으니까, 그것을 사람들에게 알리고 설득하기 위해 매우 바쁘게 돌아다녔다. 눈도 잘 보이지 않고 걸음도 잘 못 걸었기 때문에 아내는 그야말로 나의 지팡이, 나의 눈이었다.

흉한 얼굴을 조금이라도 더 가리기 위해서 검은 선글라스를 끼고 다녔다. 나 때문에 놀라 도망가는 심장이 약한 사람들을 위해서였다. 또 일을 하기 위해서는 조금 더 미남이 되는 것이 유리하다고 생각해서 연세의료원 성형외과 유 박사를 찾아갔다. 유 박사는 아직 얼굴 수술을 더 많이 해야겠는데 성한 피부를 뗄 자리가 없다고 했다. 그러면서 피부를 떼 줄 사람이 없겠느냐고 물었다. 그랬더니 옆에 앉아 있던 아내가 대뜸 "제 피부를 떼면 안 될까요?"하고 대답했다. 이럴 정도로 아내가 나를 사랑하고 있다고 생각하니, 다시 살아서 열심히 일하고 싶은 충동이 생겼다.

열심히 일했다. 그래서 서울 청십자도 어느 정도 조직이 되었고 생활도 안정되어 갔다. 그런데 참 사람의 운명이란 알 수 없는 것인지, 우리 가정에 다시 사고가 생기고 말았다. 아내는 결혼 초에 나와 함께 풀무학원에서 근 5년 동안 꽁보리밥을 먹으며 고생했다. 그리고 내가 외국에 나가 있는 2년 동안은 아이들을 돌보느라 정신이 없었다. 그리고 귀국해서 당한 자동차 사고로 거의 2년간 나를 간호하느라 온갖 고생을 다했다. 그러다 보니 자신의 몸을 돌볼 겨를이 없었다. 아내는 처녀시절에 폐결핵을 앓았는데 재발하고 말았다. 나를 살려야겠다는 생각 외에는 아무 생각도 할 여유가 없었던가 보다.

1970년 5월 24일 화창한 일요일이었다. 처제와 함께 부산에 있는 아이들 생일 선물을 사려고 백화점에 쇼핑을 나갔다가 돌아오려고 백화점을 나서는 순간 아내가 갑자기 각혈을 했다. 처제가 택시를 타고 일단 병원 응급실에 입원을 시켜 놓고 집으로 달려왔다. 황급히 병원 응급실로 쫓아갔더니 아무도 없었다. 그곳 간호사가 무표정으로 "지하실에 내려갔어요"라고 알려주었다. 참으로 천진하게도 나는 지하실에도 병실이 있는 줄 알았다. 그러나 지하실은 병실이 아니고 영안실이었다. 아내는 이미 싸늘한 시체로 변해 있었다. 어두컴컴한 영안실에 가서 잠자는 것처럼 평안히 누워 있는 아내의 손을 잡아보았다. 차디찼다. 참 이상했다. 그 순간, 두 번 다시 쳐다보기가 싫었다. 그렇게 정이 떨어질 수가 없었다. 삶과 죽음이 갈리는 순간부터 정은 끊어지는 모양이다.

'사랑하고 정을 나누며 사는 것은 심장에서 뜨거운 피가 돌아가는 동안만 이로구나. 뜨거운 피가 멎는 순간부터는 아무 관계가 없는 거로구나, 우리의 처지가 아무리 괴롭고 슬프고 짜증나도 사람은 살아 있다는 것 이상으로 좋은 것은 없구나, 역시 인간은 아무리 불행하다고 해도 살아 있다는 것 자체 이상 감사를 드릴 것이 없구나' 하는 생각이 들었다.

장례 절차를 마치고 저녁 무렵 집에 돌아온 내 손을 잡고 장모님이 "성례가 아침에 그렇게 바나나를 먹고 싶다고 했는데 ……" 하면서 눈물을 닦는다. 그렇게 먹고 싶어 하던 바나나 하나 사 줄 수 있는 여유도 당시는 없었다. 내 마음은 더욱 아팠다.

다음날 아침 금촌에 있는 기독교공원묘지에 아내를 묻었다. 아내의 관이 흙 속에 들어갈 때까지도 죽음이 실감나지 않았다.

장례를 치르고 다시 사무실로 돌아왔다. 처음 모이는 청십자 이사회가 소집되어 있었기 때문이다. 좀 늦어서 죄송하다고 인사를 하고 회의를 대충 끝냈다. 회의에 참석한 이사들이 이 사실을 알고 깜짝 놀랐다. 날이 어두워서야 집에 돌아왔다. 그런데 문을 열고 늘 반겨주던 사람이 없었다. 방에서 나오는 찬 공기, 그때 느껴지는 허무감과 절망은 울어도 통곡을 해도 해결되지 않았다.

게다가 당장 내일부터가 문제였다. 누가 내 얼굴을 화장해 주고 내게 음식을 먹여주고 내 뒷바라지를 해줄 것인가? 서울에 있는 동안은 처가에서 살았지만 상처를 한 마당에 더 이상 그곳에 머물 수가 없었다. 여러 가지를 생각해 보았다. 아내를 따라 공동묘지에 함께 가야 하나? 별의 별 생각이 다 들었다. 또 집에 들어오기만 하면 매일같이 아내의 모습만 떠올랐다. 어떤 의지로도 이겨낼 수가 없었다.

잠시 동안이라도 기분 전환을 하고 오지 않으면 안 되었다. 그때 어떤 처녀가 가방을 들고 나를 찾아왔다. 홍성 풀무학원에서 가르친 제자였다. 나를 돌봐주러 왔다는 것이다. 그때 그녀의 나이 23살이었다. 어떤 부모가 23살 된 딸을 옛날 선생이 홀아비가 되었다고 돌봐주라고 보내겠는가? 부모의 만류도 뿌리치고 온 그녀는 하루 이틀도 아니고 만 2년 동안을 내 살림과 온갖 뒷바라지를 다해 주었다.

내 일생에 가장 보람 있는 시간이 있다면, 홍성 풀무학원에서 보낸 5년이라고 할 수 있다. 그때 나는 공부할 수 없는 불우한 학생들을 위하여 열심히 가르쳤다. 본 다이크의 '무명의 교사'라는 시에 보면 이런 구절이 있다.

"이름도 없이 명예도 없이 먼 훗날의 보이지 않는 가능성을 믿고 자기의 청춘을 불사르는 이름 없는 교사, 그야말로 우리의 존경의 대상이 되고도 남는다."

이 말처럼 가난해서 교육의 기회를 놓칠 뻔했던 많은 농촌의 청소년들에게 꿈과 이상을 심어주려 젊음을 불태우던 그때의 내 생활은 어떤 훈장보다도 더 값지고 보람있었다.

나는 제자에게 집을 맡겨놓고 부산으로 내려갔다. 부산에는 부모님과 친구들과 또 귀여운 내 꼬마들이 있었다. 그때 큰 꼬마 진석이는 7살이었는데, 내가 내려간 그날 친구들을 잔뜩 데리고 왔다. 한참을 뛰어다니며 놀다가 우연히 한 꼬마가 내가 쉬고 있는 방문을 열었다. 그 꼬마는 기겁을 하고 놀라 나가며 진석이에게 물었다.

"석아, 저 뒷방에 누워있는 사람 누고?"

"우리 아빠다."

"야, 너희 아빠는 왜 저렇게 도깨비같이 생겼노?"

그러자 옆에서 듣던 꼬마 친구들이 우르르 몰려와 한 번씩 나를 보고 나간다. 한 꼬마가 말했다.

"야, 너희 아빠는 귀신같이 생겨서 무서워서 너희 집에서 못 놀겠다. 우리 집에 갈란다."

꼬마들은 전부 제 신발들을 찾아 신고는 꽁무니를 뺐다. 석이는 친구들에게 통사정을 했다.

"우리 아빠 하나도 무섭지 않다. 얼마나 좋은데? 여기 있는 이 장난감도 그림책도 전부 다 우리 아빠가 덴마크에서 올 때 사다준 거다. 마음대로 가지고 놀아도 괜찮으니까 같이 놀자."

그래도 꼬마들은 모두 도망가고 석이만 혼자 방에 남았다. 재미있게 놀려고 했던 친구들이 모두 가고 나니까 굉장히 서운했던 모양이다. 석이의 눈동자에 이슬방울이 하나 둘 맺히기 시작했다. 침대 위에 누워서 석이의 모습을 물끄러미 내려다보다가 문득 이상한 생각이 들었다. '저 꼬마는 지금 제 아빠를 보고 뭐라고 할까? 아빠 때문에 왔던 친구들이 모두 도망가고, 또 예전처럼 자기랑 잘 놀아주지 않고. 저런 아빠는 멀리 사라져 버리면 좋겠다, 아니면 보이지나 말았으면 좋겠다' 그렇게 생각할 것 같았다. 또 석이뿐 아니라 친구들도, 부모님도 그렇게 생각할 지도 모른다고 여겨졌다.

그런 생각이 드니까 살아 있다는 것이 그렇게 비굴하게 느껴질 수가 없었다.

그날 저녁으로 다 끝내버리려고 마음먹었다. 살 가치가 없는 존재, 주위 사람들에게 아무런 도움도 되지 못하는 존재라는 생각이 들자, 자살이 죄가 되느냐 안 되느냐 하는 따위는 문제도 되지 않았다. 그런 건 여유 있을 때 하는 사치스런 액세서리에 불과하다고 여겨졌다. 가스가 폭발할 때 가장 약한 부분인 창문을 통해서 폭발하듯, 내게도 이것이냐 저것이냐가 아니고, 이것도 저것도 아닌 이것만이라는 생각밖에 없었다.

나는 집 근처와 범일동 시장 주변 약국에 두루 다니며 약을 사 모았다. 그리고 집에 돌아와 밤이 되기를 기다렸다. 여러 가지 생각들이 복잡하게 떠올랐다. 문득 석이가 내년에는 초등학교에 입학할 텐데, 또 중학교에도 갈 텐데 하는 생각이 들었다.

석이 담임선생이 '너희 아빠는 무얼 하느냐고 물어보면 뭐라고 대답할까?' 답답해졌다. 적어도 고등학생 정도만 되었어도 괜찮을 텐데. 내가 죽으면, '우리 아빠는 옛날에는 이런 사람 저런 사람이었는데, 교통사고로 불구자가 되어 절망하여 약을 먹고 자살했다'고 또 '우리 엄마는 폐병으로 각혈을 하고 요절했다'고 언제까지나 되풀이해야 할 것이다. 거짓말을 하지 않는 한에는…….

안 되겠다. 이렇게 비굴하게 죽어서는 안 되겠다. 악착같이 살아서 저 꼬마들이 누구 앞에 가든지 누구를 만나든지 우리 아빠는 이런 사람이었다고 자랑스러워 할 수 있도록 살아야겠다. 우리 아빠는 자기보다 못한 사람들을 위해서, 자기보다 불행한 사람들을 위해서 떳떳하고 보람 있게 살다가 죽었다는 이야기를 할 수 있도록 살아야겠다는 생각이 들기 시작했다. 낮에 사온 약들을 연탄불에 몰래 던져 넣고 나는 다시 일어났다. 가난한 사람들의 의료비 문제를 해결하기 위하여 청십자운동을, 그리고 간질 환자들의 치료를 위한 장미회 일 등을 계속했다. 후에는 아빠 때문에 동네 친구들과 잘 어울리지 못하는 막내딸 송화를 위해서 13평 작은 아파트를 개방하여 어린이도서관운동도 시작했다.

나는 그렇게 생각한다. 우리는 언젠가 모두 이 세상을 떠난다. 봉황무늬가 아로새겨진 권좌에 앉아 있는 대통령도, 벤츠를 타고 다니며 부와 허세를 자랑하는 사장들도, 시골에서 모기와 거머리한테 피를 빨리며 농사짓는 농사꾼도, 노동판에서 하루하루 품팔이를 하며 근근이 살아가는 지게꾼도, 언젠가는 다 이 세상을 떠나게 되어 있다. 세상에 태어날 때에는 순서대로 오지만, 세상을 떠날 때는 순서가 없다. 언제 어떻게 될 지 아무도 모른다. 보잉 747 전세기를 타고 당당하게 버마로 갔던 사절단들이 한순간에 그렇게 세상을 떠날 줄 누가 알았던가? 떠날 때는 007 가방에 온갖 중요한 서류들을 넣고 힘차게 갔다가, 돌아올 때는 자그마한 알루미늄 코트 하나만 입고 올 줄 누가 알았던가?

얼마 전 송화가 학교에 다녀오더니 제 엄마에게 말했다.

"엄마, 나 오늘 학교에서 아빠 이야기했다."

"그래, 뭐라고 했니?"

"우리 아빠는 불에 타서 장애인이 되었는데, 그래도 실망한 사람들에게 용기를 주는 강의를 하는 선생님입니다. 이렇게 말했어."

송화의 이야기를 듣고 다시 한번 생각했다. 제 아빠가 어떤 사람이었다고 자랑스럽게 말할 수 있는 아이들과, 제 아무리 대궐 같은 집에서 살아도 우리 아빠는 이런 사람이었다고 자랑스럽게 말하지 못하는 애들과는 인생을 사는 길이 다를 것이다.

자식들에게 자랑스러운 아빠가 된다는 것은 부모로서의 최대의 기쁨이요, 자랑

월앙리 해수욕장에서 딸과 함께

이다.

그 동안 내게는 흐뭇한 일들이 많이 있었다. 그 중에서 가장 가슴 뿌듯한 것은 진석이가 다 컸다는 것이다. 그 녀석은 부산에 있는 배정고등학교를 졸업하고, 예비고사 점수 316점을 받아, 중학교 때부터 원하던 서울대학교 공과대학 전자공학과에 들어갔다. 서울공대에 진학했다는 것도 기쁘지만, 자기의 목표를 중학 시절부터 고등학교 졸업할 때까지 한 번도 바꾼 일이 없었던 것이 더욱 자랑스럽다.

석이는 어렸을 때 제 엄마랑 내가 입원해 있는 병실에 오면, 오자마자 집에 가자고 엄마를 못살게 했다. 엄마는 "아빠한테 왔는데 왜 자꾸 집에 가자고 하는 거야?" 하고 야단을 쳤다. 그러면 진석이는 "엄마, 목소리는 아빤데 얼굴은 아빠 얼굴이 아니야, 빨리 가자"며 계속 칭얼댔다. 그렇게 철부지였던 꼬마가 중학교에 들어간 다음부터는 아빠가 쓴 책도 읽고 신문, 잡지에 난 글도 읽고 또 라디오나 텔레비전에 나와서 하는 이야기도 열심히 듣는다고 했다. 어릴 때는 아빠 모습이 솔직히 무서웠지만, 그래도 우리 아빠는 훌륭한 아빠라고 좋아하기 시작했다는 것이다.

언젠가 진석이와 같이 맥주를 마신 적이 있다. 석이가 문득 "아빠가 나를 친구처럼 대해 주니까 나는 참 행복해요"라고 말했다. 석이의 이야기를 듣고 또다시 생각해 본다. '역시 사람이 살아가는 데는 환경이 그렇게 중요한 것이 아니구나' ……. 인간이 위대하다는 것은 주어진 환경을 극복할 수 있는 능력이 있기 때문이다. 환경의 지배만 받고 산다면 그런 사람은 인간 될 자격이 없다.

따지고 보면 진석이보다 환경이 좋은 아이들은 얼마든지 있다. 그러나 물질적 환

필자의 얼굴 성형수술 담당의 로스 박사

경보다 중요한 것은 정신적 환경이다. 물질적인 면으로 본다면 석이는 대단히 불행한 아이였다. 5살 어린 나이에 엄마를 잃었고, 아빠는 장애인이다. 또 경제적인 여건이 용이하지 않아서 부모와 함께 살지도 못했다. 그래도 진석이는 불행한 환경을 이겨낼 수 있는 정신적인 자세가 되어 있었다.

앞에 이야기한 유덕용 목사가 쓴 수기에 보면 "내가 만약에 문둥이가 안 되었다면, 내가 만약에 소록도에 잡혀가지 않았더라면, 나는 지금 목사가 못 되었을지도 모른다. 나는 문둥병에 걸렸기 때문에 소록도에 가게 되었고, 소록도에 갔기 때문에 지금 목사가 되었다. 다른 사람들이 천벌이라고 말하는 문둥병이 나에게는 하나의 축복이었다"고 쓰고 있다. 인간은 역시 정신적인 동물이다. 자연에 의해서, 기계에 의해서 파괴될 지는 몰라도 패배하지는 않는 동물이다.

로스 박사와 헤어진 지 10년만에 서울에서 만나 저녁식사를 하는 기회가 있었다. 나는 그에게 궁금한 것을 물어보았다.

"로스 박사, 내가 어디를 더 수술하면 좋겠습니까?"

"채 선생, 지금 불편한 곳이나 열등감을 갖는 곳이 있습니까?"

"그런 건 아닙니다. 지금 나는 풀무학원에서 교편을 잡고 있을 때 가르쳤던 제자와 재혼도 했고, 예쁜 딸 송화도 그녀에게서 선물로 받았으니, 얼굴이 좀더 예뻐지면 뭘 하고 아니면 또 어떻겠습니까? 손도 마찬가집니다. 이 손으로 원고도 써서 세 권의 책도 펴냈고, 칠판 글씨도 다른 사람들 못지않게 잘 씁니다. 또 이 얼굴 때문에 유명해졌으니 특별히 열등감을 느끼는 데는 없습니다."

로스 박사는 수술할 필요가 없다고 했다. 성형수술은 환자가 열등감을 갖는 곳이 있거나, 어떤 부분이 대단히 불편해서 제대로 기능을 발휘하지 못할 때 하는 것이라고 했다. 모든 것이 다 스스로의 마음에, 정신에 달려 있다는 것을 다시 한 번 느낀 저녁식사 자리였다.

하나님은 인간 모두에게 씨앗을 주셨다. 그 씨앗은 무한함, 가능성 혹은 잠재능력이다. 그러므로 우리는 어떠한 인간이라도 무시해서는 안 된다. 어떤 사람도 하나님의 씨앗, 하나님의 모습을 갖고 태어났기 때문이다. 하나님의 씨앗을 믿는다는 것은 긍정적이고 적극적인 정신 자세를 갖는 것이다.

나는 이런 정신 자세를 가지고 후세들과 사회에 부끄럽지 않게 살아왔고, 오늘도 열심히 뛰고 있다. 남들은 내가 '10원짜리 인생'으로 온갖 수모를 받고 있다고 생각할 지 모르지만, 나는 멋지고 보람에 찬 '인생의 등불'을 켜들고 나보다 더 어둡고 험난한 길을 걷는 사람들을 찾아서 작은 불빛이나마 그 앞을 비추는 등불이고자 한다. 우리는 언젠가 이 세상을 떠난다. 이것은 하늘의 준엄한 철칙이다. 떠나는 것이 중요한 것이 아니라, 떠날 때에는 뭔가 후세와 사회에 도움이 되는 것을 남겨놓고 가야 한다. 어떤 사람은 열심히 돈을 모아 그것을 남기고, 또 어떤 사람은 열심히 공부하여 훌륭한 책을 남기고 간다. 또 어떤 사람은 멋진 예술 작품을 남긴다.

그런 것들은 모두 훌륭한 유산이라고 할 수 있지만, 가장 위대한 유산은 못된다.

이런 유산들은 한결같이 탤런트, 즉 재주가 있는 사람들만이 남길 수 있는 유산이다. 돈을 모으는 것도 아무나 하는 것이 아니다. 그것도 하나의 재주다. 책을 쓰는 것도, 음악이나 미술을 하는 것도 하나의 재주다.

그렇다면 우리가 남길 수 있는 가장 위대한 유산은 무엇인가? 그것은 누구나 다 남길 수 있는 것이어야 한다. 가난한 사람이나, 부자나, 권력이 있는 사람이나, 없는 사람이나, 학식이 있는 사람이나, 없는 사람이나, 다같이 남길 수 있는 것. 그것은 하나의 스토리(이야기)이다. 아름답고 멋진, 보람 있는 이야기다.

그러면 어떤 스토리가 가장 위대한 것인가? 그것은 절망할 수밖에 없는 환경 속에서도 신념 또는 신앙으로 이겨내고, 인생을 멋지고 보람 있고 아름답게 살았다는 것이다. 그것보다 더 위대한 유산이 어디에 있겠는가!

2

3일 동안만 볼 수 있다면

우는 딸을 달래는 다정한 아빠

3일 동안만 볼 수 있다면

내게는 외동딸이 하나 있다. 이름은 송화, 채송화. 이름도 예쁘지만 얼굴도 이름 못지않게 예쁘다. 얼굴이 예뻐서인지 몰라도 매일같이 동네 꼬마 총각들이 데이트 하러 우리 집에 왔다. 보통 날은 괜찮았다. 내가 아침 일찍 출근했다가 늦게 귀가 하니까.

그런데 어느 일요일, 내가 집에 있을 때였다. 송화와 동네 꼬마들이 한참 신나게 뛰어 놀고 있다가 우연히 내가 화장실 가는 것을 보게 되었다. 나를 보자마자 꼬마 들은 얼른 신발을 찾아 신고 도망을 쳤다. 그 다음부터 이 꼬마들이 다시는 우리 집 에 놀러오지 않았다.

그 후 아내가 길에서 놀고 있는 꼬마들을 보고 물었다.

"너희들, 왜 우리 집에 놀러 안 오니?"

꼬마들이 말했다.

"송화네 집에는요, 호랑이가 한 마리 있어서 안 가요!"

꼬마들의 눈에는 내 모습이 도깨비나 호랑이같이 보였나 보다. 그래도 내 얼굴은 30여 회나 성형수술을 만든 걸작품인데, 별로 알아주는 사람이 없다. 얼굴 모습이 일그러진 것보다 더 심각한 것은 시력이었다. 1970년 2년간의 입원을 마치고 퇴원 할 때 내 시력은 하나밖에 남지 않았었다. 그마저도 1미터 앞을 볼 수 없을 정도였다. 이제 이 눈을 하고 어떻게 살아갈 것인가, 몹시 고민스러웠다. 그 동안 주치의들이 보내온 편지에도 마지막 남은 시력을 상실하지 않도록 수술을 잘해야 한다는 내용이 많다. 다행스럽게도 의사들의 정성어린 수술 덕분으로 잘 보지는 못해도 길을 찾을 수 있을 정도는 되었다.

이때 나는 새로운 인생의 길을 개척하게 하고 삶의 용기를 준 글을 만났다. 헬렌 켈러의 '3일 동안만 볼 수 있다면'이다. 미국에 있는 놀만 빈센트 필 목사가 보내준 글이었다. 헬렌 켈러의 글은 감동적일 뿐 아니라 몇 세기에 한번 나올까 말까 한 명문이었다. 꼭 읽어보기를 권한다. 헬렌 켈러는 다음과 같이 이야기한다.

나는 가끔 생각해 보기를, 사람은 성인이 되는 초기에 2~3일 동안이라도 맹인이나 귀머거리가 되어 본다는 것은 하나의 큰 축복이 될 수 있을 것이다. 암흑은 그로 하여금 빛에 대한 감사를, 침묵은 음성의 즐거움을 가르쳐 줄 것이다. 종종 나는 눈으로 보는 친구들에게 그들이 무엇을 보았는 지에 대하여 테스트해 보기도 한다.

얼마 전에 나는 오랫동안 숲 속을 산책하고 돌아온 친구에게 "무엇을 보고 왔느냐?"고 물었다. 그런데 그녀는 "아무 특별한 것이 없었다"고 대답했다.

나는 나 자신에게 물어보기를, '어쩌면 그럴 수 있을까? 한 시간 동안이나 숲 속을 산책하고 왔는데, 신기한 아무 것도 볼 수 없었다니?'

보지 못하는 나는 손끝의 촉감만을 통해서도 수백 가지 흥미로운 것들을 발견한다.

나뭇잎의 섬세한 좌우 대칭도 느낄 수 있고, 거칠고 주름진 소나무나 부드러운 자작나무의 껍질을 통해 그들의 사랑을 느낄 수도 있다. 그리고 봄엔 기대에 찬 손으로 나뭇가지에 돋아나는 꽃눈을, 겨울잠을 자고 처음으로 깨어나는 꽃순들을 느끼고 알 수 있다. 혹은 운이 좋으면 작은 나무에 살짝 손을 대고 그 나무 위에서 노래 부르는 새들의 행복한 진동도 느낄 수 있다.

이 모든 것들을 손끝으로 느끼는 것이 아니라, 내 눈으로 직접 보고 싶은 동경으로 마음으로 울부짖을 때가 한두 번이 아니다. 촉감만으로도 이처럼 즐거운데, 내가 만약에 볼 수만 있다면 얼마나 많은 아름다움을 느낄 수 있을까 생각해 본다. 그리고 나는 내 눈을 사용해 더도 말고 3일 동안만 이 세상을 볼 수 있다면 하고 상상해 본다. 나는 그 기간을 세 부분으로 나누어 놓겠다.

첫날은, 우정과 친절로 나로 하여금 인생의 살 가치를 갖게 해준 내 친구들을 보고 싶다. 나는 영혼의 창문인 눈을 통하여 친구들의 심장을 꿰뚫어 본다는 것이 어떤 것인지 알지 못한다. 나는 손가락 끝 촉감을 통해서만 그런 표정들을, 그들 얼굴의 외형만을 알 수 있었으니까! 나는 웃음, 슬픔, 그리고 여러 가지 밝은 감정들을 분명히 감지할 수 있을 것이다. 나는 친구들의 얼굴 표정을 통해서 알 수 있을 것이다. 다른 사람들의 본질적인 성품을 감정 표현의 미묘함을 통해서, 안면 근육의 움직임을 통해서, 그리고 손의 움직임을 통해서 이해한다면 얼마나 쉽고 얼마나 만족스러울까?

당신은 친구의 내적인 본질을 당신의 눈을 통하여 꿰뚫어본 적이 있는가?

아니면 얼굴의 외형만을 통해서 건성으로 파악하고 그대로 살아가고 있지는 않은가? 예를 들면 당신은 가장 사랑하는 다섯 친구의 얼굴을 정확하게 이야기할 수 있는가? 시험적으로 나는 여러 남편들에게 자기 아내의 눈 색깔을 말해 보라고 한다.

그들은 종종 혼돈하거나 아니면 잘 모르겠다고 대답한다.

오! 내가 3일 동안 볼 수만 있다면 어떻게 될까? 첫날은 매우 바쁜 날이 될 것이다. 나는 우선 내 친구들을 모두 다 우리 집에 불러 모아 놓고 그들의 얼굴 하나하나를 물끄러미 들여다 보면서 그들의 내부에 숨은 아름다움의 외부적인 특징들을 내 가슴 속에 깊이깊이 간직해 두겠다.

다음에는 어린이의 얼굴에 눈을 고정하고 약육강식의 의식이 생겨나기 전의 순진하고 사랑스러운 아름다움을 보고 싶다. 그 다음에 나는 내가 읽던 책들을 보고 싶다. 내 인생에 가장 깊은 정신적 물줄기였던 그 책들을. 그리고 나서 내 강아지들의 충성스럽고 믿음직한 눈동자를 들여다보고 싶다.

그러다 오후가 되면 시원한 숲 속을 오래오래 산책하면서 자연계의 아름다움을 만끽하고 싶다. 그리고 저녁노을의 찬란함을 위해 기도드리겠다. 그날 밤은 아마도 밤새 잠을 못 이룰 것이다.

다음날 나는 먼동이 틀 때 일어나서 밤이 낮으로 변해 가는 놀라운 기적을 볼 수 있을 것이다. 나는 잠자던 세계를 깨우는 빛의 찬란한 파노라마를 경외의 눈으로 쳐다볼 것이다. 이날 나는 세계의 현재와 과거를 대충 더듬어보기 위하여 내 모든 정열을 쏟을 것이다. 그리하여 인류의 진보와 장관을 보기 위해 박물관으로 가겠다.

박물관에서 내 눈은 지구 동물들의 요약된 역사와 원시 환경에 나타난 인류의 선조들을 볼 수 있을 것이다. 인류가 이 지구 위에 출현하기 전에 살고 있던 공룡들과 선사시대에 살던 큰 코끼리들, 작은 몸집의 강력한 두뇌로 이 동물의 왕국을 정복하려 했던 유적들을 볼 것이다.

다음에 나는 미술관으로 가겠다. 그곳에서는 고대 나일강 유역의 여러 신들의 조각들을 볼 수 있을 것이다. 또한 그리스 아테네 신전의 장식물들의 모형들을 감지할 수 있을 것이고 또 희랍 전사들의 리드미컬한 아름다움을 감상할 수 있을 것이다.

호머의 괴팍한, 수염 달린 모습은 나에게 더욱 친근감을 줄 것이다. 왜냐하면 그도 역시 장님이었으니까.

이렇게 하여 나의 둘째 날은 인류의 예술을 통하여 인간의 영혼을 탐구하는 하루가 될 것이다. 만져서만 알았던 사물들을 보아서 알 수 있게 되었다.

더욱 황홀한 것은 미술의 놀라운 세계를 파악할 수 있게 되는 것이다. 그래도 나는 표면상의 느낌만 갖는 것이다. 예술가들은 말하기를, 예술을 깊고 진실 되게 감상하기 위해서는 눈을 훈련하지 않으면 안 된다고 했다. 사람은 경험을 통하여 색깔과 형태, 선과 구성의 장점을 배운다. 만약 내가 볼 수 있다면 나는 얼마나 행복하였을까?

둘째 날 저녁에는 영화관에 가서 보내겠다. 햄릿의 매력적인 모습이나 다채로운 엘리자베스 시대의 장식 속에 돌풍처럼 나타나는 팔스탭 기사의 모습을 관람한다면 얼마나 좋을까? 나는 손으로 만져서 얻는 한정된 영역 외의 율동적인 운동의 미를 즐길 수 없었다. 비록 리듬의 기쁨을 약간 알기는 하지만, 그것은 오직 파블로프의 반사작용에 의하여 희미하게 느낄 뿐이다. 왜냐하면 나는 가끔 마루를 통해서 전해지는 진동을 느낄 수 있기 때문이다.

나는 상상한다. 율동이 이 세상에서 가장 우리를 즐겁게 하는 구경거리라고. 나는 이와 같은 즐거운 기분을 조각된 대리석의 곡선을 만질 때 느끼곤 한다. 이런 정지된 우아함도 그렇게 사랑스러운데, 하물며 움직이는 동작의 우아함을 봄으로써 느끼는 그 스릴은 얼마나 경이로울까?

셋째 날 아침에는 일찍 일어나 새로운 아름다움의 계시와 새로운 즐거움들을 발견하기 위하여 열심히 찾아다닐 것이다. 처음에는 바쁜 거리의 골목에 서서 사람들의 오고가는 그 한가운데서 시간을 보낼 것이다. 내 목적지는 도시가 될 것이다.

나는 바쁜 거리의 골목에 서서 사람들이 어떻게 그들의 일상생활을 시작하는 가를 이해하기 위하여 단순히 쳐다보기만 하겠다. 사람들의 입가에서 미소를 본다면 나는 행복할 것이고, 사람들의 얼굴에서 슬픔을 본다면 나는 동정을 금치 못할 것이다.

다음에 나는 뉴욕의 번화가인 퍼브스 애버뉴로 걸어가 무심히 내 눈을 거리에 던질 것이다. 어떤 특별한 목적 없이 단지 색깔의 요지경을 보고 싶다.

내가 확신하건대 군중 속에서 움직이는 여성들의 옷 색깔은 내가 결코 지치지 않는 탐스러운 장관이 될 것이다. 그러나 아마도 시력을 가졌다고 하는 나도 다른 많은 여자들과 같이 스타일에만 관심을 두고 대중 속에서의 색깔의 황홀함에 대하여는 별로 주의를 기울이지 않을 것이다.

그리고 나는 피브스 애버뉴에서 시내 관광을 하겠다. 빈민굴, 공장, 어린이들이 뛰는 노는 공원으로. 나는 또한 외국인들의 주거지에 가서 국내에서의 외국관광을 할 것이다. 항상 내 눈은 행복과 비참함의 양면을 보느라고 휘둥그래져 있을 것이다. 그렇게 해서 나는 사람들이 어떻게 일하고 사는 지에 대한 이해를 더할 수 있을 것이고, 더 깊게 탐구할 수 있을 것이다.

이제 나의 셋째 날 구경이 끝나려고 한다. 아마 나는 나머지 몇 시간을 내가 간절히 원하던 많은 것들을 위해 몰두해야 할 것이다. 그러나 나는 그 마지막 저녁에는 좀 두려울 것이다. 그래서 나는 다시 해학적인 연극을 하는 극장으로 뛰어가겠다.

여기에서는 인간 정신을 풍자하는 코미디의 하모니를 감상할 수 있을 것이다.

이 짧은 3일 동안 나는 내가 보고 싶었던 모든 것을 당연히 보지 못했을 것이다. 단지 어두움이 내려오기 시작할 때 나는 내가 보고 싶었던 것 중에서 얼마나 많은 것을 보지 못하였나 하는 것을 알아차릴 것이다. 아마도 이처럼 짧은 아우트라인은 만약 당신이 장님이 되려고 할 때 구상하는 프로그램과는 일치하지 않으리라는 것을 나는 알고 있다.

그렇지만 내가 확신하는 것은 당신이 맹인이 되는 운명을 맞게 되었다면, 당신의 눈을 결코 전과 같이 쓰지는 않을 것이다. 당신이 보는 것마다 당신에게는 귀중한 것이 될 것이다. 당신의 눈은 당신의 시계(視界)안에 들어오는 모든 사람과 사물을 정확히 파악하기 위하여 무던히 애쓸 것이다. 그때 드디어 당신의 눈은 진실로 보게 될 것이다. 아름다움의 새로운 세계가 당신 앞에 전개될 것이다.

맹인이 된 나로서는 당신들 보는 사람들에게 줄 하나의 충고는 이것이다.

"당신의 눈을 쓰되 마치 내일 당신이 맹인이 된다면 하는 기분으로 쓰시오. 다른 감각기관으로도 같은 방법을 쓸 수 있습니다. 음악을 들으시오. 새 소리를 들으시오. 오케스트라의 거대한 줄들의 화음을 들으시오. 마치 내일 당신이 귀머거리가 된다면 하는 기분으로. 당신의 감각기능이 내일이면 마비된다면, 하는 기분으로 모든 사물을 만져 보시오. 꽃들의 향기를 맡으시오. 그리고 한 입 한 입 맛있게 맛보시오. 마치 내일이면 냄새도 맛도 못 느끼는 기분으로 당신의 모든 감각기관을 최대한도로 이용하십시오."

이 세계는 당신에게 여러 가지 수단을 통하여 자연의 아름다움과 즐거움을 주고 있다. 이 모든 면에 대하여 감사를 돌리자. 그러나 모든 감각기관 중에서 보는 것 이상으로 이 세상에 즐거운 일은 없을 것이다.

장기려 박사님을 기리며

검인정 중학교 1학년 국어 교과서에 '바보 의사 이야기'로 수록

감옥에 간 대통령과 죽어서 훈장 받은 장 박사.

대통령도 감옥에 갈 수 있다는 선례를 남긴 이가 전두환, 노태우였다면 장기려 박사는 죽은 후에도 훈장을 받을 수 있다는 신화를 남긴 분이다. 그의 신화의 시작은 이광수 선생으로 거슬러 올라간다. 이광수 선생의 소설 「사랑」에 나오는 남자 주인공 '안빈'의 모델이 바로 장기려 박사라는 이야기이다.

1940년대에 이광수 선생은 결핵에 걸려 6개월 동안 서울대학교 부속병원에 입원한 적이 있는데, 이때 장 박사께서 이 선생의 주치의였다고 한다. 어느 날, 장 박사가 회진을 하다가 이광수 선생의 병실에 들렀다. 이광수 선생은 장 박사를 보자 대뜸 "장 박사! 당신은 아주 천재든가 아니면 아주 바보야!"라고 했다. 이 말은 장 박사의 성품을 정곡으로 찌른 말로 신화처럼 전해 내려오고 있다.

장기려 박사는 우리나라 외과학회에서는 타의 추종을 불허하는 업적을 남긴 외과 전문의였지만, 그의 인생은 너무나도 서민적이고 초라했다. 1995년 12월 25일 서울 백병원에서 86세로 생을 마감할 때까지 부산 복음병원 원장으로 40년, 복음 간호대학 학장으로 20년을 역임했지만 그에게는 서민 아파트 한 채, 죽은 후에 묻힐 공원묘지 10평조차 없었다.

늘 존경하는 장기려 박사와 아내 유정희

바보 의사 이야기

여기에서 그의 수수께끼가 시작된다. 물론 병원 원장이나 대학 학장으로서의 수당은 있었겠지만, 그에게는 월급이나 수당보다는 가불이 더 많았다.

1967년 내가 처음 장 박사를 만났을 때 그는 사면초가 상태에 있었다. 장 박사에 대해 떠도는 미신에 가까운 풍문 때문에 전국의 가난한 수술환자들과 다른 병원에서 치료 불가능하다는 판정을 받은 말기 암 환자들이 부산복음병원으로 몰려들었던 것이다. 그들의 소원은 마지막으로 장 박사에게 진찰이라도 받아보겠다는 것이었다.

이렇게 어찌어찌 해서 입원을 하고 수술을 받아 병이 나으면 그 다음에는 또 다른 문제가 생겼다. 그들 대부분은 입원비와 약값이 없었다. 이때 마지막으로 찾아가는 곳이 원장님실.

원래 잇속에 밝지 않아 셈을 잘 할 줄 모르고, 바보 같을 정도로 마음이 착한 장 박사에게 "시골 우리 집은 논, 밭도 없고 소 한 마리도 없는 소작농인데, 이렇게 많은 입원비나 치료비를 부담할 능력이 없습니다"라고 환자들이 하소연하면 장 박사는 그들의 딱한 사정을 먼저 생각하곤 눈물겨워하였다. 병원비 대신에 병원에서 잡일을 하는 것으로 대신할 수는 없겠느냐는 것이 환자들의 고상한(?) 제안들인데, 이런 말을 듣고 감동하지 않을 의사들이 어디에 있을까. 이야기가 이쯤 되면 장 박사는 그 환자의 치료비 전액을 자신의 월급으로 대납 처리하곤 했다.

병원 행정을 이렇게 하다 보니 장 박사의 월급은 항상 적자였고 이것이 누적되면서 병원 자체의 운영도 어려워지게 된 것이다. 결국 어느 날, 병원 진료부장회의에서 결정이 내려졌다. 앞으로 무료 환자에 관한 모든 것은 원장님 임의로 하지 못하고 부장회의를 거쳐 결정한다는 것이다.

그렇다고 가난한 환자들이 오지 않는 것은 아니었다. 모든 결정권을 박탈당한 이후부터 장 박사는 어려운 환자들이 생기면 야밤에 탈출하라고 일러주었다. "내가 밤에 살그머니 나가서 병원 뒷문을 열어줄 테니 탈출하라"는 것이다. 장 박사의 이러한 '바보 이야기' 들은 일일이 열거할 수 없을 정도로 무궁무진하다.

아내의 사진

장기려 박사는 김일성의 맹장염을 수술해 준 의사로도 유명하다. 그는 1.4 후퇴 전에는 평양에서 김일성 의과대학의 교수를 지냈고, 김일성의 첫 부인인 김정숙의 주치의도 했다. 바로 이때 김일성의 맹장염 수술을 했다. 수술대 위에 김일성을 눕혀 놓고는 "나는 예수 믿는 의사이기 때문에 수술하기 전에 내가 믿는 하나님께 기도하고 집도해야 한다"며 그에게서 허락을 받고 기도한 후 수술했다고 한다. 이 이야기 때문에 장 박사는 더욱 유명해졌다.

장 박사는 세상을 떠나기 전까지 침대 머리맡에 항상 두 장의 사진을 놓아두었다. 한 장은 30대의 어여쁜 아내의 사진이고, 또 한 장은 80세가 된 꼬부랑 할머니 아내의 사진이다. 이 할머니가 된 아내의 사진은 3년 전에 미국에 있는 조카가 평양에 다녀오면서 가져온 것이다. 조카는 평양에 가게 되자 사방팔방으로 수소문하여 장 박사의 사모님을 만났고 사진을 얻을 수 있었다.

이 사실을 신문기자들이 알게 되어 장 박사는 취재 대상이 되었다. 기자들이 물었다. 어떻게 아내의 생사도 모르면서 45년 동안 독신으로 살 수 있었느냐고, 장 박사는 이렇게 대답했다고 한다. "결혼이라는 것은 한 번 하는 것이지 두 번 하는 것이 아니지 않느냐"고.

1970년대만 해도 장 박사는 해외에 나갈 수가 없었다. 외국에서 열리는 학술세미나에 초청을 받아도 정부에서 여권을 발급해 주지 않았다. 그 이유 중의 하나가 아내가 이북에 살아있기 때문이었다. 1980년대에 이산가족의 북한 방문이 정략적으로 실행되어 지학순 주교가 평양에 방문하게 되자 정보부에서는 장 박사에게도 아내를 만날 생각이 있으면 방북 신청을 하라고 했다. 그때 그는 단호하게 평양행을 거절했다.

"나는 매일같이 영적으로 아내와 교통을 하고 있는 사람이오. 육신으로 며칠 만나고 오는 것이 내 나이에 무슨 득이 되겠소. 내가 평양에 간다면 그곳에서 내 생명이 다할 때까지 아내와 함께 살 수 있다든지, 아니면 내가 아내를 데리고 자유민주주의 국가 남한에서 살 수 있다든지 할 수 있다면 평양에 가겠지만 그렇지 못할 거라면 나는 사양하겠소."

당신이 고향에 다녀 온 다음에 남아 있는 아내나 아이들에게 폐가 된다면, 그것은 더더욱 도리가 아니라는 것이다. 마지막으로 그는 정부 당국에 "이산가족이 나 하나뿐이 아닌데, 아내를 두고 온 다른 사람들은 얼마나 가고 싶겠소. 그 사람들도 다 같이 보내준다면 나도 갈 생각이 있지만, 그렇지 않다면 정부의 호의를 거절하겠소"라고 했다.

통일이 된 다음에 가봐도 늦지 않을 테니 그렇게 하겠다고 하였건만, 그렇게 기다리고 기다리던 통일의 날을 보지 못한 채 죽어서 영혼으로 가시고 말았다.

진리와 함께 한 삶

장 박사가 평생의 신앙 동지요, 스승으로 모신 분이 함석헌 선생이었다. 매달 한 번씩 장 박사님 사택에서 여럿이 모여 성경을 공부하곤 하였는데, 그때 말씀하시던 함석헌 선생의 음성이 아직도 귀에 쟁쟁하다. 함 선생님은 "이렇게 장 박사처럼 단순하게 예수 믿는 것도 정말 믿는 걸까?" 한참 뜸을 들이고 난 후 하얀 턱수염을 쓰다듬며 결론처럼 "예수는 장 박사처럼 단순하게 믿어야 해"라고 하셨다.

장 박사는 그렇게 단순하게 살았고, 단순하게 믿다가, 단순하게 돌아가셨다.

그러나 그의 죽음은 우리에게 중요한 메시지를 남긴다. 기독교에만 진리가 있는 것이 아니고 기독교밖에도 진리가 있다는 것을. 그는 어느 누구와도 아무 거리낌 없이 예배를 보았다. 카톨릭의 신부님들과도, 불교의 스님들과도, 무 교회주의자들, 퀘이커 교도들 그리고 무신론자들까지도 말이다. 또한 그는 구원은 기독교의 전매물이 될 수 없으며, 기독교밖에도 구원이 있다고 주장했다.

장 박사는 생전에 상도 많이 받았고 감투도 많이 썼다. 그런데 그가 받은 상들은 따지고 보면 장 박사 개인을 위한 것이라기보다는 상을 준 쪽의 권위와 명예를 위한 것이 대부분이었다. 뿐만 아니라 그가 썼던 감투 중에는 어느 하나도 힘 있는 감투가 없었다. 청십자 이사장, 애광원 후원회장, 함석헌 후원회 이사, 거창 고등학교와 풀무학원 후원회장 등. 한결같이 도움을 달라는 감투였지 보태주겠다는 감투가 아니었다. 어쩌면 우리가 그분에게 너무나 많은 것을 요구했는 지도 모른다. 그럼에도 불구하고 장 박사는 그 짜증나는 감투들을 거절하지 못한 바보였다.

장 박사는 가장 비천하고 가난하고 병든 사람들을 위해서 봉사하는 것을 잊어서는 안 된다고 우리에게 당부하고 가셨다. 이들이야말로 하나님께서 가장 아끼시는 자녀들이 아닌가. 장 박사의 신화를 마감하면서 내가 쓴 그의 비문을 옮겨 적는다.

1909년 평북 용천에서 태어나고
1995년 서울에서 승천한
의학박사 장기려
그는 모든 것을 가난한 이웃에게 베풀고
자기를 위해서
아무 것도 남겨 놓지 않은
선량한 부산시민, 의사, 크리스천,
이곳 모란공원에 잠들다.

<1995년 12월 – 장기려 박사님의 영혼에 천사들의 날개가 함께 하시기를 빌면서>

두 아들 채진석(인천대 교수)과 채광석

죽음과 삶

지금으로부터 36년 전(70년5월24일), 사랑하는 아내 성례가 세상을 떠났다. 그녀의 시신은 휴전선 근방 한 공원묘지에 안장되어 있다. 그녀가 죽은 지 1년쯤 지났을 때, 나는 검은 비석만 쓸쓸히 서 있는 그곳을 찾아갔었다. 쥐 죽은 듯 고요한 묘지의 침묵……. 그 침묵이 견딜 수 없이 싫어서 '두 번 다시 찾아오지 않으리라' 마음먹었다. 말을 못하는, 서로 말을 주고받을 수 없는 그 세계가 지루하고 무서웠기 때문이다.

서울에 돌아오니 어느 새 밤이었다. 가로등이 길을 밝히고 있어도 온 사방천지가 내 마음처럼 어두운 밤이었다. 자동차들은 시끄러운 소리를 내며 질주하고 있었으나 그것도 소음일 뿐 광화문 지하도를 지나 시청까지 걸어갔다. 웃기도 하고 화를 내기도 하는 군중들의 소리 역시 소음일 뿐이었다.

나는 공동묘지와 서울, 서울과 공동묘지를 착각하기 시작했다. 그러다 문득 아내의 죽음을 생각했다. 그녀는 10여 년 동안 폐결핵을 앓다가 각혈하기 시작한 지 4분만에 세상을 떴다. 병원 영안실에 누워 있는 그녀의 몸을 만지는 순간 10여 년 동안의 우리 사랑이 급작스레 사라지는 것만 같았다. '죽음이란 이렇게 차가운 것이로구나. 살아 있다는 것이 얼마나 아름답고 따뜻하고 좋은 것인가' 하는 것을 처음 느꼈다. 아내는 35살 젊은 나이에 두 아들과 장애인이 된 나를 남겨놓은 채 세상을 떠났다. 그녀의 병은 6.25 전쟁 직후 아버지가 공산당에게 납치되어 행방불명 된 때부터 생긴 비극이었다. 아내는 먹을 것, 입을 것, 잠잘 곳도 없는 피난 생활을 견디며 공부 대신 껌팔이, 엿장수, 심지어 식모 생활까지 했다. 이때 결핵균에 감염된 것이다. 아내는 천신만고 끝에 병을 이기고 살아났으나 교통사고로 다친 나를 돌보느라 무리에 무리를 거듭하다가 급기야는 마지막 생명까지 나를 위해 바치고 갔다.

내가 피부가 모자라서 더 이상 성형수술을 할 수 없었을 때 아내는 단 1초의 망설임도 없이 자기 피부로 수술을 할 수 있다면 그렇게 하겠다고, 또 내가 나머지 한쪽 눈까지 실명하게 된다면 자기의 눈을 주겠다고 서슴없이 말하였다. 아내의 관을 무덤 속에 내리고 마지막 흙을 떠 넣을 때 나는 간절히 부활을 믿었다. 부활을 믿지 않고서는 복받치는 슬픔과 고독을 정말 억누를 수가 없었다.

1967년 여름, 예루살렘의 예수님 무덤에 들렀을 때 텅 빈 무덤 속을 들여다보며 미국에 계신 석진영님의 시 '마음 하나로 산 사람' 이 생각났다. 회칠한 무덤 같은 교회와 신문사, 고층건물들, 가난뱅이들이 우글거리는 빈민굴, 요정, 바, 다방, 그 속에 썩어 문드러질 대로 문드러진 양심! 죽음이 없고 무덤이 없었더라면 저 무서운 히틀러, 스탈린, 진시황이 어떻게 되었을까? 그러나 죽음, 무덤을 두려워하는 것은 믿음이 아니다. 지금도 참 믿음은 죽어서 수천 배의 열매를 맺고 또 새끼를 치고 있다.

옛말에 의인과 천재는 명이 짧다고 했다. 다시 말하면 믿음이 익어 성숙해지면 곧 떨어져 죽어야 한다는 말이다. 그래서일까? 예수님은 33살의 젊은 씨알로 떨어졌고, 히틀러의 독재와 싸우던 본회퍼도 34살에 사형장의 이슬로 사라졌으며, 마틴 루터 킹도 35살 젊은 나이에 흉탄에 맞았다.

킹이 죽었을 때 그의 아내 코레타는 북받치는 울음을 참으며 말했다.

"참으로 자유롭게 진실되며 평화로운 사회를 이룩하려면 얼마나 많은 사람들이 죽어야만 하나요? 또 그렇게 되기까지는 얼마나 오랜 시간이 걸릴까요? 우리는 킹을 참으로 사랑했습니다. 아이들도 참으로 아빠를 사랑했습니다. 우리는 '고난의 금요일 후에는 반드시 부활의 새 아침이 있다'고 하는 그의 정신이 결코 죽지 않으리라고 믿습니다. 그러나 부활의 새 아침이 되면 다시 만남과 희망과 성취의 순간이 옵니다. 우리는 결코 좌절해서는 안 됩니다. 우리는 그의 유업, 즉 모든 사람을 참으로 자유롭게 하고, 모든 사람이 스스로 인간임을 느낄 수 있도록 하는 그 일을 계속해야만 합니다."

총탄에 쓰러지기 전에 킹은 이렇게 말했다.

"우리는 가난한 흑인들뿐 아니라 미국 전역에 있는 가난한 사람들, 나아가서는 전 세계에 있는 가난한 사람들에게까지 관심을 두어야 한다. 모든 사람은 직업과 수입을 가질 권리를 가지며 그것을 통해 행복과 생명과 자유를 추구할 수 있어야 한다."

복종과 저항은 기독교 최대의 미덕이다. 무덤을 이기고 살아나는 길은 하나님의 명령에 절대적으로 복종하고 현존하는 죄악에 철저히 저항할 때 나타난다. 우리 역사에 나타난 3.1 운동 역시 일본 제국주의에 대한 비폭력 저항운동인 동시에 진리에 대한 절대적 복종이었다. 그러므로 저항과 복종은 각기 다른 두 개의 낱말이 아니라 하나의 동일한 낱말이다. 그러나 현대의 기독교는 어떤가? 복종만을 최대의 미덕으로 강요하여 스스로 짠맛을 잃고 한낱 사회의 여타 종교 단체로 타락해 버렸다.

본회퍼는 목사 신분으로 어떻게 히틀러의 암살사건에 가담했는지를 묻는 동료들에게 이렇게 말했다.

"미친 사람이 대로로 자동차를 몰고 가는 것을 바라보면서도 그저 그 차에 희생된 사람들의 장례식이나 치러 주고 그들의 가족을 위로해 주는 것만 해서 되겠는가? 만일 내가 그 자리에 있었다면, 나는 달려가는 자동차에 뛰어올라가 정신병자의 손에서 자동차 핸들을 빼앗았을 것이다."

그의 말에서 기독교적 복종과 저항의 정신이 어떠해야 하는 지 찾아볼 수 있다.

킹 목사도 국가나 주州의 헌법에 복종하는 것보다 자연법과 양심의 법, 즉 신의 명령에 복종하는 것이 더욱 기독교적이라는 것을, 흑인에게도 투표권을 주어야 한다는 시민권 문제를 통해 가르쳐 주었다.

참 크리스천들이 바라는 사회는 이름만 그럴 듯한 민주주의 사회가 아니라, 그 질과 내용에 있어서도 철저한 민주주의 사회이다. 다음의 두 사건은 참 기독교적 정신이란 어떤 것이며, 크리스천으로서 어떻게 살아야 하는가에 대한 좋은 본보기가 된다.

첫 번째 사건은 1735년에 있었던 「뉴욕 위클리 저널The New York Weekly Journal 사건으로 언론탄압에 관련된 것이고, 두 번째 드레퓌스 사건은 인권문제에 관련된 것이다.

뉴욕 위클리 저널 사건

1733년 11월, 30세의 청년 존 피터 쟁그는 「뉴욕 위클리 저널」을 창간했다. 쟁그는 야당 지도자들을 옹호하고 억울한 국민들을 위해 정부와 싸우는 것을 목표로 삼는다. 당시 뉴욕에는 「뉴욕 위클리 저널」과 「뉴욕 가제트(New York Gazette)」 두 가지 신문이 있었다. 「뉴욕 가제트」는 쟁그의 선생인 윌리엄 브래드퍼드에 의해서 1725년에 시작된 여당지로서 유일한 정부의 대변지였다.

어느 날, 쟁그는 정부 모독죄로 투옥되었다. 뉴욕 주지사 윌리엄 코스비가 쟁그를 재판에 회부한 것이다. 그는 자신의 독재정치에 가장 암적인 존재라고 생각되는 「뉴욕 위클리 저널」을 폐간시키기 위해서 쟁그에게 거액의 벌금을 부과했다.

돈을 내지 못해 쟁그는 결국 10개월 동안 감옥에 갇히게 되었다. 그러나 쟁그의 아내 덕분에 「뉴욕 위클리 저널」은 폐간되지 않고 계속 발행되었다. 그녀는 감옥에 갇힌 남편의 지시를 받아가며 신문을 편집하고 발행했던 것이다.

1735년 4월, 쟁그는 최종 재판을 받게 되었다. 그의 변호사가 몇 사람의 재판관을 추천했지만 정부 측 법관은 이를 거절하였다. 쟁그는 완전히 무방비 상태였다. 나머지 몇 명의 변호사들도 정부 편을 들든지 아니면 변호를 거절할 수 밖에 없는 상황에 처해졌다. 비밀리에 쟁그 변호사는 필라델피아에 있는 앤드류 해밀턴과 연락을 취했다.

해밀턴은 영국에서 공부하고 미국에 정착하여 펜실베이니아 변호사협회 회장을 역임하고 주대변인으로도 일한 적이 있는, 한때는 북 미주 최고의 변호사였다. 그는 어떠한 정당이나 종교단체에도 속해 있지 않았다. 80세 고령에다가 중풍으로 매우 고통을 받고 있었으나 정신만은 그때까지도 독립적이었고 매우 의욕적이었다.

1735년 8월 4일, 해밀턴은 쟁그를 변호하기 위해 낮소의 법정에 나타났다. 그는 신문의 자유를 변호하고, 권력의 폐해를 막기 위한 시민의 각성을 불러일으키기 위해 최선을 다해 쟁그를 변호했다. 해밀턴의 노력으로 마침내 쟁그의 무죄가 선언되었다. 법정은 온통 승리를 축하하는 환희의 박수로 충만했다.

해밀턴이 뉴욕을 떠날 때 항구에 정박해 있던 배들이 그를 환송하는 대포를 쏘았다. 그는 말했다.

"대중의 마음에서 자유를 박탈하는 것은 사형보다도 비참합니다. 그리고 자신의 지위나 명예를 위해서 그들의 국가를 좀먹고 파괴시키는 많은 사람들이 있다는 것을 우리는 알아야 합니다."

그의 이 연설은 브루투스가 말한 불멸의 격언을 상기시킨다.

"로마 시민들이여! 당신들이 무엇을 하고 있는가를 생각하라. 당신들은 자신들이 묶일 바로 그 쇠사슬을 시저가 만들도록 도와주고 있지 않은가."

드레퓌스 사건

프랑스 육군 참모였던 알프레드 드레퓌스 대위, 그는 1897년 반역죄로 재판을 받았다. 드레퓌스는 무죄임을 주장했으나 음모자들은 아무런 증거도 없이 그를 감옥에 보냈다.

당시 프랑스 육군은 반유대주의를 표방하고 있었는데 드레퓌스는 유대인이었다. 드레퓌스가 음모에 걸려든 것은 그가 단지 유대인이었기 때문이다. 그의 죄목은 외국 정부에 비밀을 제공했고 국가의 명예를 훼손시켰다는 것. 자신이 무죄임을 아무리 주장해도 소용이 없었다. 결국 그는 종신형을 선고받고 무시무시한 악마의 섬 Devil' s Island에 수감되었다.

당시 프랑스의 많은 지성인들은 드레퓌스가 무죄라는 사실을 잘 알고 있었다. 단지 육군의 위신을 생각해서, 또한 나라의 명예를 고려해서 침묵을 지키고 있을 뿐이었다. 그들은 애국이라는 미명 하에 진실에 위배되는 불의의 재판을 눈감아 주었던 것이다. 2년 후 중앙정보부CIA소속의 한 대령이 드레퓌스의 무죄를 입증할 증거를 찾아냈다. 그러나 드레퓌스를 고발한 에스터헤이지 소령은 무죄 판결, 중앙정보부 대령은 아프리카로 좌천되었으며, 드레퓌스는 감금되었다. 드레퓌스의 형은 혼자서 계속 수사를 하여 중앙정보부의 대령이 발견한 것과 꼭 같은 증거를 찾아냈다.

그는 새로 재판을 해야 한다고 강력히 주장했다. 이렇게 하여 당시 프랑스에 소용돌이치고 있던 반유대주의 물결, 그리고 가족을 분열시키고 친구들을 이간시키는 불신 사회 풍조, 10년 이상이나 프랑스를 혼란시키던 여러 가지 문제들의 실마리가 된 소위 드레퓌스 사건이 시작되었다.

유명한 소설가 에밀 졸라는 이 사건이 부정으로 얼룩져 있다고 생각, 샅샅이 조사했다. 당시 그는 60세 가까이 되었고, 20권이나 되는 소설을 끝내게 되어 한결

편안한 여유를 즐기고 있었다. 불의를 보면 참지 못했던 그는 세 번에 걸쳐 드레퓌스 사건 기사를 썼고, 마침내 프랑스 대통령에게 보내는 공개서한을 클레망소가 주필로 있던 전투적 성향의 「로로르L' Aurore」지에 보냈다. 클레망소는 졸라의 편지에 "나는 고발한다"라는 제목을 붙여 신문에 게재했고, 이 편지에서 졸라는 드레퓌스를 모함했던 프랑스 육군의 일반 참모들과 법무관들을 규탄하고 프랑스로 하여금 진실을 직시할 것을 요구했다.

그는 즉시 국가모독죄로 재판에 회부되었고, 편견과 적의에 가득 찬 배심원들 앞에서 '인간의 권리와 정의'를 위한 유명한 연설을 했다. 프랑스 육군은 벌금형과 함께 20년 감옥형을 언도했다. 결국 졸라는 영국으로 망명하게 되었지만, 드레퓌스 사건이 새롭게 논의되는 성과를 거두었다. 그가 목적한 바를 이룬 것이다.

곧 드레퓌스 사건의 재심이 열렸다. 그러나 결과는 좋지 않았다. 반유대주의자들의 위협으로 졸라는 영국으로 망명했고 드레퓌스는 누명을 쓰고 10년형을 받고 다시 감옥에 갇혔다. 그 후 드레퓌스 사건에 관련되었던 모든 사람들이 특사로 풀려날 때까지도 졸라는 돌아올 수 없었다.

1902년, '인류의 양심'이라는 찬사와 존경을 받았던 졸라는 뜻밖의 사고로 세상을 떠났다. 그는 국가적 영웅으로 애도를 받았고, 3만 명의 조객이 그의 장례식에 참례했다. 졸라의 무덤 앞에 선 아나톨 프랑스는 이렇게 조사弔詞를 했다.

Envy him, envy him, destiny and his heart.

He was monument of the conscience of man.

그를 부러워하라, 그를 부러워하라, 그의 마음과 그의 삶을

그는 인류 양심의 기념비였다.

강원도에 계시는 장 선생님 생각을 했다. 장 선생님은 혁명 직후 용공주의자라는 누명을 쓰고 2년 반 동안 서대문 감옥에 있었다. 우리들 주변에는 장 선생님과 같은 수많은 드레퓌스가 있다. 그러나 아쉽게도 에밀 졸라는 없다. 안타깝기 그지없다.

드레퓌스 사건을 통해 정신이 살아 있는 국민이 얼마나 중요한 지를 더욱 절감한다. 국가의 명예보다 한 개인의 권리와 인격이 더 중요하다는 것을 알리기 위해 죽음을 각오하고 싸운 프랑스 국민들은 용감했다. 프랑스의 생명은 그 용감한 국민에게 있는 것이 아닐까?

오늘도 내 사랑하는 아내의 무덤 위에는 풀들이 자라고 꽃이 피고 진다. 그러나 그녀는 죽지 않았다. 내가 살아 있는 한, 나의 귀여운 두 아이들이 살아 있는 한, 그녀는 나와 내 아이들의 가슴 속에, 영혼 안에 영원히 살아 있는 것이다. 덴마크의 동화작가 안데르센의 묘비에는 다음과 같은 시가 새겨져 있다.

영혼은 영원의 씨앗이다.

육체는 죽어도 영혼은 영원히 죽지 않으리.

풀무학원 제자였던 아내 유정희와 함께

내 아내 정희

내 아내 정희는 비즈니스business 우먼이 아니고 비지busy우먼이다. 아내의 비즈니스(busyness 바쁨)는 아침 일찍부터 시작된다. 화상으로 손이 갈고리 같이 구부러져서 세수도 못하는 내 모든 뒷바라지를 해야 하고, 의안인 한쪽 눈을 식염수에 소독하여 다시 넣어 주어야 하며, 와이셔츠 단추를 채우지 못하니까 그것도 해주어야 한다.

이렇게 전반전 일들이 끝나면 식사하고 우리의 중반전이 시작된다. 아내는 매일같이 내게 오는 강의 청탁 전화를 받는 일 외에도 잡다한 일 처리를 하는 매니저가 된다. 중반전이 지나면 후반전이 시작된다. 155cm의 작은 체구로 코란도 운전기사가 되어 내가 강의하는 곳까지 운전해서 나를 데려다 주어야 한다. 그 다음엔 종반전, 포장마차까지 안내해 주는 역할까지 해야 한다. 그 외에도 아내는 하는 일이 또 있다. 교회 여신도회 일과 매주 금요일 구역예배를 인도하는 일까지.

주말이면 가평에 있는 작은 농장에 가서 고추, 오이, 시금치, 쑥갓, 당근을 심은 밭을 돌봐야 한다. 김을 매주어야 하고 물도 주어야 한다. 그리고 친구들이 오면 음식 대접을 위한 A급 요리사가 되어야 한다. 그야말로 비지 우먼이다.

아내는 충남 홍성에 있는 작은 학교 '풀무학원'에서 내가 가르친 제자였다.

그 후 내가 교통사고로 불구가 된 후 스스로 원해서 나와 결혼했다. 아무리 옛날에 배운 선생님이지만 처녀의 몸으로 불구가 된 남자에게 시집갈 필요가 있느냐는 부모님의 반대를 무릅쓰고 돈도 재산도 없는 나에게 23살 어린 나이에 시집왔다.

우리는 서부이촌동, 후암동, 신촌 등 주로 10만 원짜리 사글세방을 전전했다.

아내의 얼굴이 착하게 생긴 덕분에 집을 얻는 데는 별 문제가 없는데, 잔금을 치른 다음 입주하면 꼭 문제가 생겼다. 주인집의 말인즉, 자기네는 괜찮은데 동네 사람들이 하필 소록도 나환자에게 방을 주느냐고 성화를 해서 방을 빌려줄 수 없다는 것이다. 그래서 우리는 대개 6개월을 넘기지 못하고 이사를 다녀야 했다.

나는 그때마다 술을 마시고 들어왔다. 그러면 착한 내 아내는 나를 달래기에 바빴다. 우리 아기를 위해서라도 집을 장만해야 하지 않겠냐고. 그럴 때면 나는 화를 참지 못하고 "나야 덤으로 10여 년을 더 살았으니 후회가 없다. 당신은 내가 아니면 돈 많고 멋있고 젊은 사내에게 시집갈 수 있을 테니 가서 행복하게 살아라"며 매몰차게 내뱉곤 했다. 그러면 아내는 이내 눈에 작은 이슬을 맺으며 이렇게 말하곤 했다. "도대체 왜 그렇게 자포자기하세요? 내게는 지금 당신의 얼굴이 보이지 않고 옛날 다치기 전 그 얼굴만 보인답니다."

사랑이란 이런 것인가 보다. 근 17년의 끈질긴 알코올과의 전쟁에서 내가 승리하여 술을 끊을 수 있었던 것은 아내의 연약한 미소와 상냥하고 친절한 "우리 남편 최고야" 하는 최면술 덕분이다. 나는 그렇게 여복이 없는 사나이는 아닌 모양이다. "아내가 하는 말은 항상 옳다"는 가훈이 실효를 거둔 것인지는 몰라도 지금까지 아내의 말 잘 들어서 적자를 본 일이 없으니 나는 마음의 재벌임이 분명하다.

행복은 예술작품이다

사람들에게 삶의 목적이 무엇이냐고 물으면 대개가 한마디로 행복이라고 거리낌 없이 대답한다. 그러나 '행복이 과연 무엇입니까' 하고 반문하면 제대로 답하는 사람이 없다. 마치 '당신 예수를 믿습니까' 하면 '예, 믿습니다' 하면서 예수 믿는 다는 것이 무엇이냐고 물으면 우물쭈물 얼버무리는 것과 같다.

며칠 굶주린 사람에게 행복은 밥을 먹을 때일 것이고, 누더기 옷을 입은 가난한 사람에게는 깨끗하고 따스한 한 벌의 새옷일 것이며, 자식들의 등록금이나 전세금 때문에 고민하는 사람들에게는 돈이 행복일 것이다. 사회정의와 평화를 위해 투쟁하는 사람들은 정의를 위해 투쟁하는 때라고 말할 것이다.

어떤 사람은, 행복은 마치 무지개 같아서 손에 잡힐 듯하면서도 잡히지 않는 하나의 아름다운 꿈이라고 하고, 또 다른 사람은 멀리 보이는 깨끗하고 예쁜 잔디밭 같이 먼데서 바라볼 때는 좋지만 정작 그곳을 찾아가 보면 엉성하고 잡초도 많아서 실망하게 되는데 그런 것이 바로 행복이라고 말한다.

나는 행복을 3단계로 나눈다.
첫째는 미적(美的) 단계의 행복,
둘째는 도덕적 단계의 행복,

셋째는 종교적 단계의 행복.

미적 단계의 행복이란, 감각 기능을 통한 만족감, 본능적 욕구를 충족시켜 주는 그런 행복을 말한다. 가장 기본적인 것으로는 의식주에 대한 욕구 충족을 들 수 있다. 그리고 성욕을 만족하기 위한 남녀간의 에로스적 사랑, 아름다움에 대한 동경과 사모도 역시 미적 단계의 행복이다.

이 같은 행복은 가장 기본적인 행복은 될 수 있을 지 모르지만, 그것이 곧 행복의 전부는 아니다. 돈 많고 훌륭한 저택을 소유하고 매일 일류 요리로 배를 채운다고 해도 그것만으로 행복을 느낄 수는 없다. 젊은 남녀가 서로의 아름다움에 도취되어 감각적인 본능 그 이상의 욕구가 있기 때문이다. 나는 이것을 도덕적인 행복이라고 말한다.

얼마 전 독일에 살고 있는 한 친구를 만났다. 그는 한국에 나와 한 신문에 실린 기사를 보고 놀랐다. 아들의 중학교 등록금 1만 5,000원을 장만하지 못해 장님이 된 남편과 외아들을 남겨놓고 목숨을 끊은 아내의 기사였다. 친구는 그 학생이 대학을 졸업할 때까지 학비를 맡겠다며 여러 가지 준비를 서둘렀다. 그것을 보는 내 마음 역시 흐뭇했다. 친구는 자기가 하는 일이 신문에 나지 않게 해달라고 수차례 부탁했다.

가난하고 헐벗고 굶주린 사람들을 위하여 자선을 베풀고 도와주려는 마음, 그 일을 통하여 마음의 행복을 느끼는 것은 도덕적 단계에 속한 사람들의 아름다운 모습이다. 그러나 도덕적 인간의 행위가 최대의 행복을 가져오지는 않는다. 인간의 궁극적인 행복은 종교적인 단계로 승화되어야 가능하다. 그런데 미적 단계에서 도덕적 단계로 옮아갈 때는 계속적인 진화과정이지만, 도덕적 단계에서 종교적 단계로 옮아갈 때는 진화가 아니고 비약이다.

비약은 초월이며 초월은 자기 자신의 포기를 의미한다. 성경에는, 행복한 사람을 가난한 사람이라고 했다. 다음에 애통한 사람, 온유한 사람, 의에 주리고 목마른 사람, 자비한 사람, 마음이 깨끗한 사람, 평화를 위하여 일하는 사람 그리고 마지막으로 의를 위해서 박해를 받는 사람이라고 했다.

여기에서 '가난한 사람'의 뜻은 타의에 의해서 어쩔 수 없이 가난하게 된 것이 아니라 자의로 재산과 명예, 권력 등을 포기하고 물질적 정신적으로 가난한 상태가 됨을 의미한다. 그 다음의 모든 표현도 꼭 같은 의미를 갖는다. 평화를 위해 일하는 것, 비단 거창하게 세계 평화를 위해 일하는 것뿐 아니라, 한 가정의 평화, 부부간의 평화를 위해 일하는 것도 희생과 포기 없이는 이루어질 수 없다.

나아가 의를 위하여 박해를 받는 사람이 되는 것은 더욱 어려운 차원이다.

명예나 지위나 권력을 위하여 의의 박해를 받는 것은 박해가 아니고 대가다. 대가에도 여러 가지가 있다. 미적인 대가, 도덕적인 대가, 종교적인 대가가 바로 그것이다. 내가 고통과 수난과 박해를 받음으로써 수많은 이웃들이 행복해질 수 있다면, 그렇게 하겠다는 엄숙한 결단이 여기에서 말하는 종교적 행복의 의미인 것이다.

행복은 하나의 예술이다. 부모가 자식을 위해 희생하는 것도, 아내가 남편을, 남편이 아내를 위해 희생하는 것도, 친구가 친구를 위해 목숨을 바치는 것도 다 하나의 예술이다.

그 중에서도 부부간의 관계는 더욱 고도로 숙련된 예술이 필요하다. 몇 십 년 동안 건강한 가정을 꾸며온 부부간에도 뜻밖의 말 한 마디 때문에 또는 사소한 시비 때문에 애써 꾸며온 가정이란 작품을 망치게 될 수도 있다. 동양화를 그리는 화백이 한 점 때문에 애써 그린 그림을 버리듯이 가정도 마찬가지다. 때문에 가정의 행복에는 고도의 훈련과 기술이 필요하다.

삶은 마치 바다와 같다. 바다는 거울같이 잔잔할 때도 있지만, 폭풍이 부는 때도 있고 산더미 같은 파도가 몰려와 고깃배와 물에 있는 집을 삼켜버리는 무서운 때도 있다. 고요한 바다만 있다면 위대한 선장은 필요 없을 것이다. 마찬가지로 절망이 없는 삶에는 위대한 인간이 필요 없다.

아무 고민도 없고 죽고 싶을 정도의 절망이 없는 삶은 진짜 삶이 아니다. 문제는 절망할 수밖에 없는 상황 속에서도 절망하지 않고, 고난과 고통을 감사하게 생각하고 믿음으로써 그 시련을 극복해 나가야 한다는 것이다. 이렇게 용감하게 절망을 극복하고 일어설 수 있을 때 우리의 삶은 위대한 예술작품이 되는 것이다.

나는 교통사고로 온몸에 화상을 입었고, 한쪽 눈의 능력을 상실하였으며, 옛 모습은 찾아볼 수 없을 정도로 징그럽게 변한 얼굴과 갈고리 같이 꼬부라진 손, 겨우 걸을 수 있을 정도밖에는 안 되는 다리를 갖게 되었다. 설상가상으로 재산도 돈도 아무 것도 없는 나와 두 아들만을 달랑 이 세상에 남겨 놓은 채 나에게 없어서는 안

될 아내마저 저 높은 하늘나라로 떠나고 말았다. 그때 내 마음을 '슬픔'이라는 단어만으로 표현할 수 없다.

그러나 나는 절망과 아픔 속에서 또 다른 삶의 행복을 느낀다. 멀리 보이는 파란 하늘이 희망을 주듯, 내게는 하나님이 희망과 행복을 주신다. 모든 것은 다 하나님의 뜻이고 옳은 것이라고 "아멘" 하며 고요히 받아들인다. 그럴 때 죽음의 무거운 절망을 이겨낼 수 있는 용기와 기술이 가슴 속에서 용솟음친다.

행복은 누가 가져다주는 선물이 아니다. 행복은 우리가 창작해낸 하나의 예술작품이요, 과학이다.

3

그 사람을 가졌는가

필자의 두번째 결혼식에서
앞줄 왼쪽부터 작은 아버지, 어머니, 둘째 아들, 아버지,
뒷줄 두번째 함석헌 선생, 송두용 선생

그 사람을 가졌는가

세상을 살 때 얼마나 많은 것을 아느냐 하는 것보다 어떤 사람들과 인연을 맺느냐 하는 것이 더 중요하다.

첫째가 어떤 부모 밑에서 자랐느냐 하는 것이고, 그 다음이 어떤 스승에게서 배웠는가 하는 것이고, 마지막은 어떤 친구를 갖고 있는가 하는 것이다. 어떤 부모를 가졌느냐 하는 것은 숙명적이다. 죽을 때까지 바꿀 수 없는 핏줄이니까 말이다. 품성이 훌륭한 부모를 만날 수도 있고 권력이나 명예욕 때문에 자식을 노리개처럼 생각하는 부모를 만날 수도 있다. 이런 것들은 다 운명이다.

다음으로 인격이 높고, 진실되고 소박한 스승에게 배울 수 있는 것은 하나의 축복이라고 할 수도 있다. 살다 보면 잔잔한 호수 같은 때도 있지만 태풍이 불고 험한 파도가 치는 때도 있다. 성공하여 우쭐대고 싶을 때도 있지만, 실패하여 죽고 싶을 때도 있다. 그럴 때 빈 마음으로 지혜를 구하고 싶은 스승을 가진 사람은 행운아이다. 마지막으로 친구가 있다. 친구는 내 의지로 선택할 수 있다. 부모에게는 감히 말할 수 없는 고민도 털어놓을 수 있고, 아침에 치고 박고 싸운 후에도 저녁이면 보고 싶어지는 친구가 필요하다.

사람의 됨됨이는 그의 부모나 스승보다도, 친구를 보면 알 수 있다. "깃이 같은 새들은 함께 모인다"는 속담처럼 골빈 녀석들 주위에는 역시 골빈 친구들이 모이기 마련이고, 진실한 녀석들에게는 착한 친구들이 있기 마련이다.

우리의 인간관계는 대충 그렇게 끝난다. 그러나 이것으로 인간의 운명이 끝나는 것은 아니다. 중요한 것이 또 하나 있다. 시간과 공간을 초월하여 언제 어디서나 만날 수 있고, 만질 수 있고, 힘을 얻을 수 있는 것이 있다. 그것은 글, 즉 책이다. 소설도 좋고, 수필도 좋고, 시도 좋다. 우리에게는 저마다 인생의 길고 짧은 것과 상관없이 평생 잊을 수 없는 한 편의 글이 있게 마련이다.

아들과 딸들에게 아버지로서 권하고 싶은 글이 여기 있다. 한국의 간디라고도 일컬어지고, 영원한 야인野人이라고도 명명되는 함석헌 옹을 알고 있을 것이다. 안타깝게도 몇 년 전에 돌아가셨다. 그분의 시詩중에 '그 사람을 가졌는가?' 라는 것이 있다. 읽을 때마다 맛이 나는 시다.

만리길 나서는 길
처자를 내맡기며
맘 놓고 갈 만한 사람
그 사람을 그대는 가졌는가

온 세상 다 나를 버려
마음이 외로울 때에도
"저만이야" 하고 믿어지는

그 사람을 그대는 가졌는가

탔던 배 꺼지는 시간
구명대 서로 사양하며
"너만은 제발 살아다오" 할
그 사람을 그대는 가졌는가

불의의 사형장에서
"다 죽어도 너희 세상 빛을 위해
저만은 살려두거라" 일러줄
그 사람을 그대는 가졌는가

잊지 못할 이 세상을 놓고 떠나려 할 때
"저 하나 있으니" 하며
빙긋이 웃고 눈을 감을
그 사람을 그대는 가졌는가

온 세상의 찬성보다도
"아니" 하고 가만히 머리 흔들
그 한 얼굴 생각에
알뜰한 유혹을 물리치게 되는

그 사람을 그대는 가졌는가

함석헌 옹의 시집으로는 「수평선을 넘어서」가 있고, 유명한 글 중에는 〈뜻으로 본 한국 역사〉, 〈생각하는 백성이어야 산다〉 등이 있다. 그리고 평생의 동지로, 후배로 아끼고 존경하고 사랑하던 사람 중에는 고인이 되신 장준하 선생, 장기려 박사, 송건호 선생, 계훈제 선생, 이태영 박사, 이병린 변호사 등이 있고 생존한 분들 중에는 법정 스님, 김동길 박사, 김용준 박사 등이 있다.

역시 "펜은 칼보다 강하다"는 것을 실감한다. 요즘처럼 이런 분들이 귀하게 느껴질 때가 없었다. 골빈 정치가들이 판치는 세상, 골빈 회장이나 사장들, 골이 빈 교수님들이 우쭐대는 세상, 아무리 하는 일이 고되고 피곤해도, 아무리 버는 돈이 적어도, 아무리 외제 자가용 타고 재는 친구들이 무시하고 짓밟아도, 그들이나 우리나 하루에 세 끼 이상은 못 먹는다.

부정을 해서 몇 천, 몇 억을 벌어도 그들이나 나나 이 세상을 떠날 때 차지하는 평수는 기껏해야 한 평 반밖에는 안 된다. 파란 하늘 한번 쳐다보며 웃자. 별을 쳐다보며 미소 짓자. 인생은 텅 빈 꿈이 아니라고. 1,000만 원짜리 이탈리아 산 침대에서는 못 자도, 200만 원짜리 외제 원피스는 못 입어도, 50만 원짜리 장난감을 사 주지는 못해도, 다정한 친구들과 믿음직한 아내, 그리고 멀리 시골 객지에 나간 아들 딸들을 위해 합장하고 기도드리는 부모님의 굳은 살이 박힌 손을 생각하며 꿈을 갖고, 용기를 갖자. 내일을 위해 열심히 살자. 우리는 그 사람을 가졌으니까.

아빠와 감옥

내가 가장 감명 깊게 읽었던 책 중에 하나는 몇 년 전에 백인의 총탄에 저격당한 흑인 목사 마틴 루터킹의 「아빠는 왜 자주 감옥에 가나요?」라는 책이었다.

흑인들의 빼앗긴 인권과 잔인한 차별대우를 철폐하기 위하여 거리의 데모 대장으로 나섰던 킹 목사는 우리들에게 영원히 지울 수 없는 위대한 삶을 보여주었다.

어떤 사람들은 그를 비웃기도 했다. 목사가 교회 예배나 신도들의 정신적인 지도자 노릇한 하면되지 보이콧의 선동자가 되고 하느냐고, 그때 그는 자신의 행동을 "수많은 가난한 백성들이 빵을 얻기 위하여 그들의 영혼을 팔아먹기 때문에 나는 빵을 얻어주는 일을 하여야 했다."라고 말했다. 이어서 그는 "자신의 빵을 위하여 사는 것은 물질적인 것이지만 남의 빵을 위해 사는 것은 정신적인 것"이라고 했다.

이 같은 킹의 신앙은 곧 사회참여 의식을 낳았고 그로 인하여 수많은 백인들의 미움을 사게 되었다. 백인들은 온갖 수단방법을 가리지 않고 킹을 감옥에 잡아넣었다.

그가 죽을 때까지 감옥에 들어간 것이 스물 한 번이었다고 한다. 이렇게 물먹듯이 감옥에 다니는 아빠를 둔 자식들과 그의 아내 코레타의 마음은 어떠했을까. 상상만 하여도 몸서리치는 일이 아닐 수 없다.

그러나 킹이 위대했던 것만큼 그의 아내도 위대했다. 어느 날 학교에 공부하러 갔던 큰 딸이 집으로 뛰어 왔다. 학교에서 공부하는데 학급 친구들이 "얘, 지금 뉴스에 나오는데 너의 아빠는 또 감옥에 잡혀갔단다"하고 말하자 킹의 딸은 겁도 나고 부끄럽기도 하여 집으로 뛰어 들어오자마자 "아빠는 왜 감옥에만 가나요?"하고 물었다. 이 때 유치원에 다니는 막내 동생이 대답하기를 "엄마가 그러는데 우리 아빠는 가난하고 집 없는 사람들에게 집을 주고 빵 없는 사람들에게는 빵을 주기 위해서 감옥에 간다고 했어"라고 대답했다.

킹의 아내 코레타의 위대한 인격과 신앙이 이 작은 꼬마의 한마디를 통해 증명이 된 것이 아닐까 생각한다. 자진하여 가난을 선택한 것은 명예롭지만 강요당하는 가난은 결코 명예가 될 수 없다고 했듯이 나 아닌 타인의 자유와 행복을 위해 자진하여 선택한 감옥은 분명히 명예로운 것임에 틀림이 없다.

킹 목사는 우리들에게 많은 정신적인 유산을 남겼다. 그 중에서 나를 가장 감동시켰던 것은 그의 책 「사랑의 힘」이었다. 사랑은 개인과 개인 사이의 분쟁을 해결하는데도 절대적으로 필요하지만 국가와 국가간의 분쟁을 해결하는데도 가장 강력한 무기가 된다는 것이다.

끝으로 그는 베어도 교수의 글로 그의 역사철학을 대변한다. 노스 캐롤라이나 대학에서 역사 강의를 끝낸 다음에 한 학생이 베어도 교수에게 질문했다.

"선생님은 역사를 공부하면서 얻은 교훈이 무엇입니까?"

그 때 베어도 교수는 "나는 역사를 공부하면서 네 가지 교훈을 얻었다. 첫째는 하나님은 그가 멸망시키고 싶은 사람에게는 권력에 미치게 한다. 그리고 두 번째는 인간이 아무리 골방에서 모사를 해도 하나님은 다 내려다보고 계신다. 세 번째는 벌들은 꽃에 와서 꿀을 훔쳐가지만 벌들은 꽃을 번성하게 한다. 마지막은 어두우면 어두울수록 하늘의 별빛은 더욱 빛나는 법이다"라고. 미국의 대통령도 한번 생각 해 볼 교훈이라 생각한다.

세 가지 진짜 거짓말

누구나 인생을 살다보면 365일 중에 한두 번 정도는 어떠한 이유에서건 거짓말을 하고 싶은 때가 있을 것이다.

유럽에서 사는 사람들은 365일 중에 하루 정도는 거짓말을 해도 인생을 사는 데 별 지장이 없을 거라고 생각하고 '만우절'을 만들었다고 한다. 만우절 하루만큼은 실컷 거짓말을 하고 살아보자는 것이다. 이 날 거짓말을 하는 것에 대해서는 국회에서도 청문회를 열지 않았다. 타인에게 신체적 · 정신적 · 물질적으로 큰 해만 입히지 않는다면 그냥 웃어넘긴다. 왜냐하면 이는 인생을 살아가는데 365일 중에 한 번 정도는 거짓말을 하고 살아보자는 뱃장으로 해석되기 때문이다.

대단히 재미있는 발상이다. 오늘 여기에 이쁜 거짓말 하나를 소개할까 한다. 거창에 있는 한 초등학교에서 오랫동안 교사로 일하다가 폐렴으로 세상을 떠나신 임길택 선생님의 시 한 구절을 옮긴다. 제목은 '거짓말'이다.

어머니가 나에게
감나무 집 아줌마한테 가서
저번에 빌려간 돈 좀
받아 오라는 심부름을 시켰다

벌써 준다해 놓고 내일 내일 미룬다며
나는 싫다고 했다
무얼 갖다 주라는 심부름이라면
열 번이라도 가겠는데
나는 받아오라는 심부름은
웬지 가기가 싫었다
뭉그적거리는 나에게
어서 안 갔다 오느냐고
어머니가 성을 냈다
억지로 밖에 나와
감나무 집으로 갔다
아주머니가 부엌으로 가는 것이 보였다
그래도 나는
아주머니가 볼까봐
문밖에서 서성이다가
그냥 집으로 돌아왔다
그러고는 아주머니가 안 계시더라고 거짓말을 했다

1997년 10월 31일 임길택 선생님은 이처럼 순박한 산골 아이들을 소재로 한 글을 쓰시다가 폐렴으로 갑자기 돌아가셨다. 넉넉지 않은 환경에 아내와 두 아이들을 거창에 남겨놓은 채 말이다. 하지만 그는 4권의 시집과 두 편의 동화를 남겼다. 모두 따뜻하고 소박한 내용들이다. 위에서 인용한 '거짓말' 처럼 말이다. '거짓말' 은 우리들의 영원한 추억이 될 것이다.

아름다운 '철부지들'

우리나라 속담에 '사람은 철들면 죽는다'는 말이 있다. 그래서 좀 더 오래 살아보려고 철들지 않기로 작심을 한 사람들의 모임이 있다.

함양에 있는 녹색대학 이사장을 맡고 있는 정일상, 마산에 있는 동요를 부르는 어른들의 모임의 고승아, 거창의 샛별초등학교 교장 주중식, 서울 공동체개발원 문홍주, 그리고 우리말 갈래 사전을 쓴 박용수 등이 만든 모임이 바로 그것이다.

"너희가 어린 아이 같지 않으면 결코 하늘나라에 갈 수 없다."는 성경말씀처럼 이 세상을 순수하게 보람있게 살아보자는 사람들의 모임으로 매년 8월 1일을 전국 철부지들의 날로 정하고 금년에는 제천에 있는 간디중학교에서 모임을 가질 예정이다.

그런데 여기에 유명 인사들만 있는 것은 아니다. 특이한 회원도 있다. '한올회'라는 중국 요리사들의 모임을 이끌어가는 이면희, 이인기씨가 바로 그들이다. 이들은 20년 전에 단군 시대이래 한번도 들어본 적이 없는 '중국요리사 노동조합'을 조직한 장본인들이다.

지금 현재 중국 음식점 주방장 겸 사장으로 일하고 있는 이인기씨나 이면희씨는 한때 서울의 유명한 중국 음식점의 주방장들이었다. 세검정의 하림각, 남산의 다리원, 신라호텔의 중국요리 담당자들이었다. 그후 얼마 되지 않아 '중국요리사 노동조합'을 조직한 사실이 회사 사장님께 알려지자 모두 회사에서 해고를 당했다. 그러나 이들은 실망하지 않고 계속 모였다. 장안동 경동호텔 앞에서 중국요리 포장마차를 하면서 말이다.

이때 만들어진 모임이 '한올회' 였다. 우리가 아무리 배운 것도 없고 가난하지만 우리보다 더 배고프고 외롭고 고생하는 보육원의 아이들이나 나환자 정착촌의 소외된 사람들에게 자장면 봉사는 할 수 있지 않느냐? '한올회' 자장면 봉사 사업은 그렇게 시작됐다.

나는 이들을 '한벗회' 라는 자원봉사단체에서 처음 만났다. 20년 전에는 소록도에 2000명의 음성 나환자들의 가족이 살고 있었는데 '한올회' 와 대화 중 '한벗회' 회원들은 이들을 위한 가사 돕기, 돼지 움막 지어주기 등 노력 봉사를 하고 '한올회' 에서는 2000명분의 자장면을 대접하기로 합의를 보았다.

그러나 2000명분 자장면을 대접하는 데는 그 준비가 만만치 않았다. 자장면을 삶을 대형솥이며 양파만 해도 1톤 트럭으로 3대, 그 양파를 까는 데만 3일이 걸렸다.

어쨌든 드디어 자장면 시식하는 날이 되었다. 소록도 중앙에 있는 복지회관으로 가족수대로 그릇을 갖고 자장면을 받아가라는 광고가 나갔다.

그런데 그들이 가지고온 그릇들이 가관이었다. 세 사람분의 자장면을 수령하러 온 할머니가 탱크만한 함지박을 갖고 오지 않나, 어떤 사람은 대형 양동이에 오색 칠을 해서 가져오기도 했다.

이들은 소록도에 살면서 50년 동안 자장면이란 음식은 처음이었다. 그 다음이 또 문제였다. 자장과 국수를 따로 따로 먹는 것이었다. 육지에 나가 중국 요리집에서 한번이라도 먹어본 경험이 있는 사람들은 제대로 먹었지만 말이다.

'한올회'는 20여년을 한결같이 소외된 지역을 방문하여 자장면 봉사를 하고 있다. 몇 년 전에는 음성 꽃동네에 가서 4500명분의 자장면 봉사도 했다.

필요하신 분들은 연락하세요! 아름다운 '철부지들'이 곧 달려갈 테니까요.

두밀리 자연학교에서
시인 이선관 선생(왼쪽 네번째)과 함께

대한민국은 민주공화국

이선관은 마산 사람이다. 머리털 나고 단 한번도 마산 밖을 떠나 살아본 적이 없는 마산 토박이다. 그는 뇌성마비 장애인이다. 그래서 말하고 글쓰는 데 좀 불편을 느낀다. 그러나 그는 할 말을 다 하면서 산다. 그는 가난하다. 지금도 10만원짜리 월세 단칸방에서 산다. 그러나 그는 삼십년 동안 단 한번도 자기의 직업을 바꿔본 일이 없는 전업 시인이다. 이선관 시인은 오로지 한가지 신념으로 자기의 인생을 살아간다. '펜은 칼보다 강하다' 는 것.

1970년대 시인들을 무차별 도살하는 암울한 시대에 그는 마산 앞 바다를 지키는 작은 등불이었다.

가수 조영남이 육군본부에서 '각설이 타령' 을 불렀다가 혼쭐이 나고, 영화감독 이장호가 '별들의 고향' 을 만들었다가 곤욕을 당하는 전대미문의 암흑시대에 살았다.

김지하의 시 '오적五賊' 을 실었다는 이유로 월간 종합지 「사상계」가 폐간되기도 했다. 「사상계」는 교수대의 이슬로 한 역사의 장을 마감했지만 그래도 할 말은 해야 하지 않느냐고 모인 사람들-장준하, 계훈제, 김동길, 김용준, 한승헌등-이 함석헌 선생을 볼모로 잡고 시작한 잡지가 「씨알의 소리」였다.

당시 편집위원을 맡았던 여러분들의 다수 의견에 의해 5월달에는 5·16 특집을 내기로 정했다. 함석헌 선생님은 '5·16을 어떻게 볼 것인가' 를 썼다. 그 달 5월호는 박선균 편집장의 게릴라작전에 의해서 선생님의 글은 검열에서는 **빼고** 인쇄할 때 끼워 넣기로 했다. 그런데 이 글이 인쇄소에서 걸렸다. 인쇄는 됐는데 제본을 할 제본소가 없었다. 마침 장준하 선생님 사모님이 책 접지를 하실 줄 안다는 것이었다. 박선균 편집장은 통행금지 해제와 함께 잡지 인쇄물을 **빼돌려** 장준하 선생님 댁으로 갔다. 그 잡지는 제본 없이 절단도 없이 호치키스로 찍은 채 정기구독자와 일부 서점에서 마약밀매 하듯이 보급됐다.

또 다시 '씨알의 소리' 폐간을 고하는 조종이 울릴 무렵 멀리 마산에서 이상한 '시' 한편이 편집실에 날아왔다. 제목은 '대한민국 헌법 1조'였다. '대한민국은 민주공화국이다. 그렇다!. 대한민국은 민주공화국이다. 그렇다니깐!. 대한민국은 민주공화국이다. 그래... 대한민국은 민주공화국이다. ....그래 대한민국은 민주공화국이다. ....허긴 그래.' 바로 그 시의 장본인이 이선관이었다.

편집장 박선균은 그날부터 고민하기 시작했다. 이 시를 씨알의 소리에 실을 것인가 말 것인가. 엄청난 수난을 각오하고 박선균 편집장(70년대 수난과 저항지 씨알소리 이야기 저자)은 선생님과 상의하고 실었다. 이것이 이선관 시인과의 첫 만남이었다.

나는 그가 시집을 보내줄 때마다 감사의 표시로 하룻밤 사이에 다 읽는다. 이선관은 내가 마산 쪽에 강의하러 가면 청중들의 맨 뒷 자석에 얌전히 앉아 열번이고 스무번이고 내 이야기를 경청해 준다. 이렇게 우리는 힘들 때 땀을 닦아주고 슬플 때 눈물 닦아주는 손수건같이 형과 아우로 살고 있다.

이선관을 모르면 마산 사람이 아니다. 이선관을 모르면 대한민국 백성이 아니다.

그들은 간첩이다. 간첩이 안될려면 이선관 시집 「어머니」를 꼭 한번 읽기 바란다. 365일 거짓말만 하는 얼빠진 선량들의 글보다 평생을 시쓰는 일로 살고 있는 마산 앞 바다의 파수꾼 이선관의 혼이 담긴 잊을 수 없는 시 한구절을 일독하기 바란다.

*이선관 시인은 2005년 12월 14일 작고

인생의 활주로

나는 중 · 고등학교 학생들에게 강의를 할 때 그들에게 내는 '퀴즈'가 하나 있다. "비행기가 뜰 때 가장 중요한 것이 무엇일까"라고. 그러면 학생들로부터 여러 가지 대답이 나온다. "엔진이 있어야 합니다."라고 대답한다. 날개도 있다면? "휘발유가 있어야 합니다." 휘발유도 있다면? 그 다음에는 "조종사가 있어야 합니다"라고 대답한다. 조종사가 없는 비행기가 어디 있냐고 하면 그제서야 '활주로'라고 대답한다. 활주로가 없이도 날아가는 비행기도 있다. 그것은 '잠자리 비행기' 뿐이다. 문제는 작은 비행기가 뜰 때는 활주로가 짧아도 되지만 큰 비행기를 띄울려면 그만큼 활주로가 길어야 된다는 것이다.

인생을 살아가는 데도 활주로가 필요하다. 젊었을 때 인생의 활주로를 얼마나 길게 닦았느냐에 따라서 그 사람의 크기가 달라진다. 그 인생의 활주로에는 네 가지가 있다. 그것을 'T.T.M.C'라고 한다.

인생의 활주로 첫 번째 'T'는 Time(시간)이다. 인간은 자기의 시간을 어디에, 어떻게 썼느냐에 따라서 그 사람의 인격이 달라진다.

나는 종종 교도소에서 강의를 한다. 교도소에는 두 종류의 사람들이 있다. 한 부류는 시간을 죽이면서 사는 사람들이고, 다른 부류는 시간을 벌면서 사는 사람들이다. 앞서 말한 시간을 죽이면서 사는 사람들은 매일같이 달력을 쳐다보면서 하루하루 지날 때마다 달력에 구멍이 뚫릴 정도로 가위표를 한다.

반면에 '야생초 편지'를 쓴 황대권 선생 같은 분은 13년 동안 징역살이를 하면서 불후의 명작을 남기기도 한다. H.D. 쏘로우의 시민불복종에 관한 에세이도 감옥에서 쓴 글이다.

'버밍함감옥에서 미국 시민에게 보내는 편지'라는 글도 킹 목사가 감옥에서 쓴 글이다. 징역살이도 하기에 따라서 달라진다.

두 번째 'T'는 Talent(재능)이다. 인간에게는 누구나 하나님이 준 재능이 있기 마련이다. 어떤 사람은 이를 '모든 인간 속에 들어있는 하나님의 씨앗'이라고 설명한다.

세 번째 'M'은 Money(돈)다. 돈은 좋은 주인도 되지만 나쁜 종도 된다. 호주머니에 들어있는 지폐 한 장을 끄집어내어 그 속에 들어 있는 그림을 보자! 만원짜리 지폐에는 세종대왕의 영정이 들어있고 오천원짜리 지폐에는 율곡 선생님의 영정이 그려져 있다. 돈 속에는 세종대왕이나 율곡 선생님의 혼이 들어있다는 뜻이다. 혼이 빠진 돈은 돈이 아니다. 그래서 돈을 아끼고, 바르게 벌고, 바르게 써야 한다.

마지막 'C'는 Credit(신용)이다. 신용이라는 신信자에는 사람 인人자에 말씀 언言자로 되어있다. 그 사람의 말을 믿을 수 있어야 한다는 뜻이다.

믿을 수 없는 말을 하는 대통령, 믿을 수 없는 말을 하는 정치가, 믿을 수 없는 말을 하는 사업가, 믿을 수 없는 말을 하는 선생님들은 이미 인간 되기를 포기한 사람들이다. 그들은 이미 인간이 아니다.

"할아버지는 몇 순위세요?"

몇 년 전 봄이었다. 공문서 한 장이 날아왔다. 육십년을 넘게 살아오면서 공공기관에서 오는 편지를 받아 본 일이 거의 없어 호기심에 찬 마음으로 개봉했다. 그것은 경기도 광주시 사회복지과에서 보낸 공문이었다.

내용인즉 귀하도 만 65세가 되었으니 시 복지기금으로 지급하는 노인을 위한 교통비를 수령하러 오라는 것이었다.

나는 지금까지 한 번도 내가 노인이라고 생각한 적이 없었다. 그런데 내가 늙었다고 교통비를 받으란다. 나는 그제서야 자아반성을 했다. 그 동안 쉽지는 않았지만 아들 둘에 딸 하나까지 시집 장가를 다 보냈고 손자 손녀들이 넷이나 되니 노인은 노인이지 하며 인정했다.

요즘 우리는 순위에 웃기도 하고 울기도 한다. 서민들은 아파트 청약 일순위를 만들기 위해 수년 동안 비싼 것 먹지 않고 저축한다. 그래야 25평짜리 임대 아파트 한 채라도 장만할 수가 있다.

그 놈의 순위가 뭔지는 모르지만 대학 입시를 앞에 둔 고3학생들에게는 평생의 운명을 결정짓는 중요한 요건이 된다. 부모들은 자식의 장래를 생각해서 유치원 때부터 골병이 들어야 한다. 영어과외, 태권도, 피아노를 시켜야 하고 속셈학원까지 한 달에 수십만원을 사교육비에 써야 한다. 11월 수능시험에 임박해서는 수백만원을 들여 소위 말하는 쪽집게 과외까지 공부를 해야 한다.

사춘기 때의 모든 취미, 창작 활동을 접어두고 입시지옥에서 감옥이 아닌 감옥생활을 해야 한다.

백만에 가까운 고3학생들은 오직 일순위를 향하여 돌진하고 또 돌진을 한다. 일순위는 되어야 서울대(서울에 있는 대학)에 입학할 수 있기 때문이다. 일순위에서 밀려난 고3학생들은 사회에서 죽을 때까지 2등 인생으로 낙인찍혀 살아야 한다.

고3 수험생들에게만 순위가 있는 것은 아니다. 오늘 우리 가정에도 순위가 있다.

60~70대의 소위 말하는 구세대들에게는 모든 순위가 전통적으로 결정이 되어 있었다. 연장자 순으로, 학력순으로 순위가 결정되었다. 무조건 할아버지가 일순위, 다음은 가문을 이을 장남이 이순위, 삼순위는 장손 순으로 자동적으로 결정이 되었다.

그런데 산업화가 되고 핵가족화가 되면서 가정의 순위는 뒤죽박죽이다.

충청도 시골에 사는 김 노인의 이야기다. 김 노인은 어렵게 농사를 지어 삼남이녀를 남부럽지 않게 잘 키웠다. 소 팔아 대학 등록금을 마련했고, 논밭 팔아서 아들들의 아파트도 마련해 주었다. 시골에 남은 것은 몇 평 안 되는 텃밭과 집 한 채가 고작이다. 그런데 어느 날 시골에서 고생하지 말고 서울에 올라와서 며느리가 해주는 밥도 먹고 손자들 재롱도 받으면서 편하게 살자는 맏아들의 감언이설에 넘어가 정든 고향을 등지고 아들 집에 올라왔다.

그런데 이게 웬일인가? 가정의 순위가 바뀐 것이다. 서울에 오면 으레히 할아버지가 일순위인 줄로 착각한 것이다. 서울의 순위는 며느리 일순위, 손자들이 이순위, 삼순위는 아들, 사순위가 애완견, 오순위가 파출부 아줌마, 그리고 마지막 육순위가 할아버지였던 것이다. 생각다 못한 김 노인은 아들에게 편지 한 장 남겨놓고 그리운 고향으로 내려왔다.

"삼순위야, 잘 있거라! 육순위는 물러간다!"

잊을 수 없는 시詩

경북 청송에는 두 개의 명소가 있다. 하나는 아름다운 기암괴석과 거울처럼 맑은 선녀탕이 있는 주왕산이고 다른 하나는 청송약수터다. 그곳에 약수여관이 있다. 이 여관에는 빼어난 음식솜씨를 자랑하는 주인 할머니가 계셨다. 5·16당시 천하를 주름잡던 박정희 대통령도 이 근처에 오면 으레히 저녁식사는 약수여관에서 들었다고 한다. 청송 농촌 4H청년회 초청을 받아 그곳에 강의하러 내려갔다. 4H청년회장은 나의 숙소를 그곳에 잡아 주었다. 숙소를 정하면서 청년회장은 주인 할머니와 종업원들에게 미리 당부했다.

마을회관에서 강연회가 끝나면 E.T 같이 생긴 강사선생님하고 여기에서 식사도 하고 쉴 테니 절대로 놀라지 말고 잘 접대해 달라고 말이다. 우리 일행은 모든 행사를 끝내고 약수여관으로 왔다. 청년회장은 나의 마음을 눈치채고는 식사하기 전에 시원한 맥주라도 먼저 들고 식사를 하자고 제안했다.

청년회장은 종업원에게 간단한 마른 안주와 맥주 몇 병을 주문했다. 그런데 주문 받았던 종업원이 상 차리러 내 방에 들렀다가 나를 보더니 혼비백산해 도망가고는 도무지 나타나지를 않는다. 할 수 없이 우리들의 주안상은 주인 할머니가 정성껏 차려줬다.

맥주 한 컵을 마시고 안주를 먹으려 하는데 안주 접시에 이상한 글씨가 써 있는 것이 아닌가. 대충 안주들을 치워놓고 뭐라고 적혔는지 보았더니 그 접시는 안주용 접시가 아니라 벽걸이 접시였다.

접시에는 영시가 하나 적혀 있었다.

제목은 Mother 어머니,

God made many lovely things 하나님은 많은 사랑스러운 것들을 창조했습니다

Birds, flowers and trees 새들과 꽃들과 나무들

Sunset, starlight and loyal friends 일몰, 하늘의 별빛들, 그리고 성실한 친구들

After He made all these things 이 모든 것들을 창조한 다음에 하나님은

He gave another gift 우리들에게 또 하나의 선물을 주셨습니다

The most one, The most true, The most loving 이 세상에서 가장 드물고, 가장 진실하고, 가장 사랑스러운

A wonderful Person 하나의 놀라운 인간

A mother, Dear as you 하나밖에 없는 어머니, 당신이 가장 아끼는

이런 짧막한 시였다. 즉석에서 그 시를 원어로 낭독하자 상을 차려주시던 할머니가 "어떻게 꼬부랑 글씨도 아시느냐?"고 되물었다.

나는 사고 나기 전에 홍성에 있는 풀무학원이라는 학교에서 영어선생을 했다고 대답했다. 그랬더니 그 할머니, 즉각적인 반응이 나타났다.

혹시 선생님이 좋아하시는 술이라도 있느냐고. 다시 내가 물었다. 이 집에서 제일 유명한 술이 뭐냐고. 할머니는 "우리 집에 송화포도주가 있는데 그걸 드셔볼려느냐"고 물었다. 고맙다고 일행들이 박수를 치니 잠시 후에 할머니는 큰 주전자 하나 가득히 송화포도주를 들고 들어와서 "선생님에게 먼저 한잔 드리겠습니다."하고는 정성껏 따라 주셨다. 따뜻한 할머니의 마음이 포도주에 녹아버렸는지 그날 우리들은 술에, 이야기에, '어머니' 시에 취하여 송화포도주 두 주전자를 비우고도 이야기가 끝나지 않았다. 나중에 할머니는 그 접시를 종이에 정성껏 포장하여 나에게 선물하는 예의도 있지 않았다.

흙을 떠난 사람들

우리는 예부터 어머니의 품에서 사랑을 배우고, 정든 친구들에게서 우정을 배우고 흙에서 인간의 본성을 배워 왔다. 그런데 오늘날 우리가 사는 도시에 어머니의 품은 있을 지 모르지만, 그리운 마을의 정든 흙과 친구들은 없다. 그래서 진정한 의미의 사랑과 우정이 무엇인지를 알지 못한 채 살아가고 있다.

성경 창세기에 나오는 생명의 창조에 관해 생각해 본다. 신은 사람을 흙으로 빚어 만들고 거기에 입김을 불어넣어 생명을 주었다. 흙은 여러 개의 원소들로 구성된 복잡한 성분으로 구성되어 있지만 아무 생명이 없는 무기질 혹은 유기물질이다. 흙 없이 생명이 있을 수 없고, 흙 없이 인간이 존재할 수 없으며, 흙 없이 인류의 문화는 창조될 수 없었다.

흙을 잘 관리하지 못하는 부강한 나라가 있는가? 또 흙을 아끼지 못한 나라 치고 문명국이 된 나라가 있는가? 덴마크를 구한 그룬트비가 국민들에게 울부짖은 모토가 바로 "하나님을 사랑하자", "나라를 사랑하자", "흙을 사랑하자"였다. 이 세 가지를 한마디로 줄인다면 "흙을 사랑하자"는 말이 될 것이다.

흙을 사랑할 줄 모르는 사람은 나라도 사랑하지 못할 것이고, 나라를 사랑하지 못하는 사람은 하나님도 사랑하지 못할 것이다. 어머니를 등지고 가정을 떠난 자식들이 타락하여 불한당이 되듯이 흙을 떠난 사람들도 결국은 잘 되는 일이 없다.

인류의 4대 문명이 발생한 곳을 보아도 흙을 사랑해야 하는 이유는 명백하다. 중국의 황하강 유역, 지금의 이라크 지역인 메소포타미아의 유프라테스강 유역, 이집트의 나일강 유역, 인도의 갠지스강 유역의 비옥한 땅에서 인류 문명이 발생했다.

흙은 생명의 창조자

　　흙은 생명의 창조자이다. 적당한 습도와 부식물 그리고 여러 광물질이 혼합되어 온갖 식물들을 키워낸다. 또한 흙은 생명과 문명을 창조할 뿐 아니라 인간 세상의 도덕과 윤리도 창조한다.

　　펄벅의 「대지(大地)」에 보면, 주인공 왕룽이 흙과 함께 살 때와 흙을 등지고 살 때의 모든 것이 어떻게 변하는 지 잘 나타나 있다. 왕룽이 소박한 농부로서 흙과 함께 살 때는 햇빛과 비와 바람의 신비한 마력 때문에 종교도 도덕도 버릴 수가 없었다. 가뭄이 들어 모든 곡식들이 타죽고 생명을 유지할 수 없게 되자 왕룽은 농토를 버리고 남쪽으로 내려가는 기차를 탄다. 그들은 거기에서 굶주림과 헐벗음에 시달려 온 가족이 무던히도 고생을 했다. 그 상황에서 그들에게 가장 필요한 것은 생명을 연장하기 위한 몇 조각의 빵과 고깃국이었다. 그것을 위해서라면 양심도 도덕도 종교도 돈도 아끼지 않고 팔 수 있었다.

　　어느 날 왕룽의 아들이 밖에 나갔다가 고기 운반차에서 쇠고기 몇 점을 훔쳐서 돌아왔다. 어머니는 훔친 고기지만 먹을거리가 생겼다는 사실이 너무 반가워 그 고

가평 하색리 집에서

기로 국을 끓여서 우선 굶주림에 시달리는 시아버지께 드리고, 저녁에 맥없이 들어온 남편에게 자랑삼아 아들의 용감한 일을 전부 이야기한 후 고깃국을 주었다. 왕룽도 고깃국에서 풍기는 냄새를 맡으며 몹시 먹고 싶은 충동을 느꼈을 것이다. 그러나 그는 욕망을 참고 고기를 훔친 자기의 귀여운 자식을 밖으로 끌고 나가 몹시 매질을 했다. "우리는 거지는 될망정 도둑은 아니야" 하면서.

장사를 하여 돈을 벌게 되자 왕룽은 더 이상 흙을 얽매여 살 필요가 없게 되었다. 전에는 그렇게도 신비하고 귀중했던 햇빛도, 비도, 바람도 이제는 소중하지 않았다. 흙을 등진 그에게 이젠 도덕도 종교도 무용지물이 되었다. 그는 타락하기 시작했다.

이농으로 흙을 떠난 사람들

왕룽의 이야기는 중국에 사는 한 가족의 단순한 이야기이지만, 우리에게도 시사하는 바가 크다.

사회문제가 되고 있는 이농현상, 인간에게 가장 중요한 식량을 생산하는 농민들은 있어도 좋고 없어도 좋은 텔레비전, 냉장고, 라디오, 자동차 등을 생산하는 노동자들에 비하여 반도 안 되는 수입으로 생활을 해야 한다. 농민들이 생산한 농산물은 공산품에 비해 점점 더 가격이 떨어지고 있고, 생계조차 막막한 현실에 처해 있다.

또한 공업화, 도시화 현상 때문에 농토가 점점 줄어 농민도 도시로 빠져나가지 않을 수 없다. 인도의 간디는 이 같은 현상을 '생명의 피의 유출' 이라고 했다. 그는 인도를 살리는 길은 피의 유출을 어떻게 방지하느냐에 달려 있다고 강조했다. 건강하고 성실하고 똑똑한 청년들이 먼저 도시로 빠져나가 무식하고 생활능력이 없는 사람들만 농촌에 남게 되어 인도의 농촌은 더 가난하고 병들고 침체된다고 했다.

좋은 인재들이 도시로 빠져나가는 것만이 문제가 아니다. 빠져나간 좋은 인재들이 불과 몇 년 안 되어 오염된 도시환경 때문에 건강을 잃고, 부패한 사회 환경 때문에 타락하거나 자포자기한다.

요즈음 우리나라에는 큰 공업단지들이 많이 생겼다. 기계화된 설비와 선진국 못지않은 큰 규모의 공장들이다. 이들 공업단지에는 보통 1~3만 명의 종업원이 근무하고 있고, 그보다 좀더 큰 곳에는 10만이 넘는 공원들이 기계처럼 움직이고 있다. 사회의 생태현상을 무시하고 갑자기 팽창한 인구 때문에 여러 가지 부작용이 생겨나는 것도 당연한 일이다.

그런 문제 중에서 한 가지만 예를 든다면 미혼모와 기아 문제를 들 수 있다. 대부분의 미혼모와 기아들이 공장 주변에서 발생한다. 대부분의 여공들은 시골에서 중·고등학교를 졸업하고 농촌 가계에 작은 보탬이라도 될까 하여 직장을 찾아온다. 집을 떠나 객지에 나온 이들은 정신적으로 도덕적으로 또는 사회적으로 아무런 보호를 받지 못하고 살고 있다. 바로 이 점을 이용해서 공장의 남자들이 천진난만한 소녀들을 유혹하거나 공갈, 협박하여 순정을 짓밟고 미혼모와 기아를 낳게 한다.

미혼모가 된 여성들은 쥐꼬리만한 박봉에 시달리는 처지에 병원에 갈 수도 없다.

결국 아기를 분만하게 되고, 미혼모가 된다. 죄책감 때문에 정든 고향으로 돌아갈 수도 없다. 그렇다고 상대 남성을 찾아서 맡길 도리도 없다. 그후부터 그 여성들은 더 이상 공장에서 일할 수 없게 되고, 다시 직업을 구하기 위해 직업소개소나 신문에 쥐 눈알만큼 나온 작은 광고들을 살피게 된다. 이 여성들이 상대 남성을 거부할 수 없는 절박한 이유는 몇 푼 안 되는 적은 수입 때문이다. 몸을 요구하는 남성을 거부하면 공장에서 계속 일할 수 없게 될지도 모르고, 그러면 작은 수입마저도 없어지기 때문이다.

흙에서 나서 흙에서 사는 우리는 흙의 자손들

요즘 들어 생태학이라는 학문이 발달하고 있다. 동식물이 생활하는 데는 여러 가지 생물학적, 지리적인 입지 조건이 적당해야 한다는 학문이다. 그늘지고 물기가 많고 온도가 낮은 부식토양이 있는 곳에서 독버섯이 생겨나는 것도 생태학적 조건이 맞기 때문이다. 인간도 생물이기 때문에 인간이 살아가기에 적합한 생태학적인 조건이 없어지면 생존을 보장할 수 없다.

요즘 우리 사회에서 일어나는 여러 가지 사건들을 자세히 보면, 생태학적인 결함이 정치·경제·사회·교육 등 여러 방면에 걸쳐 숨어 있기 때문이다. 고도로 발달된 선진국은 선진국대로, 가난한 후진국은 그들대로 문제가 있다. 문제는 각 국가마다 자연적인 균형을 어떻게 유지하느냐이다. 그중 세계적으로 가장 큰 관심사는 자연자원을 어떻게 계획적으로 이용하느냐, 현재 남아 있는 공기와 물 같은 환경을 오염시키지 않고 어떻게 보호할 수 있느냐 하는 것이다.

지금까지 우리는 지구의 환경을 돌보지는 않고 기생충같이 자연을 정복하고 훼손만 해왔다. 그 결과 강물과 바다와 산과 공기가 오염되어 도저히 살 수 없는 지경에까지 이르렀고, 도시화·산업화로 인해 새로운 사회적 문제도 야기 시켰다. 어떤 사회학자는 신(神)은 농촌을 만들고 인간은 도시를 만들었다고 했는데, 도시가 우리에게 준 것은 공해와 범죄와 타락뿐이다. 또 어떤 사회학자는 도시의 가정에서는 재산이나 종교 등이 3대 이상을 내려가는 법이 없다고 하였다.

지금 의식 있는 학자들은 어떻게 해야 새로운 세계, 즉 공해가 없고 서로 믿으며 우정을 나누고 함께 도와가며 살아가는 복지사회를 건설할 수 있을까를 연구하고 있다.

누가 야만인인가

1965년 8월, 꿈에도 그리던 덴마크 유학을 떠났다. 그날은 억수같이 소나기가 쏟아지고 있었지만 마음만은 한없이 설레었다. 충남 홍성군 홍동면에 있는 풀무학원 교사로 있던 중, 덴마크 외무부에서 주는 장학금을 받아 덴마크 국민고등학교에 입학하게 된 것이다. 당시 농촌운동을 하겠다던 이상주의자들은 덴마크에 한번 가보는 게 꿈일 정도로 덴마크는 농업선진국이었다. 동화작가 안데르센의 인어공주가 사는 나라, 유달영 선생님의 「새 역사를 위하여」에 나오는 그룬트비와 달가스의 나라, 그리고 6.25 전쟁 이후 우리들의 정신적인 지주가 되었던 실존주의자 키에르케고르의 나라 덴마크.

생각대로 덴마크는 너무나 아름답고 인심 좋은 부자 나라였다. 학교에 오는 학생들이나, 목장에서 일하는 목부牧夫들이나 모두 자기 차를 타고 다녔다. 가난에 찌든 나라에서 온 나 같은 시골 훈장의 눈에는 그저 신기하게만 보였다. 그들이 먹는 음식이며, 입고 다니는 옷, 어느 가정에나 있는 텔레비전과 전화기 등을 보면서 전기도 없던 내 나라 시골학교 훈장 생각에 그렇게 부러울 수가 없었다.

나는 학교 기숙사에서 다른 학생들과 함께 생활했다. 보통 때는 그들이나 나나 같은 학생이니까 별 문제가 없는데 마을에 있는 가정집에 초청받아 갈 때면 곤혹스럽기 짝이 없었다. 초청한 사람들과 인사를 하며 내게 호기심을 느끼는 지 이것저

덴마크 유학시절 친구들(1966년)

것 묻는 게 많다. "나이는?" "결혼은?" 그 다음엔 "어디서 왔어요?" "코리아"라고 하면 또 묻는다. "남쪽에서 왔어요? 북쪽에서 왔어요?" 처음 몇 번은 친절하게 잘 대답했다. "태어나기는 북쪽 함흥에서 났지만, 1.4 후퇴 때 월남해서 지금은 남쪽에서 살고 있다고"

그런데 한두 번도 아니고 가는 데마다 똑같은 질문을 받으니까 슬그머니 부아가 나기 시작했다. 그래서 누가 어디서 왔느냐고 물으면 으레 지구에서 왔다고 빈정거렸다. 그러면 그들도 멋쩍은 듯이 자기들도 같은 지구에서 왔다고 농담을 했다. 문제는 그 다음이다. 그들이 묻는다. "집에는 자가용이 몇 대나 있어요?" 물론 "NO!"다. 그러면 "TV는 있어요?" 하고 묻는다. 그것도 "NO!"다. 거기까지 하면, 더 물어볼 가치가 없다는 듯 그들은 오히려 내게 사과를 했다. "너무 쓸데없는 것들을 많이 물어서 미안해요"라고. 그들은 미안했겠지만 나는 창피했다. 완전히 미개한 나라에서 온 사람이라고 깔볼 생각을 하니 더 그곳에 있고 싶지 않았다.

전략을 바꾸어 이제는 내가 질문을 했다. "동화작가 안데르센을 알아요?" 하면, 그들은 당연히 잘 안다고 했다. 다음에는 "그룬트비나 달가스는요?" 하고 물었다. 이 질문에도 90퍼센트 이상 잘 안다고 대답했다. 하지만 여기까지는 준비단계이고, 전략은 이제부터다. "혹시 「죽음에 이르는 병」이라는 책을 쓴 키에르케고르를 알아요? 그의 책은 읽어봤나요?" 하고 묻는다. 그러면 그들은 거의 90퍼센트 이상이 "잘 모르는데요" 한다. 이렇게 되면 성공! 그들은 나 같은 미개한 나라에서 온 시골 선생이 자기도 모르는 자기 나라의 철학자를 안다는 사실에 놀라고, 나는 그들이 어쩌면 저렇게 무식한가 싶어 놀란다.

자가용, 텔레비전, 전화기는 갖추고 살면서 자기 나라 출신의 세계적인 철학자 이름을 모르는 것이 문명인이고, 자가용이나 텔레비전, 전화기는 없지만 철학자의 이름을 알 뿐 아니라 그의 철학을 아는 사람이 야만인이라면, 이것이 도대체 말이 되는가. 구노 미루다루는 현대에는 두 부류의 야만인이 있다고 했다. 아프리카 콩고에서 떠들고, 원자폭탄 한 방으로 수만 명을 살해한 사람들은 문화인에다 영웅으로 존경받는 이 세상이 과연 바른 세상일까.

어릴 때 나는 미국 서부영화 '아파치족의 최후'에서 백인이 쏜 총탄에 맞아 인디언 추장이 쓰러지는 마지막 장면을 보면서 박수를 보냈다. 야만인 인디언들을 다 죽여 버리라고 속으로 빌기도 했다. 그리고 6.25를 무대로 한 전쟁영화를 볼 때는 빨치산 두목의 총살 장면을 보면서 대한민국 만세를 불렀다. 이것이 우리가 받은 교육이었다. 나는 지금도 '남북의 창'이라는 TV 프로그램에서 김일성이나 김정일이 참석한 노동당 전당대회에 수많은 장군들이 가슴에 금빛 찬란한 훈장을 주렁주렁 매달고 서 있는 모습을 보면 기분이 별로 좋지 않다. '누구를 죽이고 받은 훈장일까' 하는 생각이 들어서다.

북한만 그런 것이 아니다. 5.18 청문회가 열렸을 때 피고석에 앉은 우리나라의 장군들도 마찬가지였다. 어쩌면 남쪽과 북쪽의 장군들은 하나같이 똑같은 모습일까? 청문회 정도라면 굳이 군복을 안 입고 나와도 될 것이며, 하다못해 훈장까지는 안 달고 나와도 큰 지장이 없을 텐데 희한한 사람들이다. 어느 것이 자랑이 되고 어느 것이 부끄러움이 되는지 잘 모르는 모양이다.

각설하고, 나는 지금 매우 흥분된 마음으로 글 하나를 소개하려고 한다. 다음에 인용한 글은 140년 전에 인디언 추장인 타탕가 마니(걷는 들소)가 워싱턴에 있는 미국 대통령 프랭클린 피어스에게 보낸 편지이다.

'들소들이 사라진 곳'

워싱턴에 있는 위대한 추장께서는 우리들의 땅을 사고 싶다는 편지를 보내왔습니다. 그런데 추장은 어떻게 해서 하늘을 사거나 팔 수 있다고 생각하십니까? 대지의 온기도 마찬가지입니다. 우리들이 생각하기엔 그것은 너무나 이상합니다. 지금까지 우리는 우리들이 즐기는 상쾌한 공기, 여울을 만드는 시냇물을 우리 것으로 소유해 본 적이 한 번도 없습니다. 그런데 그것을 어떻게 우리한테서 살 수 있다고 생각하십니까? 이 땅의 모든 부분은 나의 식구들에게는 하나같이 신성한 것들입니다. 백인들은 우리의 생활방식을 전혀 이해하지 못하는 것 같습니다.

이 대지의 한 부분은 당신들에게나 우리들에게나 똑 같은 것입니다. 그런데 어느 날 밤중에 백인들은 자기들이 필요한 만큼 다 빼앗아 갔습니다. 이 땅은 백인 형제들의 것도 아니고 그들 적들의 것도 아닙니다. 백인들은 총칼로 땅을 정복하고 이사를 왔습니다. 백인들은 조상들의 무덤만 남겨 놓고 태어날 자식들의 권리는 잊어버리고 말았습니다. 백인들이 사는 도시에는 조용한 곳이 없습니다. 이른 봄에 피어나는 나무 이파리들의 소리, 곤충들의 날개 치는 소리도 들을 곳이 없습니다. 아마도 내가 야만인이기 때문에 그것들을 이해하지 못하는 것 같습니다. 방적기의 소음만 내 귀를 욕되게 합니다. 사랑스러운 소쩍새의 울음소리도 사라지고, 밤 연못가에서 합창하는 개구리들의 소리도 사라진다면 인생이 무슨 의미가 있겠습니까?

백인들도 언젠가는 이 세상을 떠날 겁니다. 다른 종족들보다 더 빨리, 당신들이 살던 터를 계속적으로 오염시키다가 언젠가 밤이 되면 그 쓰레기 위에서 질식하여 죽을 것입니다. 들소들이 다 도살되고, 야생마들이 다 길들여지고, 신성한 대지의 거룩한 구석구석들이 사람 냄새로 꽉 차고, 오곡이 무르익은 황금의 들판들이 전화선으로 얼룩진 그런 곳에서 사람들은 무슨 낙으로 살까요? 독수리들이 다 사라진 땅, 들소들이 다 떠난 곳, 물레 잣기도 끝나고 사냥도 끝날 때면, 인생은 종말이고 생존의 시작만 있을 뿐입니다.

나는 이제 나의 원주민들에게 물어보아야 합니다. 이곳에 살고 있는 여우에게도, 이곳에 살고 있는 텃새들에도, 이곳에 살고 있는 노루들

에게도, 그리고 이 맑은 물에서 살고 있는 물고기들에게도, 이들이
안 된다고 해도 당신들은 언제든지 그 위대한 대포와 총과 칼로 빼앗
아갈 수 있을 것입니다.

1855년

걷는 들소로부터

　요즈음 두밀리 자연학교에도 복덕방 아저씨들이 찾아온다. 물 좋고, 경치 좋아
이 곳 만한 곳이 없다는 것이다. 카페나 불갈비집이나 보신탕집을 하면 꼭 좋을 것
같다고 팔지 않겠느냐고 묻는다. 나도 우리 원주민들에게 물어봐야 한다. 딱새들에
게도, 개구리, 두꺼비 아저씨들에게도, 피라미, 버들치, 꺽지, 가재들에게도 물어봐
야 한다. "이 땅을 팔아도 되느냐?"고.

천당으로 가는 내신성적

　요즘 여기저기에서 자원봉사 바람이 불고 있다. 지난해만 해도 그렇게 구하기 힘들던 자원봉사자들이 올해 들어서는 장마철에 홍수 밀어닥치듯 넘쳐나고 있다. 신체장애인들의 재활원에도, 고아원에도, 충북 음성의 꽃동네에도 지원자들이 너무 많아 걱정이라고 한다.

　이렇듯 자원봉사자들이 갑자기 늘어나게 된 것은 대기업들의 연수교육 과정에 인생체험을 하기 위한 프로그램이 신설되었기 때문이기도 하고, 대학 입시에 영향을 미치는 내신 성적을 잘 받기 위해서이기도 하다. 그리고 대학 다닐 때 자원봉사를 한 사람은 졸업 후 입사시험을 볼 때에도 자원봉사활동이 경력으로 첨가되어 유리하다. 이처럼 자원봉사 활동이 대학이나 기업체의 입학 및 입사시험과 연관되면서 별로 깊은 생각 없이 한여름 전염병 돌 듯 너도나도 자원봉사를 하겠다고 하는 것이다. 프랑스 국민의 52퍼센트, 미국 국민의 48퍼센트를 차지하는 자원봉사 활동 참가율에 비하면 10퍼센트도 안 되는 우리나라의 실정으로는 이유 여하를 불문하고 대단히 바람직한 경향이라 하지 않을 수 없는 일이다.

코끼리가 들으면 하품할 일

"여보세요. 저는 ○○고등학교 3학년 학생의 어머니인데, 총무님의 보육원에서 계속 한 번씩 자원봉사 활동을 했다는 확인서를 좀 얻을 수 없을까요? 우리 아이는 입시공부 때문에 자원봉사를 직접 하지는 못하지만, 그 대신 제가 매주 후원금을 보내겠습니다." 지방의 한 보육원에서 총무 일을 맡고 있는 친구가 해준 말이다. 내신 성적에 자원봉사 활동 경력이 반영된다는 말이 나온 이후 이런 전화가 가끔 온다는 것이다.

또 이런 이야기도 있다. 서울 강남의 일부 부잣집 어머니들은 자기 아이가 청소당번이 되는 날에는 파출부를 학교에 보내 아이 대신 청소당번을 시킨다고 한다. 세상에, 코끼리가 들어도 하품을 할 일이다. 이 땅의 돈 있는 집 여자들의 머리가 이렇게까지 비상할 줄은 몰랐다. 아무리 생각해도 이해가 가질 않는다. 그런 어머니 밑에서 자란 아이들은 나중에 어떤 어른이 될까? 정말 걱정스럽다.

서양 격언에 '정직은 최선의 정책이다 Honesty is the best policy'라는 말이 있다. 그런데 앞에서 예를 든 어머니들에게 이 말은 자신에게 이로울 때만 해당되고 불리할 때는 해당되지 않는 듯하다.

우리는 매년 4월 1일이 되면 서양 사람들이 만든 만우절 April Fool's Day을 지키며 즐거워한다. 만우절이란 1년 365일 중 이날만은 남에게 피해를 주지 않는 한에서 거짓말을 해서 유쾌한 하루를 보내자고 하는 날이다. 그런데 우리의 공무원, 정치가, 대통령처럼 1년 365일 내내 거짓말을 하는 사람들이 사는 나라에서는 별로 필

안양 농민교육원에서 평화란 주제를 가지고 열린
제1회 씨알소리 수련회.
함석헌 선생, 장준하 선생, 안병무 박사 등의 모습이 보인다.

174

요 없는 날인 것 같다. 언제쯤이면 우리도 정직하고 성실한 사람들이 대접을 받게 될까?

내신 성적은 대학입시나 기업체 입사시험에만 필요한 것이 아니다. 천당이나 지옥에 가는 데에도 필요하다. 지옥이나 천당에 가는 내신 성적에는 돈이 얼마나 많이 있느냐와는 관계가 없고, 돈을 얼마나 많이 썼느냐 하는 것이 관계된다. 얼마나 아름답고 비싼 큰 예배당이나 성당을 지었느냐와는 관계없고, 얼마나 많은 불우한 이웃을 도왔느냐에 관계된다. 최첨단 기술문명으로 얼마나 많은 신소재를 개발했느냐와는 관계없고 그 신소재 기술이 세계 평화를 위해, 인간의 존엄성을 위해 얼마나 공헌을 했느냐와 관계된다.

죽어서 필요한 내신 성적

천당 가는 내신 성적을 A, B, C, D로 나누어보면, 천당 내신 성적 A급은 친구나 이웃을 위해서 하나밖에 없는 자신의 생명을 바친 사람들이다. 이름도 성도 모르는 신장병 환자들에게 자기의 한쪽 콩팥을 기증한 사람들, 앞을 못 보는 맹인들을 위해 자기의 안구를 기증한 사람들, 미 공군사관학교 학생 바우만 김을 위해 골수를 기증하겠다고 줄 선 많은 기증자들은 천당 내신 성적 A급이 되고도 남는다.

그 다음 B급은 자기의 시간과 기술 그리고 노력을 어려운 노인들과 장애인들을 위해서 쓰고, 소년소녀 가장들의 대부나 대모 역할을 해주는 따뜻한 마음을 가진 봉사자들이고, 내신 성적 C급은 시간이나 기술로는 봉사를 못해도 알뜰하게 살림한 나머지 귀중한 금전을 고아원이나 자선단체, 또는 불우이웃 돕기 단체 같은 곳에 헌금하는 사람들이다. 마지막 D급은 요정 같은 술집에 가서 돈을 허비하는 대신 구세군 자선냄비에 적선하는 것, 전철 안에서 껌을 파는 맹인들에게 100원짜리 한 닢이라도 동정하는 센티멘털리스트들이라고나 할까.

반면, 지옥 가는 데에도 내신 성적 필요하다. 맑고 깨끗해야 할 4대 강에 독극물을, 그것도 다들 잠자는 야밤에 몰래 퍼붓는다든지, 비자금 만들려고 쿠데타를 일으켜 정권을 잡고 황금에 눈이 어두워 한 지역에 골프장을 6개나 인가해 주는 그런 인간들, 일본 놈들한테 돈을 뜯어내려고 우리 딸들의 몸을 팔아먹는 요정 사장들. 이런 사람들은 지옥 같은 것은 없다고 믿겠지만 지옥은 있다. 저희들 마음 속이 지옥인 줄 알면서 제 마누라, 제 자식들이 지옥 가는 길을 보여주는데 없기는 왜 없는가.

마지막 생명의 선물

몇년 전에 대전교도소로 강의를 갔던 적이 있다. 그곳에서 아내를 죽인 살인범으로 많은 물의를 일으켰던 김현식과 만나 알고 지내는 사이가 되었다. 그는 내가 하는 강의를 듣고 내가 보내준 내 책도 읽었다. 그와 만난 지도 2년의 세월이 지나 그와 나는 형제처럼 다정한 사이가 되었다.

그가 보내준 편지에는 재미있는 구절도 많았다. "선생님, 제가 이 돌담밖에 있을 때에는 까치라는 새는 참 좋은 새인 줄 알았습니다. 까치가 창가에 앉아서 울면 반가운 소식이 오거나 반가운 손님이 온다고 그러잖아요. 그런데 이곳 까치는 순 사기꾼입니다. 내 창가에 와서 아무리 울어도 편지 한 장 오지 않는 겁니다" 등등.

어느 날, 김현식으로부터 한 장의 편지가 왔다. 그런데 교도소 주소가 아니고 대전성모병원 주소로 되어 있었다. 이상하게 여기면서 편지를 개봉해 보았더니 교도소에 있는 동안 대장암에 걸렸는데, 암이 온 몸에 퍼져 소생이 불가능하게 되자 교도소에서 형집행정지 처분을 내려 대전 성모병원에 입원했다는 것이다.

그의 편지 마지막에는 이렇게 적혀 있었다.

"선생님, 제가 앞으로 며칠을 더 살 수 있을 지 알 수가 없습니다. 죽기 전에 선생님과 꼭 면담하고 싶습니다. 대전에 내려와 주실 수 없겠습니까?"

다음날로 당장 그를 만나러 대전성모병원으로 내려갔다. 중환자실에 누워 있는 그는 맑은 눈동자에 반가움을 가득 담고 내 손을 꼭 잡았다. 그리고는 마치 유언이라도 하듯 "선생님, 나를 위해서 기도 한 번 해주세요"라고 하였다. 두서없이 기도가 끝나자 그는 나에게 또다시 부탁을 했다.

"선생님, 선생님의 책에 있는 '생명의 선물'이라는 로버트 테스트의 시를 읽고 나서 한 가지 결심을 했습니다. 비록 나는 살인범으로 사회에 물의를 일으켰던 사람이지만, 죽기 전에 뭔가 보람 있는 일을 하고 싶습니다. 그런데 가진 재산이라고는 이 몸 하나밖에 아무 것도 없습니다. 두 눈은 아직 건강하니까 내가 죽으면 맹인 두 사람에게 이식을 해주시고, 시신은 의과 대학생들의 해부용으로 바치겠습니다. 그렇게 수속을 밟아주십시오."

3일 후에 그는 세상을 떠나고 말았다. 나는 그의 유언대로 했다. 시신은 카톨릭 의과대학에서 가져갔고, 안구는 맹인 두 사람에게 이식되어 밝은 빛을 볼 수 있게 되었다. 김현식은 시 한 구절로 말미암아 이 세상의 어떤 종교나 성직자들 못지 않게 인생의 마지막을 아름답게 마무리하고 갔다. 최고의 내신 성적을 받으며…….

이 글을 로버트 테스트의 '생명의 선물'을 인용하는 것으로 끝맺을까 한다.

산자의 것으로 만들어주소서

언젠가는 나의 주치의가, 나의 뇌 기능이 정지했다고 단정할 때가 올 것입니다.

살아 있을 때의 나의 목적과 의욕이 정지되었다고 선언할 것입니다.

그때 나의 침상을 죽은 자의 것으로 만들지 말고 산 자의 것으로 만들어주십시오.

나의 몸은 산 형제들을 돕기 위한 생명으로 만들어주십시오.

나의 눈은 해질 때 노을을, 천진난만한 아이들의 얼굴과 여인의 눈동자 안에 감추어진 사랑을 한 번도 본 일이 없는 사람에게 주십시오.

나의 심장은 동통으로 신음하는 사람에게 주십시오.

나의 피는 자동차 사고로 죽음을 기다리는 청년에게 주어 그가 먼 훗날 손자들의 재롱을 볼 수 있게 해주십시오.

나의 신장은 한 주일 한 주일 혈액투석기에 매달려 삶을 영위하는 형제에게 주시고,

나의 뼈와 근육의 섬유와 신경은 다리를 저는 아이에게 주어 걷게 하십시오.

나의 뇌 세포를 도려내어 말 못하는 소년이 함성을 지르게 하고,

듣지 못하는 소녀가 창문에 부딪치는 빗방울 소리를 듣게 하여 주십시오.

그 외의 나머지는 다 태워서 재로 만들어 들꽃들이 무사히 자라도록 바람결에 뿌려 주십시오.

만약 뭔가를 매장해야 한다면 나의 실수들을, 나의 약점을, 나의 형제들에 대한 편견들을 매장하여 주십시오.

나의 죄악은 악마에게, 나의 영혼은 하나님께 돌려보내 주십시오.

우연한 기회에 나를 기억하고 싶다면 당신들이 필요할 때 했던 나의 친절한 행동과 말만을 기억해 주십시오.

내가 부탁한 이 모든 것들을 지켜 준다면 나는 영원히 살 것입니다.

4

그리운 사람들

인도 유학시절

타고르의 새해를 맞이하는 기도

"아시아의 빛나는 황금시대에 한국은 그 빛을 밝힌 한 주인공이었다. 그 등불 다시 켜지는 날에 동방은 찬란히 온 누리에 빛나리."

이것은 내가 좋아하는 인도의 시인 라빈드라나드 타고르가 한국을 노래한 시의 한 구절이다. 그는 1861년에 태어나서 1941년에 세상을 떠났다.

내가 타고르를 좋아하는 이유는 우선 얼굴 모습이 인자하고 품위가 있으며 성스럽기 때문이다. 어느 누구도 감히 따라올 수 없을 정도다. 그리고 그는 노벨문학상을 받은 20세기의 위대한 시인이요, 소설가요, 연출가였고, 훌륭한 교육자였으며, 간디와 함께 인도의 독립을 위해 비폭력 저항운동을 전개한 스승이었다.

1917년부터 영국은 인도의 독립투사들에 대한 무자비한 감금과 고문을 자행했는데, 타고르는 이에 맞서 완강하게 저항하였다. 2년 후 영국은 외국인에게는 처음으로 타고르에게 백작의 작위를 수여하려 했지만 타고르는 이를 거부하여 영국인들을 무색하게 만들었다.

새해의 파란 새날이 다시 돌아오는 이 밤, 나는 왠지 타고르의 시를 읽고 싶다.

그의 시 중에서 가장 마음에 드는 한 구절을 골라 새해를 맞이하는 기도로 삼고 싶다. 노벨문학상을 받은 〈기탄잘리〉에 이런 구절이 있다.

마음에 두려움이 없고 머리를 높이 드는 곳에,

지성이 자유로운 곳에,

좁디좁은 가정의 장벽으로 이 세계가 조각조각 깨어지지 않는 곳에,

말들이 진리의 바닥에서 나오는 곳에,

지칠 줄 모르는 애씀이 완성을 향하여 팔을 벌리는 곳에,

이성의 맑은 물줄기가 죽음의 습관,

무서운 사막 속으로 사라지지 않는 곳에,

마음이 주님을 따라 항상 폭이 넓어지는

생각과 행동으로 이끌려 전진하는 곳에,

아버지여, 이 자유의 하늘을 향해 조국이 눈뜨게 하소서.

카이탄 박사와 간디

랄프 리차드 카이탄 박사. 그는 미국 그리스도 연합교회의 선교사로, 45년 동안 인도의 가난한 농민들을 위해 일했다. 마하트마 간디와 비노바 바베의 친구이자 제자로서 20세기 인도의 성자들 중 하나로 추앙 받고 있다.

카이탄은 1898년 1월 29일 미네소타 주 페어몬드에서 태어나, 1920년 칼레톤 대학에서 B. A. 학위를 받았고, 1922년에 시카고 신학교에서 B. D. 학위, 1926년 예일 대학에서 M. A. 학위를 받았다. 그리고 1959년 모교인 시카고 대학에서 명예신학박사 학위를 받았다. 1968년 미국 연합교회의 선교사를 은퇴했고, 미국 시민권을 버리고 완전히 인도 국민이 되어 남인도 교회의 목사로 마드라스주 바드라군드 살보다이야 아슈람에 살았다.

그는 인도가 독립하기 20여 년 전부터 인도를 영국에서 해방시키기 위한 독립 투쟁을 시작했다. 학생과 농민들을 계몽하고 지도하는 일을 한다고 해서 영국 정부의 미움을 사 1930년에는 인도에서 추방된 적도 있었다.

1935년 다시 인도에 돌아온 그는 시골 교회에서 목회하기 시작했으나 다시 간디의 제자, 비폭력운동의 신봉자, 나아가서는 종교를 정치와 융합시킨다는 이유로 재차 추방당했다. 그때 영국 정부는 카이탄이 평화주의 사상을 가르친다는 이유로 고소하였다. 그 후 카이탄은 1947년 인도 독립일에야 극적으로 다시 인도에 돌아올 수 있었다.

카이탄 박사가 영국 정부로부터 추방 명령을 받은 후 어느 날, 간디가 봄베이지에서 만나자는 편지를 보내왔다. 만나자마자 간디는 "카이탄, 당신은 대단히 현명한 사람이군. 집에 가고 싶을 때마다 무전여행을 하니 말이야" 하면서 농담을 하고는 세밀한 부분까지 걱정을 해주고 할 수 있는 데까지 카이탄을 도와주었다.

카이탄은 간디에 못지않게 위대한 인도의 지도자였다. 카이탄은 부유한 미국에서 태어나 그곳에서 자랐다. 그러나 선교사로서 일하기 시작한 초기부터 모든 서구적인 생활을 버리고 놀라울 만큼 단순한 생활을 했다. 즉, 그는 인도 사람과 똑같이 먹고, 인도 사람들의 돗자리에서 자고, 인도 사람들의 옷을 입고, 인도 사람들의 신앙까지 따르려고 애썼다. 그를 아는 모든 사람들은 그의 이러한 태도에 깊은 존경을 나타냈다.

카이탄이 간디를 처음 알게 된 것은 「영 인디아」라는 잡지에서였다. 그 잡지는 매번 간디의 기도문을 실었는데, 그중 다음과 같은 글이 있었다.

"만약 당신이 두 개의 의자를 가지고 있을 때 한 의자는 당신에게 필요한 것이고 나머지는 필요하지 않는 것이라고 합시다. 그런데 당신의 이웃들은 하나의 의자도 가지고 있지 않다면 당신은 도둑입니다."

그 글을 읽고 감동을 받은 카이탄은 간디를 존경하고 따르기로 결심하고, 1927년에 인도 중부 지방에 있는 와르다로 가서 직접 간디를 만났다. 간디는 그에게 이렇게 충고했다.

"예수님은 장미와 같은 분이십니다. 그는 장미와 같이 아름답고 향기롭습니다. 방안에 가져다 놓은 장미꽃을 보며 장미가 아름답다고, 향기롭다고 이야기할 필요는 없습니다. 그런데 당신들 선교사들은 예수 그리스도에 대하여 말만 할 뿐, 예수 그리스도와 같이 살려고는 하지 않습니다."

어느 날, 간디는 아침식사를 하기 전에 식탁에 모인 제자들 앞에서 라마챤드란이란 친구를 불러 그가 맡은 일을 추궁하였다. 라마챤드란은 청소를 책임지고 있었다.

간디는 웃으며 그에게 물었다.

"라마챤드란, 변소 청소는 잘 되었는가?"

"예, 잘 되었습니다. 선생님."

"변소에 가봤나?"

"예, 가보았습니다."

"깨끗한가?"

"예, 깨끗합니다."

"그럼 거기에 가서 아침식사를 해야겠군."

간디가 아침식사를 들고 일어서려 하니까 라마챤드란이 놀라 말하였다.

"선생님, 그곳에서 아침식사를 할 만큼 깨끗하지는 않습니다."

그 말을 듣자 간디는 라마챤드란에게 "변소 청소를 하려거든 내가 가서 아침 식사를 할 만큼 깨끗이 해야 되지 않겠느냐"고 타일렀다. 그런 엄격함을 가진 반면에 그는 매우 유머가 많은 사람이기도 하였다.

간디는 일생을 기독교적 사랑을 실천하기 위해 노력한 사람이다. 간디처럼 산상수훈을 오랫동안 깊게 명상한 사람은 없었을 것이라 한다. 그는 늘 산상수훈을 읽고 명상하였다. 근 20여 일을 금식하면서 그는 이 말을 남겼다.

"나는 125세까지는 살아야 할 텐데, 오늘 내 인생이 너무 캄캄하여 생의 의미를 발견할 수 없다."

간디는 인도가 독립은 했지만, 인도 국민이 그 독립을 자기의 것으로 하기에는 너무나 이르다고 서글퍼했다.

그 후 간디는 죽음을 각오하고 뉴델리로 가서 힌두교도와 모슬렘교도와의 분쟁을 수습했다. 그리고 1948년 1월 29일 힌두교 청년의 총탄에 맞아 영원히 세상을 떠났다.

간디의 무덤에는 커다란 묘비가 있는데 거기에 단 한마디 글자가 새겨져 있다. "아람." "아, 하나님" 이란 뜻이다. 그가 총탄에 맞아 숨지면서 남긴 마지막 말이다.

키에르케고르를 추모하며

1855년 11월 11일에 서거한 고독한 덴마크의 철학자 키에르케고르. 당시 그는 학자들 사이에 별로 알려지지 않은 약관의 신학도였으나 그가 죽은 지 100여 년이 지나면서 그의 신학 사상이 유럽을 거쳐 미국에 전해졌고 한국에까지 알려지게 되었다. 그러나 우리나라에서는 실존주의 철학과 문학을 공부하는 대학생들만 그를 알 뿐, 일반인들은 그에 관해 별로 아는 바가 없다. 그런 의미에서 그의 사상과 생애를 재음미해 보는 것도 무의미하지는 않을 것 같다.

키에르케고르는 인구 20만의 작은 상업도시 코펜하겐에서 태어났고 같은 도시에서 42세의 젊은 나이로 요절하였다. 그는 누구의 영향도 받지 않고 새로운 성서적인 신앙을 창조해낸 독보적인 철학자이며 신학자였다.

성자나 영웅들의 경우 어머니의 사랑을 통해 영감을 받거나 감동을 받아 성장한 경우가 많은데 비해, 키에르케고르는 아버지의 사랑을 통하여 신앙을 찾아냈고 하나님의 사랑을 깨닫는 데까지 이를 수 있었다.

그의 아버지는 북유틀란트의 황무지 히스 광야에서 태어나 양을 치며 살았다. 북극의 찬바람이 몰아치는 황무지에서 양을 치던 아버지는 추위와 배고픔에 못이겨 눈보라치는 언덕 위에 서서 하나님을 실컷 저주하였다. 그 죄의식 때문에 평생을 공포와 불안에 떨었으며 그의 아들에게도 잔인할 정도로 종교 교육을 시켰다.

키에르케고르는 이렇게 회고한다.

"나는 아버지로부터 아버지의 사랑이 무엇인가를 배웠고 또한 하나님 아버지에 대한 사랑도 이해할 수 있었다."

그가 아버지로부터 받은 종교 교육은 다른 아이들과는 사뭇 달랐다. 즉, 다른 아이들이 어린 예수나 천사들에 관한 이야기를 듣고 자랄 때 그는 십자가에 못 박힌 예수, 고난을 당하고 고통 받는 예수에 관한 이야기만을 들었던 것이다.

키에르케고르는 인간의 삶을 3단계로 나누었다. 미적美的인 단계, 도덕적인 단계, 그리고 종교적인 단계. 미적인 단계는 본능에 따라서 낭만적인 삶을 추구하는 과정이고, 도덕적인 단계는 선악에 대한 윤리 의식으로 삶을 영위하는 단계이고, 종교적 단계는 앞의 두 단계에서 완전히 동떨어져 나와 비약 없이는 이루어질 수 없는 단계로 신앙으로써만 얻어질 수 있는 삶을 의미한다고 했다.

이 같은 그의 사상은 구약의 아브라함의 이야기에 곧바로 대입된다. 아브라함이 아들 이삭과 함께 모리아 산으로 가서 하나님 앞에 제사를 드릴 때 미리 준비한 칼로 아들을 죽이려고 한 그의 행위를 생각해 보자. 이는 분명 도덕적으로 도저히 용서될 수 없는 행위이다. 그러나 종교적으로 볼 때는 다르다. 인간 세계의 도덕을 초월한 믿음의 세계에서만 이해가 가능한, 깊은 경지가 아니고서는 이루어질 수 없는 단계인 것이다.

또한 키에르케고르는 막강한 권력과 권위를 가지고 있던 국교의 대주교 뮌스터를 비판한 대담한 청년이었다. 당시 국교가 된 기독교를 향해 "지금 덴마크의 기독교가 진짜 기독교라고 하면, 신약성서의 기독교는 가짜다. 그러나 신양성서의 기독교가 진짜라고 하면, 덴마크의 기독교는 가짜다"라고 규탄할 정도로 예리하고 양심적이었다.

19세기 초 덴마크에서 태어나 고독 속에서 선한 싸움을 한 위대한 사상가 키에르케고르는 오늘날까지도 철학·신학·문학 등 각 분야에 걸쳐 커다란 영향을 끼치고 있을 뿐 아니라, 시대의 변천에 따라 무궁무진하게 다시금 해석될 만큼 심오한 사상적 바탕을 지니고 있다.

그가 구사한 변증법과 '개체' '실존' '내면성' '단독자' '주체성' '불안' '절망' '반복' '순간' 등의 개념이 지닌 독특한 의미와, 그가 시종일관 규명하려고 했던 그리스도의 진리는 오늘날도 방황하고 있는 영혼들을 위한 구원의 횃불이 되고 있다.

끝으로, '한국 키에르케고르 협회'의 탄생을 축하하며 이 땅에 그의 사상이 토착화하는데 일조하기를 기대해 마지않는다.

본회퍼의 기독교적 복종과 저항

디트리히 본회퍼는 반나치 저항운동을 하다가 형장의 이슬로 사라진 청년 신학자이다. 그는 히틀러의 독재정권과 싸우다가 1943년 4월 5일 게슈타포에 의해서 체포되었다. 1945년 4월 9일, 그러니까 히틀러의 제3제국이 무너지기 직전에 프론센부르크 강제수용소의 교수대에서 39세의 생을 마감했다.

1906년 2월 4일 독일 브레슬라우에서 태어난 본회퍼는 8형제 중의 일곱째였다. 그의 아버지 카를 본회퍼는 권위 있는 정신병리학자로서 다년간 베를린대학의 교수를 지냈으며 학계뿐만 아니라 가계에서 신망이 높은 저명한 학자였다.

본회퍼의 부계는 많은 신학자, 예술가, 법률가를 배출한 명문이었고 그의 모계역시 신앙 깊은 훌륭한 가계였다. 그의 외조부는 황제를 모시는 궁정 목사였고 외증조부는 19세기 최대의 교회사가로 이름난 아우구스트 폰 하제였다.

신앙과 학문과 예술의 명문 가계에서 태어난 본회퍼는 뛰어난 학문적 재능을 타고났으며 문학과 예술에도 뛰어났다. 그는 우수한 신학자였을 뿐 아니라 그의 문장역시 아름다웠으며 시를 썼고 음악을 사랑했다.

그는 17세에 튀빙겐대학에 입학했고, 다음해에 베를린대학 신학부로 전학했다. 교수들은 한결같이 이 젊은 신학도의 학문적 재능을 높이 평가했으며, 특히 신학자하르나크는 '천재적 신학 청년'이라고 절찬했다. 사실 그가 21세에 베를린대학 신학부의 졸업 논문으로 제출한 〈성도의 교제〉는 대단히 우수한 논문이었다. 신학자 카를 바르트는 '신학적 기적'이라고 극찬하기까지 했다.

베를린대학 졸업 후 그는 바르세노라에서 목사보로 있다가 다음해에 대학 강사 자격을 얻었다. 그러나 강사로 부임하지 않고 도미하여 뉴욕의 유니온신학교에서 1년간 수학하였는데, 여기서 그 유명한 신학자 라인홀드 니버 교수를 알게 되었다.

1931년 8월에 귀국하여 베를린대학 신학부 강사로 취임했다. 베를린대학 강사 시절 그의 주요한 저술로 「창조와 타락」, 「기독론」이 있다. 이 시기는 그가 순수하게 신학 연구에만 몰두한 때로서 그의 생애의 제1기에 해당한다.

1933년 1월 30일, 정권을 잡은 히틀러는 그해 3월 23일 제국의회에서 이렇게 연설한다.

"기독교는 우리 민족성의 유지를 위하여 가장 중요하다. 정부는 교인과 다른 사람들 사이에 맺어진 계약을 존중하며 교회의 권리를 침해하지 않는다."

이 연설을 들은 당시의 독일 교회들은 쌍수를 들어 환영했다. 독일 복음주의 교회의 통리 W. 쥬루나는 히틀러의 말을 인용하며 "교회생활은 금후에도 불변할 것을 새로이 보증한 대헌장"이라고까지 하였다. 다른 교회의 지도자들도 "신구파의 기독교는 우리 민족성의 유지를 위하여 무엇보다도 중요하다"는 히틀러의 말을 자주 인용했다. 그리하여 그해 4월 3일부터 5일까지 베를린에서 열린 '신앙운동 독일 기독교인 전국대회'에서는 "히틀러의 국가는 교회를 부르고 있다. 교회는 이 부름을 듣지 않으면 안 된다"는 내용을 표어 밑에 붙이기까지 하였다.

그러나 본회퍼는 히틀러의 진상을 투시하고 있었다. 1933년 2월 1일, 히틀러가 집권한 다음날 '지도자 개념의 변천'이라는 제목의 라디오 강연을 통해서 "히틀러는 독일 국민을 잘못 인도하고 있으며 그의 정치원리는 하나님을 부정하고 인간적 지도자를 우상화할 위험이 있다"고 경고했다.

이것은 본회퍼가 히틀러의 반기독적 성격을 이미 간파한 예리한 통찰력의 소유자임을 말해 주는 것이다. 그는 히틀러가 빛·선·진실을 가장하고 역사적 필연성과 사회정의를 가장하고 있음을 간파한 것이다.

그는 저서 「윤리」에서 히틀러의 위선과 허위와 가장을 다음과 같이 날카롭게 지적했다.

"악한 행위보다도 더욱 악한 것은 악한 존재이다. 다시 말하면 거짓말쟁이가 진실을 말하는 것이 진실을 사랑하는 사람이 거짓말을 하는 것보다 더욱 악하다. 거짓말쟁이의 입에서 나오는 진실은 아무리 미화해도 역시 거짓말이요, 인간을 적대하는 자의 형제애는 아무리 좋아도 역시 증오이다."

콩코드 마을 사람들

"작은 여자여, 당신이 미국의 역사를 바꾸어 놓았소!"

에이브러헴 링컨은 「톰 아저씨 오두막Uncle Tom's Cabin」을 쓴 스토 부인이 백악관에 왔을 때 이렇게 칭찬했다. 미국의 남북전쟁 때 북군이 승리할 수 있었던 것은 노예제도를 반대하는 북쪽의 많은 지원병들 덕이었고, 이 지원병들을 링컨의 북군에 자원입대하게 만든 불씨가 바로 스토 부인의 소설 「톰 아저씨의 오두막」이었다.

스토 부인은 퀘이커 교도였던 삼촌이 경영하는 농장에 자주 놀러 다니면서 퀘이커들이 하고 있던 노예해방운동을 직접 보았다. 이때의 퀘이커들은 여느 청교도들과 조금 달랐다. 그들에게는 모든 기독교 종파들이 갖고 있는 교리가 없었고, 어떤 전쟁에서도 사람을 죽이는 총을 들지 않는 절대 평화주의자들이었다.

또한 그들은 모든 인간 속에 들어 있는 하나님의 씨, 즉 인간은 빈부, 지위, 인종에 관계없이 모두 다 한 형제라는 철두철미한 신앙을 생활 속에서 실천하는 사람들이었다.

이들은 링컨이 노예해방전쟁을 시작하기 이미 100여 년 전부터 남쪽의 노예들을 북쪽으로 탈출시키는 자신들 나름의 노예해방운동을 하고 있었다. 물론 지하운동 조직이었다. 스토 부인의 삼촌은 바로 이러한 지하운동에 가담하고 있었던 것이다.

스토 부인은 삼촌이 하는 이러한 운동을 체험하면서 불멸의 명작 「톰 아저씨의 오두막」을 썼다. 소설 한 권이 미국의 역사를 바꾸어놓는 위대한 역할을 할 줄은 아무도 생각하지 못했을 것이다. 링컨도 마찬가지다. 게티즈버그에서 단 5분간 한 연설이 세계 민주주의의 푯대가 될 줄 그 자신은 상상이나 했을까.

스토 부인이나 링컨처럼, 미국의 작은 마을 콩코드의 헨리 데이비드 소로가 20세기의 역사를 바꾸어놓은 사상가가 될 줄 그 누가 알았으랴. 소로는 콩코드 마을의 실패한 시인, 실패한 저자, 실패한 교육자 겸 연설가였다. 마을 사람들은 소로가 가업家業을 돕지는 않고 콩코드강에서 어정거리며 허송세월한다고 생각했다. 실제 그는 한 번도 투표한 적이 없고 세금을 내느니 차라리 감옥에 가겠다고 할 정도로 특이한 사람이었다.

마을 사람들이 보기에 소로는 실패한 인생이었다. 선생으로서도 부적격이었고, 그가 하는 강연은 사람들의 인기를 끌지 못했다. 작가로서도 별로 성공적이지 못했다. 그가 쓴 책 「월든」(숲 속의 생활)은 뉴욕이나 보스턴에 있는 큰 출판사에서는 한 군데서도 출판 계약을 맺지 못했다. 할 수 없이 소로는 콩코드 마을 '초월주의 클럽'의 선배 겸 동지였던 시인 랄프 왈도 에머슨에게 1,000 달러를 빌려서 자비로 1,000부의 책을 찍었다. 4년 후에 계산해 보니, 294권이 책방에 나갔는데 그중 75권이 기증본이었다. 1853년 10월 28일, 인쇄업자인 제이스 먼로는 남은 책 706권을 소로에게 보냈다.

그날 밤 소로는 일기장에 이렇게 적었다.

"지금 내 서재에는 900여 권의 장서가 있다. 그 가운데 700여 권은 내가 쓴 책이다. 오늘 밤, 전에 맛보지 못했던 만족감과 함께 펜을 들어 내 생각과 경험을 기록하는 바이다. 그리고 수천 명의 독자가 내 책을 읽고 부자가 되어 바빠지는 것보다 출판에 실패한 것이 오히려 더 잘된 일이다."

왜냐하면 자신이 출판에 실패하여 사람들이 보다 자유롭게 되었기 때문이라는 것이다. 다음에 그는 「콩코드강과 메리맥강의 한 주간」과 하루 동안 감옥에 있으면서 쓴 「시민 불복종에 관한 에세이」를 출판했다. 콩코드 마을 초월주의 클럽의 시인 에머슨이나 챠닝, 소설가 「주홍글씨」의 저자 나다나엘 호손 등은 소로의 책들이 출판되면 대단한 반응이 일어나리라고 확신했다. 그러나 소로의 책은 모두 실패했다.

에머슨은 하버드대학 신학부를 졸업한 앞날이 창창한 목사였는데, 목사직을 사직한 미국의 첫 번째 목사가 되었다. 초월주의자인 에머슨은 자기 교회의 교리가 자기의 사상과 맞지 않는다는 이유로 사표를 내고 시 쓰는 일과 강연으로 평생을 자유롭게 살았다. 한편 호손은 자신의 소설 「주홍글씨」 때문에 당시 보수적인 청교도주의자들로부터 인간을 타락시키는 퇴폐적인 문인, 이단자로 몰려 배척당했다.

그러나 콩코드 마을의 초월주의자들은 맹목적인 기독교주의에는 관심이 없었다. 이들은 영국의 계관시인으로 철학자들의 존경을 받던 워즈워드나 스코틀랜드의 카알라일 등과 사상적 동지가 되었다.

소로와 에머슨은 하버드대학의 선후배 관계였지만, 인생철학은 조금 달랐다. 소로는 하버드대학 졸업식 축하 연설에서 "사람은 독립적으로 살아야 한다"고 주장했다. "사람은 생존에 반드시 필요한 일만을 하고, 남은 시간에는 인생을 즐기는 것이 더 낫다. 뿐만 아니라 우리가 살고 있는 이 세상은 편리하기보다는 더 놀랍고 이용가치보다는 더 아름다운 곳이다" 이어서 그는 일의 순서가 바뀌어야 한다며, "사람은 일주일에 하루는 생존을 위한 일에 쓰고, 나머지 엿새는 영혼의 쾌락을 누리는 데 써야 한다. 그 엿새 동안은 자기가 살고 있는 아름다운 정원(세상)을 거닐면서 자연의 영감과 감동을 받아야 한다"고 주장했다.

반면에 에머슨은 그의 첫 번째 책인 「자연」(1839)에서 "인간의 영혼은 자연을 통하여 하나님과 가까워진다"고 말했다. 그는 자연이야말로 하나님의 유일한 그림자 또는 의복이라고 생각했다. 때문에 세상의 모양이나 빛깔에도 아름다움이 있긴 하지만 진정한 아름다움은 그것이 신적인 품격을 지녔을 때라고 했다.

에머슨은 그의 후배 겸 제자인 소로를 본격적인 문필가로 데뷔시키기 위해서 뉴욕으로 보냈다. 그러나 소로는 이내 뉴욕에 대한 견해를 확립하였다. 뉴욕은 콩코드가 아니었다. 그곳은 좋은 장소가 아니었다. 1834년 6월 8일, 그는 에머슨에게 이런 편지를 보냈다.

"도시는 보면 볼수록 좋아지기는커녕 나쁘게만 보입니다. 도시야말로 사람이 증오할 만한 곳입니다. 내게는 그것이 도시의 문명인 것 같습니다. 도시에 살고 있는 훌륭한 사람들도 도시의 한 부분일 뿐이며 도시에 대해서는 말로만 걱정할 따름입니다. 언제쯤이나 이 세계는 수백만의 사람이 한 사람보다 더 중요하지 않다는 사실을 배우게 되는지요?"

바로 여기서 소로는 그를 유명하게 만든 하나의 원리, 즉 '중요한 것은 무리가 아니라 한 인간'이라는 원리를 전개하게 된다.

소로는 자비로 출판한 팔리지 않은 책의 빚을 무려 4년 동안 갚았다. 그의 고생은 말도 못할 정도였다. 소로는 마을 사람들이 자기를 경멸하면서 '헨리', '소로' 또는 '미스터 소로'라고 부른다고 일기장에 쓰면서, 약간의 분함과 슬픔을 표시하기도 했다. 그는 자기가 마을에서 가장 보잘 것 없는 존재요, 가장 낮고 가장 값싼 사람이라고 생각했다. 또한 자기가 이웃사람들보다 훌륭한 점이 있다고는 생각하지 않았다. 그렇지만 자기 자신은 물론 어떤 다른 개인도 군중보다 우월하고, 그들을 다스리는 정부보다 우월하다고 생각했다.

노예제도를 합법화한 불의한 정부에 6년 동안 주민세를 내지 않았다는 이유로 투옥된 하룻밤 사이에 쓴 그의 불후의 명작 「시민 불복종에 관한 에세이」에 개인과 정부의 올바른 관계에 대한 사상이 잘 나타나있다. 즉, 개인에게는 옳지 못한 법에 불복종할 도덕적인 권리가 있다는 것. 소로는 가장 훌륭한 정부는 아무 것도 다스리지 않는 정부라고 생각했다. 언젠가는 사람들이 그런 정부를 가질 것이라고 믿었다.

소로는 자신의 시민 불복종을 이렇게 선언했다.

"나는 강제 받기 위해서 태어나지 않았다. 나는 내 방식대로 숨을 쉬겠다. 나보다 더 높은 법을 준수하는 자들만이 나에게 무엇을 강요할 수 있다. 자기가 옳지 못하다고 생각하는 법에 불복종하는 것이 인간의 의무이며 그런 불복종은 힘을 발휘할 것이다."

소로의「시민 불복종에 관한 에세이」가 처음 인쇄되어 나온 것이 1849년이었고, 간디가 그 복사판을 읽은 것이 1907년이었다. 이 책은 간디의 비폭력 저항운동에 지대한 영향을 미쳤다. 간디는 자신이 발행하는「인디언 오피니언Indian Opinion」에 이를 재수록했고 인도 전역의 독자들이 그것을 읽었다.

1931년 인도의 독립에 관해서 영국의 지도자들과 협상하러 갔을 때 간디는 소로 의「시민 불복종에 관한 에세이」를 지니고 갔다. 영국 국왕 조지 5세의 초청을 받고 갔지만 간디는 왕실로 들어갈 수 없었다. 왕실 의전 담당이 간디에게 정장을 하고 넥타이를 매지 않으면 입궁할 수 없다고 한 것이다. 식민지 인도에서 온 50kg의 주먹만한 체구를 한 간디는 맨발과 팬티 하나에 목수건을 걸치고 있었다. 의전 담당은 간디를 경멸했다.

간디는 이때 불복종을 경험했다. 그는 왕실 의전 담당에게 "그렇다면 나는 영국 국왕과의 협상을 거절한다"며 돌아섰다. 간디의 태도에 대영제국의 국왕 조지5세 는 알몸이라도 좋으니 협상을 하자고 했다. 간디는 인간에게 불복종의 권리가 있다 는 소로의 신념을 재천명한 것이다.

간디는 영국에서는 국왕 조지 5세의 손님으로 대접받았고 인도에 돌아와서는 비 폭력 저항운동으로 인도를 독립시킨 사람으로 존경을 받았다. 그런 간디의 뒤에는 팔리지 않은 책을 쓴 헨리 데이비드 소로가 있었다. 그리고 "900권의 장서 중 700

권이 내가 쓴 책"이라고 했던 소로에게는 콩코드라는 마을이 있었다.

*소로에 대하여 더 알고 싶은 사람들은 「자유를 생의 목적으로 삼은 사람」(참세상)을 읽어보기 바란다.

그리운 사람들

오대양육대주를 뒤흔든 사나이

33세의 젊은 나이에 요절한 한 청년이 있다. 그는 20대의 미혼모에게서 태어났다. 그 미혼모는 아이를 받아줄 사람은커녕 집도 없이 길바닥을 헤매다가 아무도 없는 빈 외양간에서 혼자 아기를 낳았다. 동네에서는 아기를 키울 수 없어 아무도 모르는 외딴 시골로 내려가 어떤 남자와 함께 아이를 키우며 숨어살았다. 그 아이는 제대로 된 교육 한번 받지 못했고, 의붓아버지에게서 목수 일을 배우며 어린 시절을 보냈다.

33년이라는 길지 않은 생을 사는 동안 한 편의 시도, 수필도, 소설도 쓴 일이 없다. 30살이 될 때까지 그저 가난한 목수 일을 하다가 31살이 되는 해부터는 길바닥으로 나가 문둥이들을 만나면 문둥이들과 친구가 되고, 창녀들을 만나면 창녀들과 친구가 되고, 악명 높은 세금쟁이들을 만나면 그들의 집에 가서 같이 먹고 마시고 잠자며 살았다.

30대의 젊은 나이였으니 사랑도 했다. 그러나 결혼할 수는 없었다. 요즘 흔히 쓰는 말로 '집도 절도 없는 건달'에게 시집올 아가씨는 없었다. 그때나 지금이나 마찬가지인 모양이다. 그렇게 어영부영 떠돌이로 살다가 로마 대제국을 모욕했다는 죄명을 쓰고 사형을 당했다.

　그는 노총각으로 직장도 없이 제멋대로 하고 싶은 일, 하고 싶은 말, 가고 싶은 곳만 다니면서 살았다. 그가 죽을 때 남긴 것이라고는 생전에 있고 있던 팬티 하나와 걸치고 다니던 저고리 하나밖에 없었다. 5평짜리 아파트도, 한 평의 땅도, 옷장 하나도 남긴 것이 없었다. 그는 세상을 떠나기 전에 슬픈 독백을 했다. "새들은 돌아갈 둥지가 있고, 여우들도 잠잘 곳이 있는데, 나는 머리 둘 곳이 없다"고.

　그런데 그가 죽고 난 다음에 그를 따르던 몇 사람들이 그의 글을 썼다. 그 글모음이 「성경」이고, 그 책은 세계 최대, 최장기 베스트셀러에 올랐다. 그가 죽고 난 다음에 그의 이름을 팔아서 먹고 사는 사람만 해도 수백 만 명이다. 그가 이 세상을 살았던 것처럼 빈 손으로, 빈 마음으로 살겠다고 그를 따르려는 신도만 해도 오대양 육대주에 10억 인구다. "원수를 사랑하라"는 한 마디 말 때문에……. 참으로 알다가도 모를 일이다.

　이 보잘 것 없는 친구 보다 좀 나은 친구가 하나 있다. 충남 홍성군 홍동면에 사는 신관호라는 농사꾼이다.

50평생 단 한편의 시를 쓴 시인

　신 군은 예수라는 청년보다는 훨씬 학벌이 좋다. 홍동초등학교를 졸업했고 풀무학원 중등부와 고등부를 졸업했다. 서울에 있는 누님의 중매로 결혼도 했다. 그는 군대도 갔다 왔다. 순하디 순해 빠진 그의 성격에 '군대생활을 어떻게 할 수 있을까?' 하는 친구들의 기우를 송두리째 뒤집고 육군 하사관으로 제대했다.

6남매의 막내로 태어나 변변한 땅마지기 하나 없는 터에 한참 돈벌이가 잘 되던 사막의 나라 사우디에 가서 노동도 했다. 그때 송금한 돈을 모아 아내는 젖소를 샀다. 그가 사우디에 있는 동안 새끼를 낳아 길러 그가 돌아올 때에는 10여 마리로 늘려놓았다. 악착같은 아내의 노력 덕분에 그는 지금 어엿한 목장 주인이 되었다.

어미 젖소 21마리, 새끼소들 22마리, 하루에 400~500kg의 젖을 짠다고 한다.

아들 둘, 딸 하나의 아빠도 되었다. 막내아들이 대를 이어 농사꾼이 되겠다고 풀무농업기술학교를 졸업하고 농업기술전문대학에 진학할 준비를 하고 있다. 신군의 말에 의하면 시골에서 양돈을 하는 사람들은 보통 축협, 농협, 신협에 1억 정도의 빚이 있고, 젖소를 하는 사람들은 보통 7,000만 원 정도의 빚을 지고 산다고 한다. 놀랄 일이다. 그렇지만 그는 예수보다도 재산이 많다. 예수보다 핏줄도 많다. 그렇게 따져 보면 신관호는 대단한 사람이다.

예수보다 더 나은 것이 또 있다. 예수는 한 편의 시도 쓰지 못했는데, 그는 나이 50에 시 한 편을 쓴 농부 시인이다. 1년에 10편 이상 쓰는 시인은 많이 봤지만, 50년에 한 편의 시를 쓰는 시인은 내 머리털 나고 처음이다. 나는 그에게 전화를 걸어 또 시를 쓰겠느냐고 물어봤다. 아직 잘 모르겠다고 한다. 그는 직업적인 시인이 아니니까. 주간 홍성신문에 발표된 신관호 시인이 쓴 단 하나밖에 없는 시를 소개한다.

내 나이 오십

내 아버지 마흔 셋에 날 낳으시니

오십이 되시어

내 나이 여덟이었네

땅거미 드리우는 들녘을

누이와 나는 마중 나갔지

짙어 오는 어둠 속을 보릿짐을 지고

돌아오시는 아버지

누이와 나는 낮게 외쳤지

우와, 산이 간다

내 나이 오십,

가끔 떠오르는 그 모습,

그 탄성

짙어 오는 어둠 속을 보릿짐 지고 오는 아버지

우와, 산이 간다

내 아버지의 아버지, 아버지의 아버지, 아버지의 아버지도 등짐을 지셨겠지

어린 아버지들은 외쳤겠지

우와, 산이 간다

내 나이 오십,

시대의 무게로 어깨 조여 오는
나의 보릿짐
내 아이들도 외칠 수 있을까
"우와, 산이 간다"고

언제부터 지금의 아버지들은 산에서 들로 변했을까? 아니면 들도 아닌 시궁창으로 변했을까? 지금의 아이들은 산을 우습게 안다. 개울가 윗둑에 서 있던 산들이 포크레인의 서릿발만 닿으면 며칠 사이에 뭉개진다. 뭉개진 산에는 알록달록 한 서양 집들이 들어서고, 그곳에는 이름 모를 잔디들이 깔린다. 우마차가 다니던 길가에는 검은색의 아스팔트가 깔리고 그 뒤로는 숯검정을 칠한 외제 승용차들이 활개치고 다닌다. 그 차들의 트렁크 속에는 농사꾼들의 트랙터가 5대, 10대 누워서 잠을 잔다.

그것을 보고 자라는 아이들 눈에는 보릿짐 지고 들어오는 아버지는 이제 더 이상 산도 아니고 들도 아니다. 그저 죽지 못해 사는 시궁창 같은 아버지일 뿐이다. 골프장 건설 현장에 가서 자갈이나 모래를 등짐 지어주고 일당 5만 원 받는 것이 새빠지게 농약 마시고 골병 들면서 농사짓는 것보다는 훨씬 낫다는 것이다. 아버지의 지게 위에는 산이 없어지고 텅 빈 지게만 남았다. 세상은 희한하게 변해 간다. 그래도 아버지들은 술기운에 우리의 못된 속담만 들먹인다. "시궁창에서 용이 난다고"

골프장 만들고, 공해 공장 만들고, 그래서 전 국토를 시궁창을 만들어도 그곳에서 용이 나오는가. 옛날 시궁창에서는 그래도 미꾸라지가 살았다. 요즈음 시궁창에서는 파리, 모기, 번데기도 못 산다. 그곳에서 용이 나온다면 내 손가락에 장을 지지겠다. 혼돈이다. 헷갈리는 세상이다.

인생의 길잡이 되신 선생님

며칠 전 삼성지구연구소에서 주최하는 '반딧불이 살리기 운동' 세미나에 참석했다. 유명한 교수님들이 발표를 했다. 반딧불이 살려야 된다고. 웃기는 일이다.

지난번 '자연학교 이야기'에도 썼지만, 고등학생이 될 때까지 하늘에 별이 있는 것을 처음 봤다는 아이들 데리고 무슨 반딧불이 살리기 운동을 하자는 건지.

그것도 그 학자 선생님의 고견에 의하면 '개똥벌레'는 틀린 말이라는 것이다.

문제는 둘 다이다. 개똥벌레가 틀렸다는 그 국문학자나 반딧불이가 맞다는 곤충 교수님들. '반디'라는 곤충의 똥구멍에서 나오는 불이 반딧불이고, 그 곤충의 진짜 이름은 반디이다. 40여년 전에 내 스승이었던 구건 교수님의 「우리들의 곤충교실」(1966)에 보아도 '반딧불이'라는 벌레 이름은 없다. 그저 '반디'지.

왜 개똥벌레가 틀렸느냐고 물어볼 시간도 주지 않았다. 강사들의 약속시간이 지났기 때문이란다. 반디가 어릴 때 물 속에서 살 때는 다슬기 같은 수생물들을 먹고 살지만, 땅 위에 올라오면 달팽이 같은 연체동물들을 먹고 산다. 그놈들이 개똥이 많은데서 살다 보니까 우리 농민들이 반디 저놈들은 개똥도 먹고 사는 곤충들인 모양이라고 해서 개똥벌레라고 불렀다고 한다(가평 조종초등학교, 박평용 교사의 발표). 우리 나라 국어사전에도 있고, 한영사전에도 개똥벌레(곤충;A FIRE FLY)라고 있다. 엉터리 같은 세미나였다.

매년 우리 자연학교 시간표에는 7월이나 8월에 꼭 반딧불 관찰을 넣고 있다. 그래서 삼성지구연구소에 전화를 했다. "반딧불이 살리기 운동을 하는 반딧불이 학교를 하고 싶은데, 무슨 계획이 있느냐? 예산은 얼마나 있느냐?"고 문의했더니 그냥 세미나만 했다는 것이다. 아무런 계획도 예산도 없다고 했다. 별 볼일이 없는 친구들이다. 재벌들의 생리가 그런 것인가 싶어 좀 슬펐다. 자기들이 안 하면 내 개인으로도 1년에 몇 번 정도 반딧불 학교 정도는 할 수 있는데 쓸모없는 놈들이다.

서울시립농대의 구건 선생님은 어린이들을 위한 『곤충교실』을 집필하는데 10년이 걸렸다. 그 책 안에 들어 있는 모든 삽화는 선생님이 직접 다 꼼꼼하게 그리셨다. 그의 책 서문에 이렇게 써 있다. "우리 어린이들을 자연에서 마음껏 뛰놀게 하자. 그리고 우주 생명체의 3분의 2를 차지하는 곤충들과 친구를 삼게 하자"

학교 다닐 때 구 교수님의 연구실에서 그가 그린 작은 삽화를 보았다. 가을밤의 곤충들이 향연을 벌이고 있는 모습의 삽화를. 산골짝의 작은 오막살이에 달빛이 은은하게 비치고, 마당에서 예쁜 어린이가 곤충들의 오케스트라 연주를 보고 있다. 귀뚜라미는 바이올린을 켜고, 베짱이는 심벌즈를 치고 매미는 플룻를 불고, 메뚜기는 드럼을 치는 한 폭의 그림이다.

지금 내가 열심히 하고 있는 이 자연학교가 그 그림 한 장에서 시작되었다고 해도 과언이 아니다. 구건 선생님은 1975년에 타계하셨지만 지금도 그리운 선생님이다.

그의 노예가 되어도 좋으리

사람은 누구를 막론하고 죽을 때까지 잊을 수 없는 한두 사람이 있기 마련이다.

그 사람은 그의 아버지도 될 수 있고 그의 어머니도 될 수 있다. 어떤 사람은 그의 스승도 될 수 있고 친구나 선배도 될 수 있다. 한 사람의 됨됨이는 그 사람의 부모나 스승이나 친구들을 보면 대충 짐작이 간다. 내게도 그런 분이 하나 있다.

그분은 40여 년 전 내가 서울에서 고학할 때부터 나를 무던히 아껴주고 보살펴주고 이끌어주신 분이시다. 내가 숙명적인 교통사고를 당해 장애인이 된 것도 김해에 있는 그의 양계장 건설현장에 다녀오는 길에서였다. 그 후 내 화상 치료에 필요한 연고를 서울에서 부산으로 시도 때도 없이 공수해 준 것도 그분이었다.

내가 장기려 박사님과 우리나라 최초의 의료보험 협동조합 청십자운동을 시작하고, 간질 환자들의 진료사업인 장미회를 조직하여 부산에서 활동하고 있을 때였다.

강원도 원주 기독병원에 성형수술을 받으러 가는 길에 서울에 잠깐 들렀는데, 그만 서울역에서 그분께 납치당하다시피 하여 서울 청십자운동을 조직하게 되었다.

서울의 중심지인 대연각호텔 옆에 있는 충무로 사무실을 12년 동안이나 무상으로 제공해 준 것도 그분이었고, 배고픈 고학생의 최대의 바람이었던 자장면과 탕수육을 맘껏 먹게 해준 것도 그분이었다.

그는 일송정 밑 해란강이 흐르는 연변 용정에서 민족시인 윤동주와 함께 자랐고 그의 매제가 되었다. 잠시 호주 시드니에 이민 갔다가 76세의 나이로 고향 땅 연변 연길에 돌아와 조선족들의 아픔을 나누는 여러 사업과 함께 민족의 비극인 탈북자들을 위한 일을 하고 있었다. 70세 후반의 고령에도 불구하고 그는 또 일을 벌였다. 이상주의자들의 길이란 이런 것인가?

바로 그분, 오형범 장로님에게서 지난 여름 연락이 왔다. 서울에 나타난 오 장로님은 뜬금없이 내게 이런 제안을 했다. 오는 8월말에 연길에 와서 장애인들에게 강의를 해달라는 것이었다. 그런데 조건이 세 가지가 있다고 했다. 첫째는 그곳에 오는 왕복 항공료 전부를 내가 부담해야 한다는 것이다. 그 문제에 대해서는 아무 이의 없이 찬성했다. 두 번째 조건은 모든 강의에는 강사료가 없다는 것이다. 역시 누구의 명령인데 거역할 수 있겠는가?

그런데 마지막 세 번째 조건이 문제였다. 연길에 있는 장애인들이 200~300명 정도 모일 텐데, 그날 강의를 들으러 오는 모든 사람들의 저녁식사까지 나보고 책임지라는 것이었다. 지금까지 28년 동안 강의를 해왔지만 이런 경우는 처음이었다. 그러나 그의 제안을 거절할 도덕적인 용기가 없었다. 나는 얼이 빠진 상태에서 "네, 알겠습니다"하고 대답하고 말았다. 나는 그분께 말했다. "엉터리들은 엉터리들끼리 해결하는 방법이 있을 겁니다. 8월 31일 아침 비행기로 연길로 가겠습니다."

이렇게 연길행 일정은 짜여졌다. 강의장소인 연길교회에는 상상외로 많은 사람들이 모여 있었다. 의자가 모자랄 정도였다. 장애인과 그 가족들이 300명이 넘었다.

그 300여 명의 저녁식사 값도 외상없이 지불했다.

다음날 연길에 있는 신학교 신학생들을 대상으로 세 시간의 강의 요청이 들어왔다. 물론 강의료는 없었다. 그 강의에서 나는 부산과 서울에서 시작했던 간질 환자들을 위한 치료사업인 장미회 이야기를 했다. 강의가 끝난 후 한 신학생이 찾아와 자기 교회의 한 젊은 학생이 간질 발작을 심하게 하는데, 그 아이를 도와줄 수 없겠느냐고 하였다. 이것이 계기가 되어 지난달에 대규모 연길 장미회가 탄생했다는 반가운 소식이 날아왔다.

그런데 일은 여기에서 끝나지 않았다. 이제 연길 장미회가 탄생했으니 먼 시골에 있는 간질 환자를 치료해 줄 이동진료 차까지 나보고 책임지라는 것이다. 갈수록 태산이라는 속담이 이런 것이구나 싶었다.

그렇지만 내가 도덕적으로, 양심적으로, 신앙적으로 그의 터무니없는 제안을 거절 못하는 중요한 이유가 있다. 1965년 시골 똥통학교라는 별명을 가진 풀무학원 촌뜨기 교사인 내가 덴마크 유학이라는 뜻밖의 행운을 얻었을 때의 이야기다. 덴마크 외무부 산하에 있던 '저개발국가와의 기술협력처'에서 장학금과 왕복 항공권이 왔던 터라 여력이 없었기 때문이기도 했지만 나는 의심 없이 용돈 한 푼 마련할 생각을 하지 않았다. 해외여행이 자유롭지 않았던 그때도, 외국 유학생들에게만은 200달러까지 한국은행에서 환불할 수 있던 시절이었다. 그렇다한들 환불하려 해도 그 돈이 없는 걸.

공항까지 오 장로님과 함께 택시를 타고 갔다. 택시 안에서 오 장로님이 나에게 물었다. 혹시 용돈이라도 환불을 좀 해두었냐고. 나는 무심코 비행기표가 있는데 무슨 돈이 더 필요하냐고 대답했다. 내 말이 떨어지기가 무섭게 오 장로님은 한국은행으로 택시 방향을 돌렸다. 그리고는 돌아갈 택시비만 남기고 그의 전 재산은 털어서 바꾼 돈이 20달러였다. 그 돈을 내 손에 꼭 쥐어주며 이것 가지고 덴마크에 잘 다녀오라고 했다.

지금 내 나이 70을 바라보지만, 그 20달러 때문에 나는 그의 영원한 노예로 살고 있다. 그래서 그의 터무니없는 제안을 거절할 수가 없다. 사람이 우정의 노예가 되는 데는 여러 가지 종류가 있다. 사랑 때문에, 핏줄 때문에, 정 때문에, 이상 때문에. 오 장로님과 나는 이렇게 엉터리 같이 살다 갈 것 같다. 그러나 이런 삶도 결코 무의미하지는 않으리라.

5

공동체, 그룹 하우스

두밀리 자연학교에서 아침을 깨우는 소리

나의 신앙관과 직업관

크리스티나 로저티의 '그대가 원한다면'이라는 짤막한 시가 있다.

"그대가 원한다면 나를 기억해 주오. 그대가 원한다면 나를 잊어주오."

이 시는 '진짜 사랑은 영원히 기억할 자유뿐 아니라 잊어버릴 자유도 있다'는 것을 나타낸다.

내가 가장 싫어하는 사랑은 강요당하는 사랑이다. 사랑뿐 아니라, 자유도 마찬가지다. 내가 공산주의를 싫어하는 이유는 공산주의 사회에서는 공산주의자가 될 자유밖에 없다는데 있다. 강요당한 자유는 비단 공산주의 사회 안에만 있지 않다. 에덴동산에서 아담과 이브가 선악과를 따먹을 수 있는 자유와 따먹지 않을 자유를 가졌듯이, 우리는 누구나 하나님을 믿을 수 있는 자유와 안 믿을 수 있는 자유를 가졌다. 그러나 나는 3대째 내려오는 기독교 가정의 맏아들로 태어나 어릴 때부터 교회에 나가 예배보고 헌금하고 따분한 여러 순서에 싫든 좋든 몸을 익혀야 하는 자유밖에는 없었다. 어릴 때는 그런 대로 참을 수 있었으나 중·고등학교에 다니면서는 부모님의 요구에 따라 학생 예배 후 어른 예배에 참례하여 쭈그리고 앉아 예배가 끝날 때까지 참고 견뎌야 했다. 이는 내 청소년 시절의 괴로운 추억 중의 하나이다.

게다가 신학교에 가서 목사가 되어 아버지의 목회를 이어받으라는 부담까지 안고 있었다. 교회 안에 있는 목사 사택에서 자란 나는 프라이버시라고는 하나도 누려보지 못한 채 어린 시절을 보냈다. 목사가 되라는 부모님의 뜻은 생각하기 싫을 정도로 지긋지긋하기만 했다.

그때부터 나는 목회생활보다도 농촌 운동에 관심을 쏟기 시작했다. 고등학교를 졸업하자 농대에 들어가 수의학을 전공하고 수의사가 되었다. 농촌운동을 위한 발판으로 수의사라는 직업을 택한 것이다.

내가 목사가 안 된 것은 복음이나 신앙이 싫어서가 아니다. 단지 목사라는 직업에서 오는 어쩔 수 없이 강요당하는 위선적인 생활, 큰소리든 작은 소리든 죽여야하는 말 많은 구속된 사생활, 싫건 좋건, 영감이 있건 없건 하나님의 대언자가 되어설교하지 않을 수 없는 강요당한 복음의 사도가 되어야 한다는 직업적인 신앙생활이 싫었기 때문이다.

대학시절에 우연히 무교회주의를 알게 되었다. 그들의 자유스러운 예배 모임과 성경공부, 가식과 가면이 없는 대인관계 등이 좋아 한동안 나는 무교회주의 신앙에 빠져들었다. 그 다음에 만난 것이 퀘이커 주의였다. 기관화 · 사업화 · 직업화된 교회, 지나친 성경연구, 선교 · 봉사 같은 행동이 전혀 없는 무교회주의 신앙에 구미를 잃고 있을 때였다. 이때 만난 퀘이커 주의는 현재까지도 내 신앙의 근본이 되고 있다.

내가 무교회주의에 절대적으로 오해를 했던 것은 기독교는 진리보다도 위대하다는 신앙관이다. 기독교가 아무리 위대해도 진리 안에 기독교가 있는 것이지, 기독교 안에만 진리가 있는 것은 아니다. 그런 의미에서 신앙이란 모든 사람 안에 내재하고 있는 '참의 씨앗' 또는 '하나님의 씨앗'을 인정하고 믿는 것이라고 생각한다. 신앙은 면허증이나 액세서리 같은 것이 아니라 삶을 살아가는 생활 자체 아니면 우리들을 움직이게 하는 운동의 원동력 같은 것이다.

크리스천은 크게 두 유형으로 나눌 수 있을 것 같다. 일요일 크리스천과 전요일 크리스천. 말 그대로이다. 일요일 크리스천이란, 주일 하루만을 거룩하고 깨끗하게 살면 하나님에 대한 모든 의무를 감당한 것으로 여기는 사람들이다. 오늘날 대부분의 크리스천들이 이에 속한다. 이들은 보통 평일에는 세상 사람들이 사는 그대로 산다. 그래도 주일 하루만 잘 지키면 천당 가는 길에 별로 지장이 없다고 생각한다. 공산주의자들이 비난하는 '기독교의 아편설'은 이런 평신도와 성직자들이 많아질 때 정당성을 갖는다고 생각된다. 바로 여기에 현대 기독교의 최대의 약점과 문제점이 있다. 주일이 되면 가장 거룩한 척하는 목사, 장로, 집사들이 다음날부터 심하면 고리대금을 업으로 삼기도 한다. 빛과 소금이 되게 해달라고 간절히 기도했던 실업가나 장군들이 사회의 탁류에 휩쓸려 사회 풍토를 어지럽히는 일들도 숱하게 봐 왔다.

지금도 많은 목회자들이 신앙과 직업은 별개이니 안심하라고 한다. 즉 직업은 육체를 위해, 신앙은 영혼을 위해 필요한 것으로 편의상 나누어 놓고, 직업에는 귀천이 없으니 무엇이든 가능한 걸로 설교한다.

그러면서 담배장사, 술장사하는 가난한 과부는 신앙적으로 못할 직업을 가졌다고 욕하고, 어린 소녀들을 혹사시키는 백만장자나 힘에 의지하여 재주넘는 돈벌이

기업은 눈감아 주는 우리들. 이것은 우리가 무지하기 때문일까, 아니면 인간적인 약점 때문일까? 어쩌면 수많은 일요일 크리스천들 때문은 아닐까? 적어도 크리스천은 돈만을 위해서 직업을 가져서는 안 된다. 익살맞은 장자莊子의 이야기 중에 이런 것이 있다.

어느 날 장자의 제자가 찾아와 자랑스럽게 말했다.

"선생님! 우리 임금님이 저를 귀엽게 보시고 수많은 땅과 재물을 하사하여 남부럽지 않게 살게 되었습니다."

그러자 장자는 태연히 이렇게 말했다.

"우리 중국에서 가장 돈을 많이 벌 수 있는 직업이 치질 걸린 사람의 똥구멍을 핥아주는 직업인데 자네도 남의 똥구멍을 핥았겠구먼."

제자는 얼굴을 붉힌 채 부끄러운 뒷걸음을 치고 말았다.

나는 지금까지 월급쟁이나 공무원으로 생활해 본 적이 없다. 내일 모레면 칠십 고개를 넘어가는데, 날 때 맨주먹인 그대로 지금도 맨주먹이다. 그래도 아내와 자식들을 한 번도 찬이슬 바닥에서 재운 일은 없다.

나는 청십자운동을 통해 많은 사람들이 적은 돈으로 그들의 병을 치료받을 수 있게 도왔다. 또 알지 못했던 질병들을 미리 발견하여 보다 쉽게 치료받을 수 있게 했다. 병을 치료해 주었더니 다음에 와서는 병만 치료해 주면 어떻게 하느냐고 직장까지 구해 달라고 말하는 사람까지 있어 종종 흐뭇하다.

'나는 이런 직업을 가지고, 나보다 더 어려운 사람들을 위해 열심히 일했다' 는 떳떳한 이야기를 할 수 있게 살아야 한다. 또한 감사할 것 하나도 없는 조건 속에서도 감사하며, 절망할 수밖에 없는 상황 속에서도 절망하지 않고 굳세게 살아서 아름다운 유산을 남겨놓자. 직업은 우리들의 꿈을 실현하기 위한 수단이지 결코 목적이 아니다.

사회가 아무리 냉정하다고 해도 사회에 보탬이 되는 일을 하는 사람에게는 그의 빵을 아끼지 않는다고 했다. 문제는 빵이 아니라 내가 무슨 일을 하는가에 달려 있다.

마을주의 운동

　지난 9월 KBS TV '사람과 사람들'이라는 프로그램에 '사할린 김 노인'의 삶이 보도되었다. 일제 말기에 충청도 시골에서 살았던 그는 장남인 형님 대신 징용을 떠났다. 처음엔 일본으로 끌려갔다가 사할린 비행장 건설 노동자로 가서 온갖 고생을 다하였다. 악마 같은 일본인 감독들한테 수없이 매를 맞으면서, 밀가루 죽으로 겨우겨우 연명을 하면서, 그렇게 짐승처럼 살았다. 같이 갔던 동료들은 영양실조에, 매질에 견디다 못해 죽어 갔지만 그는 악착같이 살아남았다. 수많은 동료들의 시신을 이국 땅 사할린에 매장하면서.

　김 노인의 소망은 단 한 가지, 오직 고향 산천 양지바른 선산에 묻히겠다는 것이었다. 그렇게 50년 세월이 흐르는 동안에 마음 맞는 그곳의 처녀와 결혼해 5남매도 두었다. 소련 영주권을 얻으면 쌀 배급도 받을 수 있고, 노후에 복지 혜택도 받을 수 있었지만 그는 모든 조건들을 거부했다. 그래야 한국으로 돌아갈 수 있을 테니까.

　50년 만에 소련과 한국의 국교정상화가 이루어지면서 소련에 귀화하지 않은 65세 이상의 노인들이 그리던 고향 땅 조국으로 돌아올 수 있었다. 김 노인에게는 정말 꿈같은 현실이었다. 치마저고리 한 벌 제대로 사줘 본 일이 없는 불쌍한 아내의 무덤에 들꽃 한 다발을 헌화하고 대한민국 서울 김포공항에 도착했다.

　외무부 이주국장의 뜨거운 환영사와 고국 동포들의 환영 꽃다발 세례를 받으며 감격의 순간들을 만끽했다.

그러나 눈물겨운 감격은 순간이었다. 고국의 '사랑의 집'은 김 노인이 꿈꾸던 고향의 옛날 마을이 아니었다. 충청도 산골마을 사랑채 행랑방에서 친구들과 어울려 질화로 숯불에 고구마, 감자 구워먹고, 새끼 꼬고 짚신 삼으면서 도란도란 이야기하면 밤새는 줄 몰랐던 그런 고향이 아니었다. 그렇게 그리워하던 친구들, 친척들도 하나 없는 성냥갑 같은 또 하나의 수용소일 뿐이었다.

김 노인은 또다시 외로워졌다. 매끼 거르지 않고 고깃국에 쌀밥을 먹지만, 사람 사는 데 꼭 쌀밥과 고깃국만 있으면 되는 것은 아니었다. 생일이나 명절이 되면 50년 동안 말 못할 고생을 함께 한 흉금을 터놓고 이야기할 친구들이 그리워졌다.

설날이면 외롭게 지내는 아버지의 한을 달래주려고 보드카 한잔을 들고 세배하러 찾아주는, 공부는 제대로 못 시켰어도 마음 착한 아들과 딸들 그리고 며느리와 사위들, "할아버지, 만수무강하십시오" 하며 엎드려 절하는 손자, 손녀들이 그리워지는 것이었다.

더 사무치게 그리운 것은 이웃 친구들이었다. 생일이면 몇 십리 먼 길도 아랑곳하지 않고 찾아와 김치, 깍두기에 별미로 만든 달만한 만두를 안주 삼아 소주대신 보드카로 흥을 돋우고, 아리랑을 합창하며 눈시울을 적시던 친구들.

20여 년을 살았던 꿈에 그리던 고향 마을보다, 50년을 살아온 쓰라린 타향 마을이 웬일로 더 그리워진다. 참다 참다못해 김 노인은 보따리를 싼다. 아끼고 또 아껴 두었던 월 3만 원의 용돈 쌈지를 풀어서 고향의 향기를 건네줄 솔담배 몇 보루와 손자 손녀들에게 선물할 초콜릿 두 박스, 그리고 껌 몇 상자를 사서 조심스레 배낭에 집어넣는다. 김 노인은 그리웠던 조국과의 이별이 아쉬워 눈물을 닦으면서 고향 아닌 고향으로 돌아가는 슬픔을 달랜다.

김 노인의 고향 찾기와 다시 돌아감을 보면서 문득 매년 두 번씩 치르는 우리들의 홍역을 생각한다. 구정과 추석이면 3,000만이 대이동을 한다는 명절 쇠기전쟁. 2시간이면 가는 충청도 길을 5~6시간 걸려 가고, 4~5시간 걸리는 전라도 길을 10시간, 15시간, 20시간 걸려서 간다. 별로 값비싼 선물도 없으면서 손마다 뭔가를 들고 안고 악착같이 간다. 고향에 간들 신통한 것이 있는 것도 아닌데.

검게 때 묻은 슬레이트 지붕에다 꼬부라진 허리에 틀니도 제대로 못한 늙어빠진 유령들만 남아 있는 곳, 그곳으로 우리는 매년 악을 쓰고 간다.

그렇지만 그곳에는 코흘리개 적 같이 놀던 소꿉동무들, 철부지 때의 초등학교 동창들이 있다. 중·고등학교 때 몰래 건네주고 건네받은 연애편지의 주인공들도 모인다. 가을 운동회 때 과자 따먹기 하던 개구쟁이들, "청군 이겨라, 백군 이겨라" 응원하던 줄다리기 선수들이 있다. 그들이 보고 싶은 것이다. 심심하면 옆집 순이네 고구마 밭에 가서 서리를 해오고, 철이네 닭장에 가서 닭서리를 해오던 어렸을 때의 특공대들이 모인다. 우리는 그들을 만나 옛날이야기를 하고 싶은 것이다.

우리는 고향 마을에서는 외롭지 않았다. 배는 곯았지만 무엇이든지 맛있었다.

신나는 윷놀이 한판에 스트레스도 해소됐다. 그곳에서 우리는 우정이 뭔지, 용기와 판단력이 뭔지를 배웠다. 그곳에서 우리는 이웃과의 정이 무엇인지 알았다. 그곳에서 우리는 친구들을 위해 돈 쓰는 재미를 배웠다. 그곳에서 우리는 빈부를 초월한 인간 평등주의 사상을 배웠다. 때로는 서울에서 돈 빌려줬다가 떼어먹고 도망간 친구들의 흉을 보기도 한다. 이렇게 우리는 정직도 배울 수 있었다. 또는 윗동네 철수가 교통사고로 다리를 다쳐 병원에 입원했다니, 그 친구 치료비를 보태자고 즉석에서 모금을 하기도 한다. 이렇게 해서 불우이웃 돕기의 씨앗을 피우기도 한다.

서울이나 큰 도시에 사는 친구들과 고향에 남아 있는 친구들과의 사이에 농산물 직거래 계약도 이루어진다. 이렇게 해서 우리는 마을 경제를 배운다. 도시에서 검은 금테 안경을 끼고 그랜저나 슈퍼살롱 자가용을 타고 온 사장님들은 "우리가 졸업한 모교에 몇 백만 원짜리 앰프 시설을 책임지겠다"고 팔을 걷으며 어깨에 힘을 준다. 그것에 자극을 받은 무역회사 사장님들은 자존심이 상하는 모양이다. "그럼 나는 요즈음 새로 나온 컴퓨터를 모교에 10대 기증하겠다"고 우쭐댄다. 이것이 우리들의 마을 공동체의 모습이다.

고향에서의 연휴가 끝날 때쯤 되면 고향을 지키고 있는 좀 모자란 듯한 순진한 농사꾼 친구가 마지막 제안을 한다. "거, 윗동네 살던 우리 6학년 때 담임 이철수 선생님 있잖아. 요즈음 정년퇴직하고 사모님하고 두 분만 사시는데, 너무 외롭게 지내시는 것 같더라구. 우리 삼겹살이랑 소주나 한 병 사 들고 그 선생님께 인사하러 가는 게 어떨까?" 하고 제안하면 다들 술김에 "OK!" 박수로 통과시킨다.

이렇게 해서 이들은 '인의예지仁義禮智'를 다 지킨다. 이것이 우리들의 마을 풍경이었다.

미국 하버드대학 인류사회연구소에서 조사한 결과에 의하면 "인류 역사 이래, 아니 그 이전부터 지금까지 가장 오래 남은 조직이 둘 있는데, 그 하나가 가족이고, 다음이 마을이라는 공동체"라고 했다. 또한 로마 제국이 멸망한 원인도 무기가 부족하거나 군사력이 부족해서가 아니고, 인적 자원을 공급하는 가정과 마을 공동체의 실종 때문이라고 한다. 인간은 정신적인 동물 이전에 마을 공동체적 동물이었던 것이다.

요즈음 교육부 장관이 바뀔 때마다 교육법이 바뀐다. 또 대통령이 바뀔 때마다 헌법이 바뀌고 새 법률이 생긴다. 그렇게 해서 얼마나 많은 개혁이 이루어졌는지는 모르나, 국민들이 그 법 덕분에 잘살게 되었는가를 질문하면 그렇다고 대답할 사람이 얼마나 있을까. 한 사람도 없을 것이다.

우리나라의 학교는, 아니 교육은 불량 인간을 만들어내는 공장이다. 어디 가서 리콜 할 곳도 없다.

나는 감히 제안한다. 마을이 사라지면 이 나라는 희망이 없다고. 간디는 이것을 '생명의 피의 유출'이라고 했다. 왜? 인간이 만든 도시라는 괴물은 공해 같은 쓰레기만 만드는 것이 아니라 정직하고 착하고 순박한 인적 자원을 모조리 도깨비 아니면 짐승으로 만들어버리기 때문이다.

인간은 마을 안에서, 그 마을 안에 있는 가정 안에서만 제대로 자랄 수 있다.

이 사라져 가는 마을을 살려내는 것이 바로 21세기를 살리는 길이다. 더 늦기 전에 이 운동을 시작하자!

매미도 화나면 무섭다

얼마 전까지 TV뉴스에는 하루도 빠지지 않고 태풍 매미에 관한 이야기가 나왔다. 통영, 거제도 앞 바다의 양식장 물고기들의 떼죽음 이야기, 그리고 강원도 강릉에 산사태 때문에 집과 농토를 하룻밤 사이에 잃어버린 착한 농부들의 눈물 닦는 그림들이 나의 마음을 슬프게 만든다.

사람들은 왜 태풍의 이름에 착하고 얌전하게 놀고 먹는다는 '매미'의 이름을 붙였을까. 차라리 무서운 곤충인 '왕거미'나 교미만 끝나면 수컷을 잔인하게 잡아먹는 '사마귀'라든지, '왕탱이' 같은 이름을 붙여 주었으면 사람들은 미리 겁을 먹고 태풍의 대비를 더 착실히 하지 않았을까 생각해 본다.

옛날에는 태풍의 이름에 여자들의 이름을 붙였다. 첫 번째 태풍은 A자로부터 '애리스', 다음 두 번째 태풍은 '베티', 그리고 우리가 잘 아는 '사라'도 그렇게 붙여졌다.

그런데 여성운동가들이 반기를 들고 일어났다. 잔인하고 무서운 태풍의 이름에 왜 여자들의 이름만 붙이느냐, 다음부터는 여자, 남자의 이름을 교대로 붙이기로 한 것이다.

그런데 금년부터는 각 나라마다 자기 나라의 유명한 꽃이나 곤충의 이름을 따서 부르기로 했다. 이번 태풍 '매미'는 북한에서 붙인 이름이라고 한다. 북한 매미는 남한 매미보다 더 무서운 모양이다.

군대에 다녀온 사람들은 누구나 '단체기압' 이란 말을 너무나 잘 기억한다. 소대에서, 중대에서 한 사람이 탈영했거나 사고를 치면 그 소대나 중대뿐만 아니라 온 대대까지 단체기압을 받는다. 아무 죄도 없는 착한 사람들이 매를 맞거나 얼음이 서린 냇물에 팬티만 입은 채 뛰어들어가는 기압을 받는다.

이런 야만적인 기압은 군대에만 있는 것이 아닌 것 같다. 하나님이 주는 벌도 마찬가지라고 생각한다. 이번 태풍 매미도 하나님이 인간에게 주는 단체기압이다. 석유연료를 마구잡이로 태워 이산화탄소를 배출해 성층권의 오존층들을 구멍 뚫리게 만들고 바닷물의 온도를 올려 놓는가 하면, 아무 죄도 없는 갯벌들을 마구잡이로 파헤쳐서 아파트를 짓고 있다.

우리가 얼마나 '개발' 이라는 이름으로 산과 강물, 바다, 갯벌들을 못살게 했으면 하나님이 이렇게까지 혹독하고 거칠게 단체기압을 주실까 하고 생각해본다.

이제 우리는 하늘이 주는 메시지를 읽을 줄 알아야 한다. 자연은 우리들의 정복의 대상이 아니라 태초보다 좀 더 아름답게 관리하고 사랑하는 대상으로 바꿔져야 한다.

편리하게 살기 위해서, 잘 먹고 잘 놀기 위해서 개발이라는 이름아래 자연을 파괴하고 착취한다면 앞으로도 계속 매미의 보복이 아니라 왕거미, 사마귀의 복수를 받을 것이다.

우리는 이번 매미로부터 무서운 교훈을 깨달아야 한다. 이런 식으로 살아서는 안 된다는 것을 말이다. 우리 마을을 살리기 위해서, 우리나라를 살리기 위해서 더 나아가 우리 지구를 살리기 위해서 조금은 불편해도, 조금은 어렵고 힘들더라도 단순하게 살아가는 연습을 해야 한다. 석유도 아끼고, 물도 아끼고, 식량도 아껴야 우리들의 후손들에게 좋은 미래를 남겨줄 수 있지 않을까.

하나님의 단체기압을 피하려면 지금부터 그렇게 삶의 패러다임을 바꾸어야 한다. 매미도 화나면 이렇게 무서운 줄 알아야 한다.

공짜선물 세 가지

　요즈음 사람들은 말하기를 "세상에 공짜는 없다"고 한다. 그래서 사람들은 악착같이 돈을 벌어야 한다고 아우성이다.

　서울 변두리에 사는 나 같은 사람은 민주공화국 수도인 서울에 한번 나가려 하면 첫발부터가 돈이다. 버스 탈 때 내고, 전철 탈 때 돈 내고, 택시 탈 때 또 돈을 내야 한다. 그러니까 돈이 없으면 한 발짝도 움직일 수 없다. 그것뿐이랴? 강남에 있는 몇 십억짜리 35층 주상 복합아파트에 한번 살아보고 싶어서, 아이들 과외 공부할 때 몇 백만원짜리 쪽집게 과외선생님을 써보고 싶어서, 몇 천만원짜리 이태리제 가구들을 들여놓고 좀 품위 있게 살고 싶어서 사람들은 돈에 집착한다. 또한 몇 천만원짜리 다이아반지나 밍크코트, 몇 백만원짜리 명품 핸드백 등등.

　그러나 사람들은 이런 잡동사니들을 다 가지면 행복할 줄 알았는데 그게 그렇지 않다는 것이다. 광화문 네거리에서 물어보라! 대한민국에서 제일 비싼 차를 타고 제일 비싼 다이아반지를 끼고 제일 비싼 밍크코트, 거기에 최고의 명품 옷과 핸드백을 걸친 사모님에게 "당신은 행복하냐"고 물으면 그들의 입에서도 결코 Yes라는 대답만 나오지는 않을 것이다.

　지금은 우쭐대지만 장마철에 벼락이 쳐서 변압기가 고장이 난다든지 지진이 나서 전선이 끊겼다면 그 화려한 아파트는 공중화장실이 되고도 남을 것이다. 또는 도로가 끊겨서 식량이 보급되지 않으면 이들도 열흘을 참지 못할 것이다. 그러나 무지랭이 같은 농사꾼들은 적어도 일 년은 견딜 수 있다. 산과 들에 하나님이 농사 지어준 오만가지 풀과 나무와 열매와 뿌리들이 지천으로 깔려있기 때문이다.

세 끼 굶었는데 다이아몬드나 밍크코트, 명품 핸드백도 그럴 때는 아무 소용이 없다. 그런데 단 십분이라도 없으면 안 되는 공기, 물, 햇빛 그리고 자연의 숲들은 다 하나님이 공짜로 주셨다.

그 중에서도 우리에게 가장 큰 공짜 선물은 가정이라는 공동체이고, 그 두 번째 선물은 고향이라는 마을 공동체이고, 그 마지막은 친구라는 놀라운 인간이다. 가정 이나 마을이라는 공동체는 필수과목이고 친구라는 인간은 선택과목이다. 인생을 살아가면서 어떤 친구를 갖느냐에 따라서 한 사람의 운명이 바뀌어질 수 있다.

생선 같이 비린내나는 친구를 갖느냐, 아니면 고슴도치 같이 부정적인 친구를 갖 느냐, 아니면 지우개 같은 금방 잊어버리고 싶은 친구를 갖느냐, 혹은 손수건 같이 힘들어 땀 흘릴 때 땀을 닦아주고 슬플 때 눈물 닦아주고 외롭고 쓸쓸할 때 마음을 이해해주는 그런 친구냐…….

그런 친구를 함석헌 선생님은 이렇게 노래했다.

〈만 리길 나서는 날 처자를 내맡기며 마음놓고 갈만한 사람, 온 세상 다 나를 버 려 마음이 외로울 때도 "저만이야"하고 믿어지는 사람, 탔던 배 꺼지는 시간 구명 대 서로 사양하며 "너만은 제발 살아다오"할 사람, 불의의 사형장에서 "다 죽어도 너희 세상 빛을 위해 저만은 제발 살려 두거라"할 사람, 잊지 못할 이 세상을 떠나려 할 때 "저 하나 있으니"하며 빙긋이 웃고 눈을 감을 사람, 온 세상의 찬성보다도 "아니"하고 가만히 머리 흔들 그 한 얼굴 생각에 알뜰한 유혹을 물리치게 되는 사람〉

그런 선물을 받았음을 우리는 하나님께 감사하면서 살자.

사람은 만물의 영장?

사람은 만물의 영장이다. 그렇다. 사람은 만물의 영장이다. 그렇다니까! 사람은 만물의 영장이다. 그럴까? 사람은 만물의 영장이다. 그렇기는 뭘 그래, 하찮은 펭귄보다도 못하면서.

나는 작년 12월에 약 40년전 대학에서 강의할 때 가르쳤던 나의 제자 덕분에 호주 관광을 할 기회를 얻었다. 그 여행 중 제자의 권유에 따라 나는 펭귄 서식지로 알려진 필립 아일랜드로 갔다. 필립 아일랜드는 멜본에서 승용차로 두 시간 정도의 남쪽에 있다. 여기에는 1억 5000만년 동안이나 펭귄이 살고 있는 그들의 서식지다.

그런데 나는 여기 펭귄의 탐조대 입구에서 이상한 간판을 하나 보았다.

"펭귄은 날씨와는 무관합니다. 그런데 당신들(인간)이 걱정이 됩니다."

나는 이 간판이 무슨 소리인지 전혀 몰랐다. 탐조대 안내문에 의하면 오늘 저녁 8시 55분경부터 펭귄들이 바닷가에 나타나서 산 위에 있는 자기들의 둥지를 찾아간다는 것이다.

그런데 이곳은 남극에 가까운 바닷가인지라 날씨의 변덕스러움이 말도 못할 정도로 심하다. 순식간에 비가 오다 눈이 오고, 개었다가 비바람 치고, 더웠다가 겨울 날같이 추워지는 그런 날씨였던 것이다.

펭귄이 나타나는 8시경이 되니까 탐조대가 있는 바닷가는 정말 을씨년스러웠다.

비오고 바람불고 추웠다. 우리는 우산을 쓰고 춥다고 파카를 입고 난리치고 야단났다. 그런데 새도 아닌 것이 그렇다고 물고기도 아닌 것이, 바로 펭귄이 우리들의 눈앞에 시계도 없으면서 진짜 정확히 나타난 것이다. 그날 저녁에 나타난 펭귄은 약 1500마리 정도였다.

이들은 수 천년 동안 이 바닷가를 거처로 오리털 파카도 없이 거뜬히 살아온 것이다. 나를 감동시킨 것은 바다에서 100미터 이상이나 떨어진 자기의 둥지까지 나침반도 없이 번지도 주소도 있지 않은 곳까지 정확하게 찾아가는 것이다.

나는 펭귄의 삶을 설명 들으면서 여러번 놀랐다. 이들은 인간들처럼 가족계획을 하지 않아도 매년 알 두 개씩 산란하여 인구를 조절하고 있을 뿐만 아니라, 젊어서 한번 짝을 맺으면 늙어 죽을 때까지 함께 산다는 것이다.

펭귄들은 우리 인간들처럼 아웅다웅 싸우고 시비 걸면서 눈에 불을 켜고 돈 같은 것을 벌지 않아도 매일같이 앞마당인 바다에 나오기만 하면 싱싱한 횟감으로 신나게 배부르게 먹게되어 있었다. 이들은 만물의 영장이라는 인간들처럼 자기들의 농장을 오염시키거나 파괴하지 않고 수 억년 동안 살고 있는 것이다.

만물의 영장이란 인간들은 지구상에 살고 있는 동물가족 중에서 유일하게 다른 동물가족뿐이 아니라 자기의 생명까지 멸망시키는 독극물을 발견하고 생산하고 비행기로 살포하여 지구별을 파괴시키는 장본인이 되어 있다.

만물의 영장이라는 인간들은 왜 이럴까? 나는 호주 필립 아일랜드의 펭귄을 보고 온 다음부터 인간에 대한 자랑스러움보다 극도의 회의주의자가 되었다.

자기 혼자 따뜻하게 잘 먹고 잘 살기 위해서 땅 속의 석유와 철과 석탄뿐만 아니라 아무 죄도 없는 뱀, 곤충, 그리고 물고기의 씨를 말리는 동물은 인간밖에는 없다. 만물의 영장이면 영장답게 인간이면 인간답게 품위 있게 살아야 하지 않을까?

EQ 시대

1960~80년대가 IQ 시대라면, 1990년대부터는 EQ(감성지능계수) 시대라 부를 수 있겠다. 다니엘 콜만 박사는 자신의 저서 「EQ란 무엇인가?」에서 다음과 같이 현재 미국 사회를 분석하고 있다.

"알코올 중독, 폭력, 살인, 강간, 우울증, 허무주의때문에 많은 사람들이 자살하거나 병원에 입원한다. 그러나 이것보다 더 무서운 것은 초등학생이나 중학생들의 학원 내 폭력이다. 학원 폭력은 점점 더 심해져서 이제는 사회 전체를 깜짝깜짝 놀라게 할 정도이다. 1970~80년대의 초등학생들은 친구들과 싸웠다든지 매를 맞았을 때 그 화풀이로 담배나 술 또는 마약에 손을 댔는데, 이제는 아버지의 권총이나 심하면 기관총에까지 손을 대고 있다. 얼마 전에 있었던 초등학생의 권총 살인 사건과 한 중학생의 기관총 난사 사건은 전 미국 시민들의 간담을 서늘하게 했다. 그뿐 아니라 10대들의 임신과 이혼율은 1950년대의 약 30퍼센트에서 1970년대에는 약 50퍼센트로 상승했고, 다가올 21세기에는 73퍼센트 정도로 높아질 것이다."

콜만 박사는 청소년 문제의 주요 원인으로 인간관계 기술, 사람에 대한 믿음, 절제력 부족, 동정심 또는 이해력 부족 그리고 삶에 대한 가치관 부재에서 온다고 진단한다. 이런 것들은 어릴 때부터 부모나 마을 공동체에서 배워야 하는 것인데 분열된 핵가족화와 마을 공동체의 실종, 극도로 발달되는 초고속 컴퓨터의 등장 등이 이를 방해하고 있다고 본다.

언젠가 두밀리 자연학교에 서울의 한 고등학교에 다니는 학생들이 MT를 왔다. 그 아이들은 우연히 땅바닥에 누워 하늘을 보게 되었는데 그들 중 누군가 말했다. "와, 하늘에 저렇게 많은 별이 있는지 몰랐네." 그 아이는 18살이 될 때까지 하늘에 보석같이 박혀 있는 별을 쳐다볼 시간이 없었던 것이다. 아니면 괴물 같은 서울 하늘에는 이미 오래 전에 별이 사라져버린 것이든지. 만약 대학 입시에 윤동주의 '별을 헤는 밤'에 나오는 '별'에 대하여 논하라는 문제가 나온다면 이렇게 자란 아이들이 무엇을 쓸 수 있을까?

가끔 나는 자연학교에 오는 어린이들에게 "이곳 자연학교에서 제일 좋은 것이 무엇이냐?" 물어본다. 아이들은 말이 많다. "냇가에서 물놀이 하는 것도 좋고, 그물 가지고 물고기 잡는 것도 재미있고, 저녁에 모닥불 피우고 노래하고 춤추는 것도 재미있어요. 하지만 제일 좋은 것은 '자유'가 있다는 거예요"라고 대답한다. 우리 아이들이 얼마나 억압당하고 살고 있으면 이런 고백이 나올까. 이오덕 선생님의 책에 보면, 어린이가 쓴 '내 다리'라는 제목의 동시가 나온다.

내 다리 대단한 다리
학교에서 선생님한테 매 맞고
집에 와선 아버지한테 매 맞고

얼마나 불쌍한가. 이렇게 억압되고 불만에 가득한 우리 아이들을 티 없이 맑고 밝게 키울 수 있는 방법은 없을까? 위대한 과학자들은 과학기술이 이대로 가서는 안 된다고 한다. 현대의 과학문명은 술 취한 운전사가 차를 모는 것과 마찬가지 상황에 처해 있어서, 어서 빨리 이 차의 브레이크를 밟아야 한다. 사람은 천리마처럼 24시간을 계속해서 달릴 수도 없고, 또 그래서도 안 된다. 좀 쉬어도 가고 잠도 자야 창조적인 생각도 나오고, 사는 보람과 즐거움이 있는 것이다.

콜만 박사는 행복한 삶을 사는 데에는 IQ가 20퍼센트 정도 작용을 하고, 나머지 80퍼센트는 EQ가 작용한다고 하였다. IQ가 높은 사람이 반드시 행복한 것은 아니다. 반면 IQ가 낮다고 해서 반드시 불행한 것도 아니다. 사람의 행복은 자신의 EQ, 즉 성품에 달려 있다. 아이들을 일류 대학에 입학시키기 위해 온종일 다그치지만 말고, 가끔 하늘의 별도 구경시켜 주고, 냇가에서 물고기도 잡고, 산과 들에 있는 들꽃도 보게 하자. 아이들이 평생을 두고 간직하게 될 소중한 추억을 위해서 말이다.

충남 홍성군 홍동면 마을 공화국에는 IQ보다 EQ가 높은 여인들이 살고 있다. 농촌의 젊은이들이 도시로 빠져나가는 이농현상이 이곳 홍동면에서는 예외이다. 사실 젊은이들의 이농현상은 농촌사회의 큰 문제이다. 젊은이들이 도시로 나가는 이유에는 여러 가지가 있겠지만, 그 중에서도 농사를 지으면 배우자를 구하기 힘들다는 것이 중요한 이유에 속한다. 그래서 한때는 중국 북간도에서 많은 조선족 처녀들이 수입되어 한국에 건너오기도 했다.

　그런데 이곳 홍동에는 거꾸로 도시에서 처녀들이 시집을 온다. 지금까지 서울, 대구, 부산 등지에서 시집 온 처녀들만 해도 10여 명이나 된다. 이들은 지금 의젓한 농부의 아내들이 되어 재미있고, 행복하고, 보람 있게 살고 있다.

　외지에서 온 신부 10명중에서 8명은 이곳 풀무학원 졸업생들과 결혼했다. 이들의 신랑은 뛰어난 미남도 아니고 돈도 없는, 그저 평범한 시골 농사꾼들이다. 그런데 왜 도시에서 일류 여대, 아니면 명문 여고를 졸업한 미모의 여성들이 이들 시골 총각들에게 빠지는 걸까? 매우 궁금하지 않을 수 없다.

　시골 총각과 결혼한 1호 신부는 김경숙 씨다. 그녀는 20여 년 전에 서울여대를 졸업하고 풀무학교 교사로 부임하였다. 얼마 후 그녀는 옆 마을에 사는 풀무학원 졸업생 이번영 군을 만났다. 앞으로 시골에서 연극 운동을 하면서 지역신문도 만들어보겠다는 문화운동가 지망생이었다. 이 투박하고 때 묻지 않은 성실한 시골 청년의 패기에 세상 물정 모르는 처녀 선생님이 백기를 든 것이다. 탁한 공기, 살벌한 인간관계, 한 발짝만 움직여도 돈이 드는 숨 막히는 서울에서보다는, 맑고 깨끗한 교육 철학을 가진 선생님들, 착한 학생들, 푸근한 학부형들과 함께라면 문화적인 혜택은 조금 덜 받을지라도 마음고생만은 하지 않고 살 수 있을 거라는 생각이 들었던 모양이다.

두 연인의 사랑은 로미오와 줄리엣 이상으로 뜨거웠지만 신부 부모의 승낙을 얻는 것이 문제였다. 당연히 신부 집에서는 난리가 났다. 시골에서 잔뼈가 굵은 처녀들도 농촌에서 못살겠다고 너나 할 것 없이 서울로 오는 판에, 서울에서 대학까지 나온 여자가 고등학교밖에 나오지 않은 집도 절도 농사지을 땅도 변변하게 없는 시골 청년한테 시집을 가겠다니, 무슨 고생을 하려고 그러느냐고 결사반대를 하고 나선 것이다. 그러나 신부의 의지는 단호했다. 신랑감 이번영 씨는 꿈이 있는 시골 청년이라고 부모님을 설득했다. 결국 그녀의 부모는 나중에 쌀 떨어지면 냉수만 마시면서도 행복할 수 있겠냐고 다짐하곤 마침내 승낙했다.

신부는 결혼 후에도 풀무학교 교사를 했고 지금은 세 아이의 엄마가 되었다. 신랑 이번영 군은 「홍동소식」, 「주간홍성」을 거쳐 지금은 「홍성신문」의 편집주간으로 일하고 있는데, 「홍동신문」은 우리나라 지역신문의 모태가 된 것으로 두 차례의 폐간에도 불구하고 끈질기게 정론을 펼치고 있다. 이 모든 것은 김경숙씨가 가지고 있던 EQ의 승리라고 생각한다.

이영숙 씨가 있다. 이양은 서울 〈한벗회〉의 회원으로 나와 만난 지 벌써 18년이 되었다. 〈한벗회〉는 자원활동을 하는 단체로, 주변의 가난하고 소외된 이웃들의 손과 발이 되어 주는 사람들의 모임이다. 매년 소록도에 가서 나환자들의 옷과 이불도 빨아주고, 돼지우리도 지어주고, 함께 놀아주기도 한다. 서울에서는 빈민지역 어린이들을 위한 문화 공연 활동으로 '골목 무대'도 했고, 회현동, 남산동, 양동에 사는 가난한 맹인 자녀들을 위해 어린이집도 운영했다. 그곳 어린이집에서 교사로 활동하던 사람이 바로 이영숙 씨였다.

그녀는 타고난 유아원 선생님이다. 천성이 아이들을 위해 태어난 것 같다. 어느 날 홍동 갓골에 어린이집을 개원하게 되었는데, 그곳에서 경험 많고 의욕 있는 유아원 교사를 구한다는 말을 듣고 선뜻 홍동으로 내려갔다. 처음 생각은 어린이집 운영이 본 궤도에 오를 때까지 얼마 동안만 생활하다가 다시 서울의 맹인 자녀를 위한 유아원에 나갈 생각이었다.

그러나 일은 그렇게 되지 않았다. 금마에 사는 김동복이라는 연하의 청년이 그녀에게 반해 같은 천주교 신자라는 명분으로 자주 접근했다. 오만가지 감언이설로 그녀를 행복하게 해 주겠다고 했다. 결국 이 연하의 시골 청년의 뚝심에 이양은 그립고 편안한 서울의 유혹을 뿌리치고 금마에 주저앉고 말았다. 지금은 세 아들의 엄마가 되어 돼지도 기르고 정육점도 운영하면서 풍족하지는 않아도 행복하게 살고 있다. 시어머니에게 온갖 귀여움을 다 받으면서.

김옥분 씨가 있다. 그녀는 김천 직지사 옆에 살던 산골 소녀였다. 1980년 어느 날, MBC 어린이날 특집 드라마 '봉암리의 아이들'을 보게 되었다. 경기도 동두천 옆에 있는 은현면 봉암리에 있는 작은 어린이 도서관을 운영하는 조영순 씨의 이야기였다. 그것을 보고 감동을 받아 불쑥 봉암리의 조 선생님을 찾아갔고 충남 홍성의 홍동면에 풀무학원을 소개받아 즉시 홍동으로 내려왔다.

이때 우연히 그녀의 안내를 맡은 청년이 최석범 군이었다. 최군은 마을에서 농사를 지으면서 농기구 수리 협동조합을 만들어 그 책임자로 일하고 있었다. 뜻밖에 미모의 아가씨를 만난 최군은 이 소녀를 놓아주지 않았다. 농촌이 살 길, 협동조합의 이념에 더하여 자기가 졸업한 풀무학원의 교육 철학까지, 있는 것 없는 것 다 넣어 한편의 소설을 만들어 그녀를 유혹했다. 최군의 진솔한 이야기에 EQ가 높은 여성은 그만 감동을 받고 말았다. '나도 이런 마을을 만들어 살고 싶었는데, 좋은 동지를 만났다고 맞장구를 친 것'이 이들의 인연이었다. 지금 이들은 아들 딸 잘 낳아서 행복하게 살고 있다.

　아직도 이야기할 여성들이 7명이나 더 있지만, 지면 관계상 줄일 수밖에 없겠다. 아직도 홍동에는 갓골 유아원 원장으로 있는 최루미, 양돈을 하는 한명석, 비닐 하우스를 하는 최경이, 홍동 한우라는 음식점을 하는 최순희, 농사 짓는 임운선, 신협인의 아내가 된 조유상, 풀무생활협동조합의 김귀영 씨 등이 보람을 만끽하며 잘 살고 있다.

　이들이야말로 가장 아름다운 심성을 가진 착한 여인들이다. IQ보다 EQ가 높은 홍동마을 공화국 여인들 만세!

제3의 공동체, 그룹 하우스

20세기의 유행어 중 '군중 속의 고독'이라는 말이 있다. 1,100만 인구를 가진 서울 한복판에서도 많은 사람들은 울적할 때 고등어갈비 집에라도 가서 술 한 잔하며 이야기할 친구 하나 없다고 외로워한다. 텅 빈 하숙방에 들어가기 싫어서 12시가 넘도록 포장마차의 애꿎은 소주만 축내며 한숨짓는 젊은이들도 있고, 고향에 있는 부모님과 형제들 생각에 인생은 허무한 꿈이라고 시조처럼 읊어대는 공단의 근로자들도 있다. 그런가 하면 몇 푼 번다고 공장에서 이러고 있는가, 돈 몇 푼이 내 인생에 무슨 의미가 있는가 하고 고민하는 친구들도 있다. 이들 대부분은 악마 같은 돈 때문에 즐겁고 편안한 고향 마을과 가족을 떠나 도시의 방랑자가 된 사람들이다.

1960년대에 들어서면서 경제개발이라는 미명하에 핵가족이라는 새로운 사회 조직이 탄생했고, 그에 가장 잘 어울리는 고독한 섬과 같은 아파트가 우후죽순처럼 생겨났다.

사람은 근본적으로 사회적인 동물이다. 나아가 공동체적 동물이다. 마을 공동체에서 인간성 개발이 시작되고, 그 안의 가족 공동체에서 인간성이 형성되며, 그 전통이 한 세대에서 다른 세대로 이어져 내려간다. 이런 작은 공동체에서 진정한 의미의 예술이 생기고, 교육이 생기며, 또한 마을 공동의 산업도 생긴다.

이러한 생명의 순환을 단절시켜 놓는 것이 도시라는 쓰레기 문화다. 인간을 극도의 고도孤島로 만드는 것이 아파트라는 주거 형태이다. 문제는 전 국토의 아파트 단지화에 있다. 이는 곧 전 국토의 슬럼화를 의미한다.

과속 팽창되는 도시의 인구 집중 현상은 주거비용의 급상승을 부추기고, 도시의 주거비용은 소매 물가를 배로 상승시킨다. 시골의 농가들은 대개 빚을 지고 있는데, 평균 5,000~6,000만 원으로 농어민들의 자녀들로서는 도저히 감당할 길 없는 엄청난 비용이다. 그러나 길이 없지는 않다. 협동을 하면 된다. 있는 자원을 서로 나누며 된다. 그것이 바로 그룹 하우스 운동이다.

그룹 하우스는 서울에 공부하러 온 가난한 농민이나 어부들의 자녀만을 위한 것이 아니다. 같은 대학생들끼리도, 혹은 같은 취미를 가진 예술가들끼리, 아니면 고독한 노인들이나 장애를 가진 장애인들끼리, 그 외에도 행상으로 살아가는 사람들끼리, 목수들, 학교 선생님들끼리, 또는 이혼한 남녀, 독신 남녀들도 그룹 하우스의 가족이 될 수 있다.

그룹 하우스란 무엇인가? 어떤 사람들은 '도시 공동체'라고 부르고, 어떤 사람들은 '함께 나누며 사는 집', 혹은 '협동조합의 집'이라고도 한다. 어떤 이름을 붙이든지 그룹 하우스는 대단히 유용한 기능을 갖는다. 여러 가지 다른 생활 방식을 가진 사람들이 자기들의 취향에 맞게 협동하며 살 수 있기 때문이다.

공동체 생활이라는 딱딱한 개념과는 달리 그룹 하우스는 '더불어 같이 사는 개인들의 그룹'이상의 의미를 갖는다. 하나의 공동체도 아니고, 하나의 기관도 아니고, 진정한 의미에서의 가족도 아니다. 그룹 하우스에서 가장 중요한 것은 함께 나누면서 사는 정신 자세이다. 경제적 부담도 서로 나누고, 외로움도 나누고, 전화나 팩스, 컴퓨터나 자동차도 풀링 제도를 이용하면 여러 가지로 유용하다.

그룹 하우스의 역사는 오래 되었다. 인류의 첫 번째 그룹 하우스 구성원은 원시대의 동굴인들이었다. 이들은 악천후와 싸우기 위해서, 생존을 위한 사냥을 위해서, 그 박에 후손들을 안전하게 잘 키우기 위해서 그룹으로 살지 않으면 안 되었다.

근래에 와서는 영국에서 박해를 받던 퀘이커들이 미국으로 이민하여 그들의 공동체를 만들기 시작했다. 그 외에도 종교적으로 같은 신앙을 가진 사람들, 즉 아미쉬파 사람들이나 메노나이트 교도들이 이와 비슷한 공동체를 만들었다. 한편 유토피안들도 나름대로의 공동체 생활을 시작했다. 물론 히피들도 빼놓을 수 없다.

현대의 그룹 하우스는 주로 이데올로기 때문에 발생했다. 환경운동가들은 자신들의 환경보호를 위해 그룹 생활을 하고, 크리스천이나 예술가, 정치적 행동주의자들도 모두 각자의 이념에 따라 그룹 하우스 생활을 한다.

또 어떤 이들은 따뜻한 정을 느끼고 싶어서 그룹 하우스를 만들었다. 그 외에도 경제적인 이유 때문에 대학생들끼리 조직을 한 경우도 있다. 대학생들이나 젊은 월급쟁이들끼리 모여서 살 경우에는 서로간의 또래집단 의식도 생기고, 경제적으로도 혜택을 받을 수 있다. 그리고 전화, 전기 및 팩스 같은 이기利器들을 공동으로 사용하는 이점도 있다. 또한 문화생활의 활력소가 될 수도 있다. 연극이나 영화를 좋아하는 사람, 등산을 좋아하는 사람, 바둑이나 장기를 좋아하는 사람 등 취미생활에도 서로 도움이 된다. 이 모임에 한두 명의 여학생이 있다면 더욱 분위기는 활기를 띤다. 어른들은 한 집에 남녀 학생들이 같이 산다고 하면 놀라지만, 그것은 어른들의 편견이며 고정관념이다. 오히려 이런 곳의 여자들은 남자들의 충분한 보호를 받을 수 있다.

그 외에도 장애인들이나 은퇴한 노인들끼리 모여서 산다면 자식들의 눈치를 보지 않아도 되고, 노인정이나 양로원에 가지 않아도 된다. 여기에서라면 서로 말벗도 되고 의지가 되어서 행복하게 인생의 황혼기를 보낼 수 있다.

그룹 하우스 생활을 하면 핵가족에서 배우지 못했던 인간관계 기술을 배울 수 있고, 서로간의 책임감, 훈련, 가정관리에 대한 기본적인 체험도 얻을 수 있다.

그러나 그룹 하우스를 제대로 운영하기 위해서는 원칙이 있어야 하고, 그것을 실천할 수 있어야 한다. 다음에 모델이 되는 그룹 하우스의 정관을 소개한다.

이 그룹 하우스에 서명한 우리는 다음과 같은 이유 때문에 이곳에서 살기로 약속을 한다.

첫째, 우리들의 재원을 공동으로 투자하여 보다 저렴하게 생활하기 위하여,

둘째, 살림집 유지비용의 짐을 서로 공동 부담함으로 해서 더 편안하게 살기 위하여.

이러한 이상을 달성하기 위하여 다음과 같은 서약을 한다.

총무 : 우리 집 총무는 모임 집 전체의 회계장부 관리와 월례회를 총 지위한다.

총무의 직책은 가나다순으로 매월 돌아가면서 맡는다. 이 직책은 거절할 수 없다.

월례회 : 모임 집 월례 식사 모임은 매월 첫째나 셋째 수요일에 갖는다. 월례 식사 모임은 가장 중요한 모임이기 때문에 부득이한 사정이 없는 한 의무적으로 참가해야 한다. 월례 모임의 목적은 매월 회계장부의 보고와 새로운 회원의 심사 및 한 달 동안의 애로 사항, 문제점들을 해결하는 데 있다. 모든 결정은 만장일치로 한다.

재정 : 모임 집의 모든 재정은 공동으로 결재한다. 모임 집 재정은 수표로 결재하되, 일정액을 선불한다. 이중에서 임대료 공공요금 주, 부식 재료비 등을 지불한다. 총무는 이 모든 사항을 매 월례회 때 보고하여야 한다.

식품 : 음식 재료들은 협동으로 구입한다. 그러나 소비는 각자가 한다. 단, 월례회 식사비는 예외로 한다. 월례회 때 식사비용은 그때의 총무가 부담한다.

잡일들 : 기타 잡다한 일들은 게시판에 공고하는 대로 따라야 한다. 잡일 맡을 당번은 한 달 주기로 한다. 여기서의 잡일들은 집 관리, 쇼핑, 부엌 청소, 화장실 청소, 재떨이 치우는 것과 집 외부 수리 등을 말한다.

방문객 : 매년 14일간 무료 방문객을 받을 수 있다. 그 이상일 경우에는 밖에서 자고 들어오는 것을 원칙으로 한다.

퇴사 : 불미한 일이 생겼을 경우에는 온 가족 구성원들의 만장일치 투표에 의하여 퇴사할 수 있다. 통보가 된 달 말일까지 그룹 하우스를 떠나야 한다.

이 그룹 하우스는 민주적인 가족의 일원이 되기 위한 연습이기도 하다. 현재 미국에는 그룹 하우스 전국 연합회도 있고, 또 그룹 하우스 신드롬에 걸려 있다.

우리 주변에는 그룹 하우스와 유사한 실험을 하는 사람들도 있다. 혹시 이 같은 실험적인 그룹 하우스를 하고 싶은 사람들은 나에게 연락해 주면 더 자세한 정보를 제공할 수 있다. 제3의 협동조합 공동체 운동을 모험해 보라. 모험에는 고통도 따르지만 스릴과 보람도 있는 법이니까.

크리스찬 아카데미 하우스 내일을 위한 집 에서
아내 유정희(뒷줄 오른쪽 첫번째), 한명숙총리(두번 째 줄 오른쪽 첫번째) 모습도 보인다.

6

채규철과 두밀리 자연학교

두밀리 자연학교를 취재하는 KBS방송작가들과의 인터뷰

우리 시대 사랑의 기적, 채규철

정연희 | 소설가

30여 년 전 가을 어느 날, 친구 분을 모시고 온다고 미리 전화로 알린 남편이 극진하게 모시고 들어오는 사람을 본 순간, 나는 정말 기겁을 하여 전신이 굳어졌습니다. 아니, 세상을 어떻게 저런 사람이 옷을 입고 두 발로 걸어서 다닐 수가 있다는 말인가. 얼른 보아서는 화상火傷인지, 피부병인지도 식별되지 않을 만큼 얼굴 피부가 완전히 문들어진 사람이, 오그라붙은 두 손을 흔들면서 태연하게 들어서는 모습에 아연실색하지 않을 수 없었습니다. 눈 코 입이 있었지만 그중에 단 한 가지도 정상적인 것이 없었습니다. 귀는 아예 없어진 것을 머리칼로 가리고 베래모를 슬쩍 얹은 모습하며……세상에……사람이 저 지경이 되고도 숨이 붙어서 먹고 마시고 잠자며 말하고 다닐 수 있다니, 실로 기적이라는 생각이 든 것은 한참이나 지나서 부엌에서 차를 준비하는 동안에 간신히 수습된 생각이었습니다.

해맑은 얼굴의 부인 유정희 여사가 동행이 아니었다면 방안으로 들어가서 다시는 나올 용기가 없었을 것입니다. 그리고 채 선생은 따님인 '채송화' 자랑을 한참이나 하는 중이었고, 부인은 잔잔하게 미소를 지으며 이제 5살인가 된 딸아이가 얼마나 영특한가를 부연설명하고 있었습니다. 마침 큼직하고 예쁜 인형이 하나 있어서 나는 그것을 얼른 송화에게 주기로 했습니다.

　그 기이하기 이를 데 없는 부부가 돌아간 뒤, 남편은 채 선생의 형편을 차분하게 설명해 주었습니다.

　홍성에 세워진 풀무학교에서, 5년여간 몸과 마음을 아낌없이 바쳐 아이들과 함께 살던 그가 덴마크로 유학을 한 것은 1965년 여름. 마을 외양간을 개조하여 국민 고등학교를 설립한 덴마크의 크리스텐 콜 선생의 삶과 꿈이 조화된 교육현장을 둘러보며, 1년 동안 우리 농촌이 살길을 그리고 우리의 자녀들이 구김살 없이 자랄 수 있는 교육현장을 어떻게 만들어야 할 것인가에 대하여 온몸을 던져 연구한 뒤에 귀국했습니다. 그리고 부산의 장기려 박사와 함께 시작한 청십자운동에 정성을 쏟아 가며 농촌개발에 여념이 없던 1968년, 김해군 대저면에서 양계를 하고 있는 친구의 양계장을 견학시키고 돌아오던 길, 타고 있던 차가 언덕 아래로 구른 윤화를 만났다. 차에다가 실었던 신나가 폭발하여 함께 갔던 친구들이 화염에 휩싸인 것을 보고 처음에 차장 밖으로 튕겨져 나갔던 채 선생은 다시 차 속으로 들어가서 친구들을 끌어내다가 전신 50퍼센트에 3도 화상이라는 절망적인 상황에 빠지고 말았습니다. 눈도 잃고 귀도 잃고 두 손도 오그라붙고 얼굴이 뭉개져서 알아볼 수 없는 형편에서 26, 27 차례의 수술……. 몇 년씩 계속된 병원 생활 끝에 전신을 던져 간호를 하던, 아내이며 동지였던 부인 조성례는 도깨비처럼 흉한 화상을 흉터로 안고 있는 남편과 어린 두 아들을 두고, 청천의 벽력처럼 어느 날 갑자기 세상을 떠나고…….

그러나 그렇게 삶을 끝낼 수 없는 채 선생의 두 번째 삶은 그때부터 다시 이어지기 시작했습니다. 풀무학교의 제자였던 꽃다운 나이의 유정희가 귀공자의 모습에서 낮도깨비로 전락한 옛 스승과 두 아들을 전신으로 받아 안은 것입니다.

채 선생은, 20세기가 걸터듬질해 가며 사람들의 영혼과 육체를 함께 못쓰게 만들어 가고 있는 문명 세계의 횡포와 해악에서 어떻게 사람들을 살아남게 할 수 있을까에 대하여 끊임없이 고심했습니다. 세계 2, 3위를 다투어가며 문맹이 거의 없어지고 고등교육이 눈부시게 발전한 우리나라의 공교육 현장에서 내 자식들이 어떤 모습으로 장성했는가를 바라보며 공교육의 폐해에서 벗어나야 한다는 일념에 빠졌습니다. 간디의 아슈람에서부터 덴마크의 크리스텐 콜의 자유학교 등 현대의 공교육이 아닌 생명을 건수하는 방법을 찾기 시작했습니다.

채 선생은 각 기업체로 뛰어다니며 산업교육에 몸을 던졌습니다. 장애인이 함께 살아가는 모임인 〈한벗회〉를 결성하여 자립하게 만드는 한편, 재활원 등 고통 받는 사람들과 함께 살아가는 길을 다져갔습니다.

번화가의 찻집에서 문둥이, 거지 취급을 받아 가며 10원짜리 인생이 되기도 하고, 택시나 버스를 태워주지 않아서 힘들었던 일들을 겪기도 하면서, 눈에 넣어도 아프지 않을 아들과 딸들의 친구들이 집으로 놀러 왔다가 기절초풍하여 달아나고,

풀무농장에서 토마토를 돌보는 아내

도깨비 아빠 때문에 친구들을 잃는 자식들의 고통을 지켜보아야 하는 고통을 가슴에 묻은 채 그래도 그의 가슴 속에서는 지울 수 없는 꿈이 자라고 있었습니다.

누가 그의 고통을 알 수 있으리오, 순간순간 달려드는 죽음에 직면하는 절망을 그 누가 읽을 수 있었으리오. 그를 감싸는 가족이 있은들, 그를 에워싼 친구들이 있은들, 그의 내면 깊숙한 곳에서 이따금 번쩍이는 칼날이 되어 그의 영혼을 찌르고 희망을 난도질하는 절망이 기승기승 살아 있다는 것을 누가 똑바로 볼 수 있었으리오. 참으로 그 누구도 상상할 수 없는 숨 막히는 터널을 그는 지금까지 걸어온 것입니다. 어차피 우리 육신은 흙으로 빚어져 흙으로 돌아갈 몸. 그러나 사람들은 겉모양을 두고 울고 웃습니다. 몸을 섬기고 얼굴을 뜯어고쳐 가며 그것이 삶의 전부인 양 법석을 떨고 있습니다. 갈수록 심해지는 육체 섬김의 풍속 속에서, 하나님께서는 한 사람의 육체가 이렇게 엉망으로 망가져도 그 영혼이 얼마만큼 황금처럼 빛날 수 있는가를, 이 아들을 통하여 우리에게 보여주셨습니다.

얼마 전부터는 택시 기사도 채 선생을 알아보고, 우리들 젊은이들도 그가 어떠한 스승인가를 마음판에 새기고 있습니다.

그는 꾸밀 것이 없어서 자유롭습니다. 그는 보탤 것이 없어서 당당합니다. 그가 오로지 하는 것은 사랑을 어떻게 키우고 가꿀 것인가 하는 일뿐입니다.

여러 해 전에 가평 산골에 학교 자리를 마련했다고 그렇게 신이 나서 함께 가보자 했을 때, 우리 내외는 대단한 넓이를 상상했고, 앞으로 진행될 계획에 대해서 대단한 무엇이 있으리라고 기대했었습니다. 그런데 막상 가보니 우리 눈에는 별로 대단찮아 보였습니다.

'이것이 무슨 구실을 하려나……'

탐탁잖은 심사로 칭찬을 삼가고 있으려니까, 그가 하는 말씀이,

"이제 여기다가 자연학교를 세울 계획이오. 일명 자유학교, 어린이 해방 기구를 만들 계획이오!"

대단한 포부였습니다.

'아이고! 부인 유정희 씨의 고생문이 또 열리는구나.'

우리 내외는 조금 막막한 심정으로 그런 근심에 빠졌었습니다. 그러면서도 해마다 두밀리를 찾아가게 되고 그때마다 그곳을 거쳐 간, 어리고 순수한 영혼들의 채취를 맡게 되었습니다. 엉성한 듯했으나 따뜻한 곳, 허술한 듯했으나 맑은 웃음이 샘솟는 곳. 해마다 두밀리 자연학교를 찾는 아이들이 늘어갔습니다.

개울이 있고, 연못을 만들고, 밭을 일구어가며 제각기 씨앗을 뿌리고, 여름방학이 되면 지체 없이 달려가서 제가 심은 옥수수, 오이, 고구마를 돌보기로 하고, 더러는 추수도 하면서 생명이 용솟음치는 삶을 체험하는 곳.

아아, 우리 눈에 그토록 엉성하게만 보이던 두밀리 골짜기를 찾는 아이들은 자신만의 이야기를 만들어가며 살았습니다. 결코 요즘의 공교육 기관에서 찾아볼 수 없는 청정한 영혼의 소유자로 다시 태어나는 것이었습니다.

도깨비 같은 형상의 할아버지에게 안겨서, 그 할아버지가 설계하는 미래의 꿈을 무지개 빛깔로 칠해 가면서……. ET 할아버지의 조막손에 대롱대롱 매어 달려 함께 놀면서 이야기를 만들고……. 스필버그의 ET가 아니라, 이미 타버린 할아버지를 눈부시게 바라보며, 육체가 허물어졌어도 그 안에서 사랑으로 무르익고, 삶의 현장에서 이야기를 만들어내는 정신 그리고 영혼의 승리가 어떤 것인지를 배우는 것입니다.

두밀리 자연학교에서 물놀이하는 아이들

자연을 스승으로 삼는 학교

최종덕 | 조합공동체 〈소나무〉 조합장, 상지대학교 교양학부 교수

요즘처럼 엄청 무더운 날씨에 책을 손에 잡는다는 것은 급박한 과제가 발등에 떨어진 처지가 아니고는 엄두를 내기 힘든 일일 것이다. 하기야 책이야 비가 오면 비가 와서 안 읽고, 겨울이 되면 추워서 못 읽고, 파란 가을 하늘이 들로 산으로 부르면 그래서 또 안 읽는 것 아니던가?

더구나 입시나 고시를 직업(?)으로 삼고 있는 이 땅의 젊은 청년과 소년들이 날씨 불문하고, 장소 불문하고, 지금 이 시간도 하루 서너 시간만 자며 책과 씨름하고 있으니 독서 전선에서 나 하나 빠진다고 전체 국민의 지적 수준이 떨어지기야 하겠냐는 변명도 가능케 하는 나라가 고마울 따름이다.

그런데 이상한 책 한 권을 손에 잡았다가 이 더운 여름밤을 모기에 밤새도록 뜯기면서 결국은 손을 빼지 못하고 동틀 녘에 더욱 짙어지는 어스름을 아침 해와 함께 지우는 처지가 되었다면, 다음날 산더미 같은 일을 쌓아놓고 사는 처지로서는 그 책을 아니 원망할 수 없을 것이다.

그런데 원망은커녕 모진 서울살이에 다 말라버린 줄 알았던 눈물샘 부근이 근질거리더니 기어코 눈물이 한 방울 똑 떨어지는 일대 사건이 발생하고 말았다.

그런데 그 눈물이란 놈이 또 괴이한 놈이다. 한 방울 나오기가 그리 어렵더니 강고한 둑이 한번 무너지면 걷잡을 수 없듯 펑펑 쏟아지는 게 아닌가. 흐르는 눈물을 통해 바라보는 햇살이 여느 때와는 전혀 달라 보였다.

그 책은 「ET 할아버지와 두밀리 자연학교」라는 제목의 책이었는데 지은이는 채규철이라는 분이었다. 채규철 선생의 인생살이와 자연학교에 관한 일화가 담백하게 그려진 이 책은 요즘 만나기 힘든 사람들의 이야기를 담고 있었다.

우선 교장 선생님인 채규철 씨에 관해 책을 통해 만난 인상을 정리해 보자. 채규철 선생은 함흥 태생으로 올해 칠순을 맞는다고 한다. 그런데 책 곳곳을 통해 드러나는 선생의 감성은 10대 초반 아니 7살 반의 나이라는 편이 옳겠다. 신체연령 70에 정신연령 7살 반이라고 해야 할까. 어쨌든 내가 읽은 선생의 기본적인 풍모는 이상주의적 휴머니스트다. 이상이 사라지고 휴머니즘도 실종된 시대에, 아직까지 이런 사람이 있구나 하는 감탄과 그에 이은 감동이 내게 충격을 주었다.

선생은 월남하여 대광고등학교와 서울시립대 농대를 졸업하고 농촌운동에 뜻을 품고 충남 홍성의 풀무학원으로 내려간다. 거기서 그는 교육을 통한 농촌자립운동에 봉사한다. 1년 봉급이 봄에 겉 보리쌀 10가마, 가을에 쌀 10가마였다고 한다. 거기서 선생은 출세를 위한 교육이 아니라 '위대한 평민'을 양성하는 교육에 5년을 헌신하였다. 설립자를 비롯한 초창기 선생님들의 이런 희생과 철학을 바탕으로 풀무학원은 지금의 풀무학교로 성장할 수 있었으리라.

그 직후 선생은 덴마크 정부의 초청으로 덴마크 국민고등학교에 유학하게 된다. 전설적인 달가스와 그룬트비 그리고 그들의 사상을 교육에 접목시킨 크리스텐 콜에게서 직접 배울 기회를 맞은 것이다. 이 유학은 선생의 교육관에 지대한 영향을 미쳤다. 암기와 출세 위주의 교육을 거부하고 산지식과 경험을 중시하는 덴마크의 자유학교에서 선생은 많은 것을 느꼈을 것이다. 그리고 그것이 뒷날 두밀리 자연학교를 세우는 데에도 큰 영향을 미쳤으리라.

덴마크 유학에서 돌아온 선생은 장기려 박사와 함께 의료보장운동인 청십자운동에 헌신하다 불행한 사고를 당하게 된다. 교통사고로 전신에 3도 화상을 입고 한 눈을 잃고 두 손이 타 버리는 중증 장애인이 된 것이다. 이 책의 감동적인 부분 가운데 하나가 선생의 투병기이다. 삶과 죽음을 오가는 절대 절명의 순간에 선생의 생명을 지킨 것은 주변 사람들의 사랑과 선생의 낙관적이고 적극적인 자세였다. 그러나 불행은 혼자 오지 않는다고 했던가. 선생의 간호에 노심초사하던 부인께서 지병인 폐결핵이 갑자기 도져 손쓸 사이도 없이 두 아이와 남편을 남긴 채 돌아가시고 선생은 평생 처음 자살을 생각하고 이를 결행하기 위해 약을 사 모은다.

그러나 선생의 표현대로 사람은 자신의 사명을 다하기까지는 결코 죽지 않는 법

교장 선생님의 훈시를 듣는 아이들의 진지한 표정들

인가? 풀무학원에서 가르쳤던 제자가 선생을 절망에서 구하기 위해 자신의 모든 것을 바쳐 다가오고……, 그 제자의 헌신적인 사랑에 힘입어 선생은 다시 사회활동에 나선다. 결국 그 사랑은 결혼으로 이어지게 된다. 이 두 사모님과의 순애보도 이 책의 또 다른 감동이다.

자연학교를 만들고 지금까지 이끌어 온 이야기와 거기 등장하는 선생님, 아이들, 자연에 얽힌 일화들도 잔잔한 감동을 준다. 두밀리 자연학교는 CLO(Child Liberation Organization, 어린이 해방기구)라고 하는데, 우리 식으로 하면 '신명나게 노는 어린이 자유학교'다.

두밀리 자연학교에서는 아이들에게 특별히 가르치는 것이 없다. 이곳에서 아이들은 알아서 놀며 스스로 배운다. 친구들과 소중한 추억도 만들고 선생님과도 평등하게 사귄다. 선생님은 아이들이 물어 올 때 대답해 주는 보조자다. 아이들을 데려와 밥해 주고, 재미난 놀이 몇 개 가르쳐주는 정도란다. 강의 한 시간만 빼면 대부분 아이들만의 자유시간이다.

아이들의 진정한 교사는 자연에 무궁무진 널려 있다. 맑고 시원한 시냇물, 물속 친구들인 물고기와 가재, 들판에 흐드러지게 핀 아름다운 우리 들꽃, 아이들이 직접 심고 가꾸는 옥수수 · 호박 · 고구마 · 참외, 산들산들 나뭇잎을 스쳐 가는 시원한 바람, 밤하늘에 흐르는 은하수와 별, 달 같은 모든 것이 아이들을 가르치는 교사다.

이 학교가 처음 문을 연 것은 21년 전이다. 채규철 선생님과 몇몇 초등학교 선생님들이 자연으로부터 소외된 이 땅의 아이들에게 자연의 품을 되돌려주기 위해 설립한 것이다. 온통 사각형으로 가득찬 도시 아이들은 정서적으로도 메마르고 생각도 획일적일 수밖에 없다. 그런 아이들에게 자연의 무한한 세계를 경험하게 함으로써 인성 교육과 창의력 교육의 효과를 높이는 교육의 새로운 장을 연 것이다. 최근에 와서야 대안 교육, 열린 교육, EQ 교육을 말하는 우리 현실에 비하면 아무도 알아주지 않던 20여 년 전에 미리 내다보고 이런 학교를 연 선생님들은 우리 교육의 선구자라 아니할 수 없다.

스무 명이 넘는 자원 봉사 선생님들의 이야기도 재미있다. 아이들에게 들꽃, 물고기, 별, 곤충을 가르쳐 주는 선생님들이 있는가 하면, 현직 교사이면서 반 아이들을 자연 속에 데려와 풀어놓는 멋쟁이 선생님들도 있다. 선생님과 아이들이 함께 마음을 열고 만나는 가슴 뭉클한 이야기들도 있다.

이 책을 읽으며 '진정한 교육은 무엇인가' 하는 의문을 지울 수 없었다. 과연 지금 우리는 아이들 교육을 제대로 하고 있는지 회의가 깊어 갔다. 지금 청소년 문제로 온 나라가 들끓고 있다. 연일 대중 매체를 통해 폭로되는 청소년들 문제는 어른들을 경악시키다 못해 절망에 빠뜨리고 있다. 그렇지 않아도 살인적인 복더위가 불쾌지수를 천정부지로 높이는 마당에 이러한 뉴스들은 시민들의 짜증에 기름을 붓는 격이 되었다. "요즘 아이들은 도대체 왜 그 모양이야?" "빨간 마후라라고? 이제

갈 때까지 갔구만." "우리 아이들도 거기에 물들면 어쩌지?"

이러한 반응들이 일반적이다. 어쩌다 이 모양이 되었는지 모르겠다는 투다. 그러나 청소년 문제가 과연 청소년이 문제가 있어 발생한 것일까? 아니다. 어른이 문제이고 사회가 문제이다. 내 아이만 잘 먹고 잘 살면 남의 아이는 어찌되든 상관없다는 극단적인 이기주의가 이런 상황을 만든 주범이다.

이러한 때에 채규철 선생이 쓴 이 책은 과연 우리 교육은 어떠해야 하는가를 생각하게 하고 어른들은 어찌 살아야 하는가를 함께 묻는 좋은 책이다.

겨울이 추울수록
여름나무의 잎새는 더 반짝입니다

정요섭 | 장애우 평등지기

아침마루로 찾아드는 햇살이 마음 환하게 하는 날입니다.

황사바람 칙칙하던 하늘은 모처럼 맑게 개어서 더없이 푸르고,

높다란 나무 파란잎새들은 오늘따라 유난히 반짝입니다.

그 반짝이고 글썽이는 잎새들을 보면서

제가 닮고 싶은 어른 채규철 선생님을 생각합니다.

몸 성하던 젊은 시절에서부터

사고를 당해서 'ET 할아버지'가 된 지금에 이르기까지

한 번도 자신의 부귀영달을 위해 산 적이 없는 선생님,

"사명을 다하는 날까지 결코 죽지 않으리라"시는 선생님은

나뭇잎이 그러하듯 늘 반짝이고 글썽이는 모습으로

'나누고 섬기는 삶'을 사시는 분이지요.

독해야 산다는 말이, 곧 자신만을 챙겨야 한다는 말이 된 세상에

선생님의 너울가지는 고된 사람 쉴 만한 그늘을 더 넓게 해줍니다.

채규철 선생님을 처음 뵌 것은

추석을 하루 앞둔 날 방영된 교육방송의 어느 프로그램에서였지요.
〈두밀리 자연학교와 ET할아버지〉라는 제목의 방송이었는데
눈길 초롱한 아이들에게 반딧불의 생태와 대기 오염의 심각성을
초곤초곤 말씀하시는 모습에서 아주 특별한 인상을 받았습니다.
아이들과 눈 높이를 맞추고 같이 즐거워하시는 모습도 그랬지만
뭉텅한 손과 성한 데 없이 이지러진 그분의 얼굴을 보는 순간
'쿵' 하고 가슴을 치는 듯해서 손으로 눈을 가릴 뻔했지요.
이미 많이 알려지신 분이라 알음알음 귀동냥을 많이 듣긴 했지만
그렇게까지 흉터가 크신 줄은 생각지도 못한 까닭입니다.

성치도 못한 몸으로 나누며 산다는 것은 쉽지 않겠지요.
그럼에도 불구하고 응달진 곳이면 어디에든 찾아가시는 선생님,
"내가 어려워 봐서 어려운 이들을 더 잘 이해할 수 있다"는 선생님은
온몸이 불에 휩싸이는 교통사고 중에도 기적처럼 살아나신 분이지요.
백결의 누더기 같은 선생님 몸의 피부이식 흔적을 보면
죽을 고비를 몇 번이나 넘겨 지금처럼 '덤의 삶'을 살고 계신 것을 기적이라 할
밖에 달리 표현할 도리가 없을 것 같습니다.
"작고하신 장기려 박사님의 헌신적 보살핌과 기도가 아니었던들
지금의 삶은 없었을 것"이라는 선생님의 말씀을 듣고

낮은 자를 들어 쓰시는 하늘의 뜻을 되새겨봅니다.

연단과 풀무질에 대하여 생각합니다.
홍성의 풀무학교에서 교사생활을 하시던 선생님은
덴마크 정부의 초청으로 유학을 다녀오셨다지요.
지금이야 외국으로 유학가는 게 예사로운 일이 되었지만
선생님 젊었던 시절에는 평민 신분으로 유학을 간다는 것은
언감생심 꿈도 못 꿀 일이었을 테지요.
그렇게 장래가 촉망되던 선생님 앞에 운명처럼 몰아닥친 사고,
그 아픔을 극복하고 이웃사랑을 실천하시는 선생님을 보면서
저는 '연단과 풀무질'을 생각했습니다.
선생님은 귀한 연장으로 쓰여지기 위해 풀무질을 당하신 거며
저 낮은 곳 사람들을 위해 낮게 연단 받은 것이 아닐까 하구요.

꽤 긴 날이 지나 선생님을 직접 뵙게 된 것은
올해 첫 달에 「작은 것이 아름답다」의 편집위원 모임에서였습니다.
본디 어디에도 나서지 않고 그냥 칩거하기로 했지만
무지랭이에게 글틀지기로 일해 줄 것을 제안해 준 '작아'가
고맙기도 했고 또 같이 일할 분 중에는 선생님도 계셨던 까닭에

섬기는 마음으로 '그러마' 하게 된 것이 계기가 되었지요.
그렇게 시작된 선생님과의 인연은 그 후로도 아롱다롱 이어져서
지금은 장애우 평등운동에 큰 언덕이 돼주고 계시 답니다.

이제 봄인가 싶더니 한낮으로는 제법 더위를 느끼게 합니다.
초록 짙은 여름이 오면 나무의 그늘도 더 깊어지겠지요.
겨울이 추울수록 여름나무의 잎새들이 더 반짝입니다.
얼음 아래로 흐르는 물처럼 낮은 데 사랑을 가졌기 때문이지요.
고난을 이긴다는 것은 희망을 버리지 않는다는 것입니다.
선생님께서 걷고 계신 이웃사랑의 오롯한 길도
힘겨울수록 희망을 버리지 말라는 가르침으로 다가옵니다
이제 사람을 머리에 두지 않고 가슴에 품어야겠습니다.

두밀리 자연학교 캠프

씨앗 심고 수확하는 '놀이'에 담긴 뜻

LG사외보 「느티나무」

눈뜨기 무섭게 학교와 학원을 순례하며 살아가는 우리 아이들이 가장 갈망하는 것은 무엇일까? 맛있는 음식이나 최신 게임 CD? 아니면 박물관이나 놀이동산에서의 하루? 일면 이런 것들을 원하기도 하겠지만, 아이들이 진정으로 원하는 것은 아무런 규제나 간섭을 받지 않고, 하고 싶은 것을 마음대로 해보는, 바로 해방감이나 자유일 것이다.

경기도 가평 두밀리 자연학교는 아이들에게 '뭘 가르치는' 교육 프로그램이 없다. 그냥 아이들을 숲과 개울과 들판에 풀어놓을 뿐이다. 두밀리 자연학교는 일명 '자유학교'이고, 별명은 CLO(Child Liberation Organization : 어린이 해방기구)이다.

우리 식으로 말하면 '신명나게 노는 학교'이다.

이 학교에선 아이들에게 아무도 강요하지 않는다. 진짜로 재미가 있는 것도 선생님이 시키면 재미가 없는 법. 아이들은 놀면서 크고 놀면서 배운다. 놀면서 자연을 이해하고, 친구들과도 사귄다. 이 사귐을 통해 협동심도 조직력도 지도력도 배운다.

봄 학기가 시작되는 5월 첫 주가 되면 겨우내 쉬었던 밭을 갈아 토마토며, 오이, 참회 모종을 심고, 작년에 인분을 넣었던 구덩이에 호박씨를 심고, 그 다음 주에 가지 모종과 고추 모종, 옥수수 씨앗을 심는다.

초여름에 이곳에 와서 자기들이 심어놓은 옥수수가 자기 키보다 커져 있는 것을 보곤 "저것들이 우리가 심은 거란 말예요?" 라며 감탄의 소리를 멈추지 못한다. 수박이며 고구마며 어린 손끝에서 살아나는 생명의 신비를 느끼고 체험한다.

"밀알 하나를 땅에 심어 가꾸고 열매를 거둬들이는 놀이, 이 생명의 놀이만큼 신나는 일이 없고, 생명의 위대함, 신비함을 배우는 것만큼 교육적인 것은 없어요. 두밀리 자연학교의 기본 교육이념이 바로 여기에 있어요. 교육은 그런 생명을 사랑으로 키워 먹거리를 해결할 능력을 기본 목표로 해야 하기 때문이죠."

'ET 할아버지' 혹은 '600만 불의 할아버지' 로 불리는 이 학교 채규철 교장(70세)은 아이들과 함께 별자리 여행을 하곤 한다. 별들의 세계를 공부하는 것은 아이들로 하여금 무한한 상상의 세계를 그릴 수 있는 길을 인도해 준다고 믿기 때문이다. 별들의 세계를 읽다 보면 어느 덧 아이들 마음에 우주의 기운이 들어와 자연스럽게 호연지기가 키워진다. 그리고 무한한 우주를 생각하다 보면 겸손해 질 수밖에 없다. 그 광대한 세계를 마음 속에 상상으로 그리다 보면 마음 속에 또 하나의 우주가 들어와 큰 그릇이 될 자질을 키울 수 있으리라는 것이다.

자연으로 날아온 '불사조'

「한겨레 21」

전신화상 악몽이기고 아이들의 선생님, 기업연수 명강사로 당당히 활약

아이들은 그를 'ET 할아버지'라고 부른다. 그를 보면 왜 그런 별명이 붙었는지 한 눈에 알 수 있다. 영화의 이티처럼 그의 얼굴은 괴상하고 흉측하다(그의 얼굴을 이렇게 보면 표현하는 건 순전히 그가 그렇다고 인정하기 때문이다). "문둥이들이 내 얼굴을 보면 자꾸 친구하자고 한다"는 너스레가 결코 과장이 아니다. 그에게 외양을 따지는 세속의 잣대를 들이대는 것부터가 애당초 잘못이다.

100원자리 인생? 속으로 웃는다

경기도 가평군 두밀리 자연학교 교장 채규철. 38년(1968년) 전 자동차 사고로 몸의 절반이 불탔다. 의학상식대로라면 이미 무덤 속에서 뼈만 남아 있어야 할 몸이다.

그러나 그는 살아 있다. 그것도 누구보다 활기찬 사람으로. 그는 아이들에게 자연의 즐거움을 선사하는 선생님이요, 기업체의 사원연수에 단골로 불려 가는 명강사다.

그리고 지금은 고인이 된 장기려 박사와 함께 우리나라 최초의 의료조합인 청십

아내 유정희와 함께한 캐나다 여행길에서

자조합을 만든 사람으로 기억되는 이다.

그는 스스로 '100원짜리 인생'이라 부른다. 그가 다방이나 음식점에 들어서면 마담이나 카운터들이 잽싸게 100원짜리 동전 한 닢을 쥐어준다. 장사 안 해도 좋으니 제발 이것만 받고 나가 달라는 신호다. 이유는 뻔하다. 다른 손님에게 혐오감을 준다는 것이다. 그는 그렇게 주는 100원짜리 동전을 마다 않고 꼭 받아 챙긴다. 그리곤 기어이 자리에 앉아 손님 행세를 한다. 나올 때 차 값이나 밥값을 내더라도 100원을 아끼는 셈이니 기분 좋은 일이라고 생각한다.

그러면서 그는 속으로 웃는다. '당신들은 모른다. 내가 얼마나 값비싼 존재인지.' 사실 그의 흉측한 몰골은 엄청난 돈과 희생이 빚어낸 걸작품이다. 거기에 들어간 치료비며 관리비, 그리고 무엇보다 주위 사람들의 정성어린 헌신을 돈으로 따진다면 엄청난 금액이다. "600만 불의 사나이는 못 되어도 6000만 원의 사나이는 되고도 남을 것이다."

그는 한때 농촌운동에 뜻을 둔 전도 유망한 청년이었다. 냉면으로 이름난 함흥에서 태어난 그는 1.4 후퇴 때 월남해 거제도에 정착했다. 서울농업대(현 서울시립대)를 나와 충남 홍성의 풀무학원에서 농촌운동가로 첫발을 내디뎠다(이 학교는 지금 주목받는 대안학교로 떠오르고 있다) 월급이라야 여름엔 겉보리, 겨울엔 벼를 받는 고된 시절이었다. 덴마크 정부의 초청으로 유학길에 오를 때까지도 그의 인생은 예정된 시간표대로 굴러가고 있었다. 덴마크에서 돌아와 지금은 고인이 된 장기려 박사를 만나 청십자조합을 만들었다. 그리고 1년 뒤, 운명이 바뀌었다.

그날은 청명했다. 푸른 하늘 아래 미풍이 남실대고 있었다. 그는 일행과 함께 폭스바겐을 타고 산기슭에 달리고 있었다. 김해에 있는 양계장을 견학하고 부산으로 돌아가는 길이었다. 갑자기 차가 제 길을 벗어나 비탈길을 구르기 시작했다. 공교롭게도 차 뒷좌석에는 시너가 가득 든 통이 두 개나 실려 이었다. 새로 지은 영아원의 바닥을 칠하는 데 쓸 것이었다. 차가 뒤집어지면서 서너 두 통이 몽땅 터져 버렸다. 그는 시너를 머리끝부터 발끝까지 뒤집어쓰고 말았다. 그리고 "쾅!"

그는 장기려 박사가 원장으로 있던 복음병원으로 실려 갔다. 그때까지도 정신은 말짱했다. 죽기 전에 남길 유언까지 생각해 뒀다. 수술대에 눕자마자 장 박사를 찾았다. 그를 아는 간호사들은 울고불고 난리였다. 의사들이 다급하게 핀셋과 실을 찾아도 넋을 잃고 서 있을 뿐이었다. 그때 장 박사가 헐레벌떡 뛰어 들어왔다. 그는 그제야 스스로 유언이라 생각한 말을 남기고 정신을 잃었다. "박사님, 청십자조합만큼은 꼭 성공시켜 주세요."

그의 얼굴은 죄다 병원에서 만든 것이다. 눈썹은 머리칼을 떼어서 옮겨 심었다. 그래서인지 눈썹이 쑥쑥 자란다. 2~3주에 한 번은 꼭 이발을 해야 한다. 요즘에는 새치까지 난다. 눈도 마찬가지다. 눈 주위에 있는 살은 다 타서 없어지고 눈동자만 덩그러니 남아서 할 수 없이 어깨 피부를 떼어내 눈꺼풀을 만들고, 겨드랑이 털을 가늘게 떼어내 속눈썹을 만들었다. 밖으로 향해야 할 눈썹이 안으로 자라는 바람에 재수술을 하기도 했다. 오른쪽 눈은 의안을 박았다. 하지만 눈에 염증이 생겨 1미터 앞을 보지 못한다. 입은 오그라붙어 찻숟가락조차 들어가지 않을 정도였다. 그걸 째고 가슴 피부로 입술을 만들어 붙였다.

두밀리 자연학교를 말할 때 그의 얼굴은 가장 환하게 일그러진다(?). 그때 입가에 번지는 미묘한 살의 떨림이란. 자연학교는 그에게 남은 마지막 사명이다.

그걸 제대로 완수하지 않고는 죽을 수가 없단다. '사명감'은 화상이 제법 아문 뒤, 새마을 연수원 초청으로 강연에 나선 이래 그가 꼭 강조하는 낱말이다. 그는 보통 일 주일에 서너 차례 기업체 연수원에 불려간다. 그렇게 버는 수입이 대학교수 못지않다. 그게 다 자연학교에 들어간다. "강연으로 폼도 잡고 학교 운영비도 버니 신난다"고 한다.

자연학교에 교육방침은 따로 없다. 그저 맛있게 먹고, 즐겁게 놀고, 달콤하게 자는 정도다. 아이들이 학교의 진짜 주인이다. 계절을 달리해 피는 온갖 꽃들과 개울을 따라 헤엄치는 멋대로 생긴 민물고기들, 그리고 숲 속에서 자라는 달콤한 열매들이 아이들과 친구할 뿐이다. 아이들은 낮엔 밭을 매거나 개울에서 물고기를 잡으며 논다. 수제비를 직접 끓여먹고 감자도 삶아 먹는다. 그리고 밤이면 모닥불을 피우고 별자리를 찾다 잠이 든다. 잠이 없는 아이들은 반딧불을 쫓겨나 귀신놀이를 하다 새벽이슬을 맞기도 한다. 그는 그런 아이들을 위해 기꺼이 무서운 귀신이 된다. "생긴게 딱 귀신 역할 하기에 제격이다"라는데 그의 자랑이다.

그도 벌써 10월 이면 칠순을 맞는다. 그때 학교 마당에서 걸판진 잔치를 열 계획이다. 연못에서 기른 향어로 회를 뜨고, 손수 기른 푸성귀로 푸짐한 밥상을 차릴 생각이다. 그런데 손님들이 너무 많을까 걱정이다. 해마다 8월이면 자원봉사 한답시고 찾는 소록도의 친구들. "너는 소록도에서 사는 게 어울린다"며 갈고리 손을 내밀던 그들이 이번엔 섬을 나올지도 모르겠다. 그리고 살면서 신세를 진 숱한 지인들. 그들의 도움이 없었다면 벌써 이 세상 사람이 아니었을 것이다. 무엇보다 아이들, 그들을 위해선 꼭 감춰둔 선물이 있다. 밤하늘에 반짝이는 반딧불들, 그는 요즘 우리 곁에서 사라진 반딧불 살리기에 푹 빠져 있다.

어린이들의 방목장 두밀리 자연학교

1. 취지

21세기를 맞이하는 문턱에서 미래의 우리 어린이들은 어떤 모습이어야 할까? 그들을 기르기 위하여 우리의 가정은, 학교는 어떻게 교육을 해야 할까? 이런 막연한 질문을 던져보면서 어렵기는 하지만 해결의 실마리는 풀어야 한다는 것이 우리들의 역사적인 과제라고 생각한다.

나는 한 사람의 시민으로서, 학부형으로서, 교육에 뜻을 둔 독지가로서 내가 가장 잘 할 수 있는 일, 나의 천직으로, 사명으로 하고 싶었던 일부터 하고자 생각했고, 그것이 두밀리 자연학교 어린이들의 방목장이었다.

학자들은 내가 하는 자연학교 교육에 녹색 감수성 교육, 자연보전 교육, 자연친화 교육 등 많은 이름들을 붙여 분류를 하지만, 그저 나는 신이 창조한 원형을 어린이들에게 만져보고, 맛을 보고, 냄새를 맡고 느끼게 하고 싶다. 이른 봄에 피어나는 들꽃들, 융단같이 돋아나는 파란어린 이파리들, 얼음이 녹으면 웅덩이에 옹기종기 모여 있는 개구리 알들, 잎 냇가에서 헤엄치고 노는 버들치·피라미·갈겨니, 반딧불들의 먹이사슬이 되는 바위틈의 다슬기. 이런 자연의 원색 자연도감들을 있는 그대로 보여주고 싶다.

두밀리 공동체학교 노래배우기

그 다음엔 우리들의 먹거리에 대한 것도 가르치고 싶다. 인류의 어머니인 흙을 만져보고 가꾸고, 그곳에 옥수수·참외·토마토·수박 그리고 무·고추·호박·오이·고구마를 심어보는 것, 햇빛과 비와 바람 그리고 나비들에 의해 열매 맺고 자라는 유기농 무공해 먹거리들을 현장에서 거두어들여 삶아먹고 부쳐 먹고 구워 먹고 하는 즐거움, 이런 체험을 우리 어린이들에게 전하고 싶다.

작은 씨앗이 자라서 열매 맺을 동안의 기다림, 그 후에 맛보는 그 과일들의 달콤함 등은 교과서만으로는 배울 수 없다. 네모난 아파트 단지 안에 직사각형 황토 흙만 있는 우리의 학교 형편으로 그런 체험학습은 불가능하다. 이런 학교 교육의 맹점을 뜻있는 독지가들이 보충해 주자는 것이 내 주장이다.

이런 교육을 우리는 대안교육이라고 하기도 하고 환경교육이라고도 한다. 100년 전에 인도의 간디는 이런 교육을 '기본교육Basic Education'이라고 했고, 덴마크의 그룬트비는 '삶을 위한 교육School For Life'이라고 했다.

이와 같은 기본 교육 또는 삶을 위한 교육의 부재가 후기 산업사회의 청소년 문제를 야기하는 것이다. 다니엘 콜만 박사는 이 문제의 해결을 위해서는 IQ교육에서 EQ교육으로 전환해야 한다고 주장했다. 콜만 박사는 요즘 청소년들이 저지르는 총기 살해사건만을 봐도 EQ 교육의 부재에서 오는 현상이라고 단언한다. 분노의 절제 부족, 친구를 사귀는 인간관계 기술 부족, 그 외에도 우울증, 허무감, 무력감, 고독감 등을 해결할 수 있는 자기 역량의 부족에서 발생한다는 것이다. 이런 불행한 증상들은 도시문화와 후기 산업사회의 핵가족제도와 시멘트 아스팔트 문명에

두밀리 체험학교에 참여한
이장호 감독(앞줄 중앙)과 함께

그 원인이 있다.

그런 의미에서 자연학교는 인간의 원초적인 교육에 목적을 둔다. 이곳의 학교는 친구들과 함께 즐겁게 먹고, 즐겁게 놀고, 달콤하게 잠자고, 재미있게 배우는 곳이다.

이 학교의 모든 어른들, 즉 교장을 비롯한 농장장, 주방장, 담임 교사 등은 하나의 교육 보조자일 뿐이다.

2. 특징

두밀리 자연학교에는 없는 것 빼고는 다 있다. 봄에는 반지꽃, 할미꽃, 조팝꽃, 개나리, 산수유, 백목련, 앉은부채 등. 여름에는 엉겅퀴, 금낭화, 붓꽃, 산나리, 괴불주머니, 달맞이꽃 등이 있고, 가을에는 국화, 구절초, 개미취, 미역취 등이 있다. 앞 냇가에는 버들치, 피라미, 갈겨니, 꺽지, 꺽저기, 얼룩동사리, 퉁가리 새 코미꾸리, 참종개 등이 있고, 산에는 취나물, 고사리, 두릅, 야생 버섯들이 있다.

그리고 머루, 다래, 뽕나무, 밤나무, 낙엽송, 도토리나무 등 없는 게 없다.

대신에 없는 것도 많다. 학교라고 하지만 시멘트 건물이 없다. 콘크리트길도, 쓰레기통도, 아이들이 군것질할 음료수나 과자 자판기도 없다. 수도도 없고, 수세식 화장실도 없다. 있는 것은 비를 피할 수 있는 텐트와 비상용 외등뿐이다.

마지막으로 없는 것이 하나 더 있다. 커리큘럼이 없다. 규율이 없다. 모든 것은 어린이들 자율에 맡긴다.

그 밖에 자연학교에 오면 저녁에 팬터마임을 볼 수 있다. 공룡에 대한 이야기를 들을 수 있고, 곤충과 물고기 이야기도 들을 수 있다. 여름밤에는 천체 망원경으로 별자리 공부도 한다. 이 이야기 잔치들이 끝나면 모닥불 놀이가 있다. 춤도 춘다.

자정이 되면 귀신 잡으러도 간다. 그리고 잠자기 전에는 짭짤한 감자도 삶아먹는다. 우리밀 수제비도 끓여먹는다. 또 논다. 지겨울 때까지. 이것이 두밀리 자연학교의 특징이다.

우리는 두 가지 프로그램을 갖고 있다. 하나는 가족자연학교이고, 다른 하나는 초등학교 선생님들이 자기 반 학생들과 같이 와서 참여하는 프로그램이다. 가족자연학교는 5~9월까지 매주 셋째 주말에만 입학이 가능하다. 자세한 내용은 입학 안내서와 월간 시간표를 참고하기 바란다.

3. 교육 방향

우리의 21세기 주인공들을 위해서 이런 종류의 학교들이 각 지역마다 다양하게 시작되었으면 한다. 산청의 숲 속 학교, 금산의 시골학교, 대구의 민들레만들레, 합천의 생명누리학교 등과 같이.

그 외에도 꿀벌을 키우시는 분들은 꿀벌학교를 시작하자. 서해안 갯벌 지역에서는 갯벌학교, 태백의 탄광 지역에서는 탄광학교, 경기도 광릉에서는 산림학교, 나비를 사육하는 곤충학자들은 나비학교, 우리 물고기를 사육하는 전문가들은 우리 물고기학교를 세우자. 이렇게 되면 뜻있는 초등학교 선생님들이 학교 교과서 단원에 맞추어 선택할 수 있는 기회가 많아질 수 있다.

수능시험같이 전국의 고3 학생들은 성적순으로 일렬종대를 만드는 그런 교육은 이제 그만두자.

기간도 다양하게 하자. 주말학교, 계절학교 또는 월말학교 등으로 자기의 시간과 지역의 특성에 맞는 그런 학교들을 설립하자.

한국이동통신 사장을 지낸 서정욱 박사는 "집집마다 컴퓨터를 그리고 골목마다 놀이터를 만들어주자"고 제안했다. 대단히 좋은 착상이라고 생각했다.

나는 주장한다.

"집집마다 텃밭을, 지역마다 자연학교를 갖자"고.

영혼은 영원한 씨알이다
육체는 죽어도
영혼은 영원히 죽지 않는다